广州大典

《广州大典》普及书系

主编　陈建华

一个廉直儒者的精神世界

李昂英作品选读

闵定庆　赵晓涛　何素雯◎编著

广州新华出版发行集团
广州出版社

图书在版编目（CIP）数据

一个廉直儒者的精神世界 ：李昴英作品选读 / 闵定庆，赵晓涛，何素雯编著. -- 广州 ：广州出版社，2023.10

（《广州大典》普及书系 / 陈建华主编）

ISBN 978-7-5462-3588-2

Ⅰ. ①一… Ⅱ. ①闵… ②赵… ③何… Ⅲ. ①中国文学—古典文学—作品综合集—南宋 Ⅳ. ①I214.422

中国版本图书馆CIP数据核字（2022）第258006号

书　　名 一个廉直儒者的精神世界：李昴英作品选读
Yige Lianzhi Ruzhe De Jingshen Shijie：Li Maoying Zuopin Xuandu

出版发行 广州出版社
（地址：广州市天河区天润路87号9、10楼　邮政编码：510635
网址：www.gzcbs.com.cn）

出 品 人 柳宗慧

责任编辑 田宇星

责任校对 窦兵兵

装帧设计 肖晓文

印刷单位 佛山市浩文彩色印刷有限公司
（地址：佛山市南海区狮山科技工业园A区　电话：0757-86631906
邮编：528225）

规　　格 787 mm × 1092 mm　1/16

印　　张 17

字　　数 253千

版　　次 2023年10月第1版

印　　次 2023年10月第1次

书　　号 ISBN 978-7-5462-3588-2

定　　价 55.00元

《广州大典》普及书系编辑委员会

关于“广府名人读本”系列编选出版的几点说明

一、本书属于《广州大典》普及书系“广府名人读本”系列。

二、“广府名人读本”系列作为《广州大典》普及书系的开篇，将分为若干辑出版，成熟一辑，出版一辑。

三、因书系以《广州大典》所收文献为编选基础，故个人著述不存世或存世稀少者不纳入“广府名人读本”系列。

四、考虑到《广州大典》（民国篇）正在编纂和不少近代广府名人著述活动时段跨越清末民初的实际情况，“广府名人读本”系列会适当拓宽选录范围。

《广州大典》普及书系
编辑出版缘起

广州自古以来就是岭南地区的政治、经济、文化中心，是首批国家历史文化名城。自秦始皇三十三年（前214年）广州建城，至今已有2200余年，大量珍贵的地方文献翔实地反映了广州文化不断发展、不断繁荣的悠久历程。

《广州大典》（一期）是由中共广州市委宣传部、广东省文化厅策划并组织研究编纂，旨在系统搜集整理和抢救保护广州文献典籍、传播广州历史文化的大型地方文献丛书，是千年羊城的"根"和"魂"。《广州大典》（一期）收录文献的时间范围截至1911年（个别门类延至民国），地域范围包括清代中期广州府所辖各县，内容范围包括广州人士（含寓贤）著述、有关广州历史文化的著述及广州版丛书，依经、史、子、集、丛五部分类，共计收录文献4064种，编成520册，于2015年影印出版。

2015年4月，广州大典研究中心成立，继续推进《广州大典》（一期）的推广与研究，并启动《广州大典》（二期）民国篇的编纂出版。2019年11月，《广州大典》（一期）集部曲类文献专辑以《广州大典·曲类》之名单行出版，共计收录文献1589种，编成43册。此外，近年来中心陆续推出《广州大典总目》、《广州大典概要》、《广州大典研究》集刊（1—11辑）、《广州大典·民国广东公报丛编》（初编）100册等。

习近平总书记指出，要讲清楚中华优秀传统文化的历史渊源、发展脉络、基本走向，讲清楚中华文化的独特创造、价值理念、鲜明特色，增强文化自信和价值观自信。要做到这两个“讲清楚”，既要在学术上做到深入，也要在普及上做到浅出。《广州大典》（一期）所收录的文献不仅卷帙浩繁，而且都是繁体字、文言文，没有经过点校整理，这在客观上造成其与当今读者间的隔阂，阻碍了广州这一历史文化宝库在更广大的层面上发挥社会影响力。为此，广州大典研究中心、广州出版社决定联合编纂出版《广州大典》普及书系，努力将书系打造成集学术性、知识性和可读性于一体的优秀出版物。

书系以《广州大典》为文献基础（可根据实际情况，适当拓宽选录范围），组织一批专家学者从《广州大典》中精选最具代表性、最具可读性的文献，进行普及性的内容整理、发掘，形成《广州大典》普及书系。书系计划分为广府名人读本系列、地方风物读本系列、地方游记读本系列、西学东渐读本系列、小说读本系列、戏曲曲艺读本系列等。书系每种读本均包括导读、代表性作品选编（含注释、翻译、评析或解题、延伸阅读等）和相关资料附录，作者均为学有专长、研究有素的专家学者。每种读本均将尽量吸收、反映学界最新研究成果，并力求做到图文并茂、雅俗共赏。因此，《广州大典》普及书系可视作《广州大典》的延伸，且与已有的《岭南文库》延伸：《岭南文化知识书系》《广东历史文化名人丛书》等普及性读物既桴鼓相应，又各具匠心，可谓和而不同、美美与共。

知所从来，方明所往。《广州大典》普及书系既是一项重要的文化惠民工程，也是推动城市文化综合实力出新出彩，特别是“读懂广州”的切实举措。

志合者，不以山海为远。我们诚挚邀请更多的相关专家学者积极支持和参与书系各辑相关工作，推动书系各辑逐年面世。

食髓知味，小书不小。我们相信，书系的陆续出版，将充分展示广州历史文化底蕴，擦亮广州历史文化品牌，并有助于中华优秀文化的传承和发展。

《广州大典》普及书系编辑委员会

目录

导读

明代的岭南大儒陈献章曾在他的诗作《梦崔清献坐床上，李忠简坐床下，野服搭飒，而余参其间》中，以不无遗憾的口气写道：

《宋史》记中堪列传，菊坡门下岂无人？
弹文惊世频登阁，散发从师懒着巾。
岭海一星原属李，古今全华总归陈。
山斋梦破今何在，夜半歌声彻四邻。

大意是说，在整个宋代的正史里头，居然没有给咱们南宋岭南人李昴英设置一个专门的传记。从历史上看，他是第一个夺得探花的岭南人；他建构了人才辈出的南宋"菊坡学派"，推动了岭南学术文化的大发展；他极得宋理宗的青睐，从政经历非凡，政声赫赫；他是南宋中后期文名显著的作家……这样的人，当属万人瞩目的"岭南一星"，熠熠生辉，竟然没入正史列传，简直是太无法想象了。而自己身为岭南人，继承和发扬并广为宣传李昴英奉儒守公、廉直为政的精神，当然责无旁贷。

那么，李昴英是什么人？他究竟有着怎样的一种人生境界，令一代儒学宗师陈献章念兹在兹，长怀于心呢？

大起大落的一生

李昴英（1201—1257），字俊明，广州番禺人。晚年归隐于广州城文溪之上，自号"文溪居士"。卒谥"忠简"，世人多称"李忠简公"。南宋著名政治家、学问家、文学家。

李昴英所在的李氏一族，据明代大学者湛若水的考证，是唐太宗第十四子曹王李明之后。然而，清代李潍森纂修的《李氏族谱》记载，则是

李昴英像

唐德宗时期西平王李晟的“裔孙”。另据《沙湾李氏谱》，李氏某个先祖曾出任过洪州（今江西南昌）刺史、江西观察使、岭南节度使。入粤之祖李绍年则定居于江西泰和县。四传邵胜，登宋仁宗嘉佑三年（1058）进士，除殿中侍御史，历官朝议大夫，迁居广东南雄府保昌县溪塘镇。邵胜子朝琰，登宋神宗元丰二年（1079）进士，赐紫绯鱼袋。朝琰子缉，授朝议大夫，迁居广州城内龙头市（今广州市惠福路五仙观附近）。缉子仙芝，恩荫承奉大夫，徙居番禺鹭冈村（今广州市赤岗西路尾一带）。仙芝子榉，官迪功郎，赠朝议大夫。榉子天棐，也就是李昴英的父亲，生于宋孝宗淳熙二年（1175）闰二月二十三日，卒于宋理宗嘉熙四年（1240）十二月十九日，授奉直大夫，官循州（治所今广东省龙川县佗城镇）通判，初娶黎氏，续娶潘氏。后来，因子昴英贵而追封龙图阁待制、吏部侍郎。当然，这是后话了。

李昴英出生于宋宁宗嘉泰元年（1201）九月二十一日，是五个兄弟中的老大。据说，在李昴英即将出世的时候，母亲黎氏梦大星降于庭，于是为其取名“昴英”。昴，二十八星宿之一。传说汉朝开国丞相萧何就是昴星之精降生的，“昴降”便成了颂扬富贵的吉祥语。此番“昴降”出现在李家，一家上下当然是喜不自禁，并对李昴英寄予了特别的期望，他最终也没让父母失望。

李昴英出生的时候，李天棐才27岁，正值年富力强且充满幻想的年龄，于是，他将大量的时间和精力倾注在指导儿子成长、学习上，内心充溢着和煦的温情。出生在这样一个典型的岭南文化世家，李昴英很早就开始接受儒家文化的熏染，接触儒家经典的华彩篇章，也潜移默化地形成了积极入世、阳光向上的人格心态。

早在少年时代，李昴英就显露出了过人的禀赋。他隽颖绝人，才华出众，但始终坚信，刻苦读书才是不二法门。在七八岁的时候，他就常常一大早登上珠江中流的海珠岛，苦读经典，晨昏不倦，风雨无阻。

这个海珠岛，又叫作“海珠石”，乃是珠江主航道上的三座小石岛中的一个，传说是番邦商人遗落的珍珠变化而成，夜来必放祥光，上面建有一座玲珑可爱的慈度寺，古时名列“羊城八景”之一。长期以来，广州本地士子在科举上少有建树，有官员在海珠石上建了一个“见面亭”，寄寓当地童谣“河南人见面，广州状元见”的美好祝愿。这句谣谚中的“河南”，是广州口语，特指珠江南岸，而李昴英曾祖父仙芝所在的鹭冈村，恰巧就位于珠江南岸，正对着海珠石，这其中是不是蕴藏了某种神秘的预兆呢？少年李昴英还跟同学们组建了一个“龙头会”。这个“龙头”，表面化用了“龙头市”这一地名，实则是“独占鳌头”的“鳌头”，也就是科举上的状元，这当然是明确指向科举考试了。稍大一点，李昴英干脆在海珠石上结茅屋读书。据说，他过目成诵，博古通今。

等李昴英到了入学的年龄，正式入读番禺学宫，师从许巨川，系统学习程朱理学。许巨川，字东甫，号钝斋，泉州同安（今福建同安县）人。其伯祖父许升，就学于朱熹门下。许巨川自小就由许升教读，深得朱学精髓，于宋宁宗嘉定七年（1214）中进士，历广州、建康教授，后任东莞知县。虽说这时程朱理学还没有进入科举考试范围，但已得到学术界比较普遍的认同，被认为是儒学的“正途”，能指引人的正常成长。若干年后，宋理宗决定罢黜荆公新学，钦点程朱理学为科举考试内容，李昴英不由得佩服许先生的学术眼光和政治直觉。

在既定的科举规范压力下，李昴英虽博学多识，才华出众，终究还是要面对科举考试的严酷挑战。正值一代名臣崔与之正式退休，从四川前线回到广州定居，李昴英抓住这一千载难逢的机会，拜在崔与之门下，主修

《春秋》。

崔与之（1158—1240），字正子，号菊坡，学者称菊坡先生，广州增城人。年轻时入读太学，苦读三年，在宋光宗绍熙四年（1193）考中一甲进士，成为岭南第一个由上舍生考上进士的人，轰动一时。他先后任广西提点刑狱、成都知府兼成都路安抚使、四川制置使等。宋理宗端平年间，崔与之退休回到广州养老，适逢摧锋军哗变，他临危受命，主动出山，暂任广东经略安抚使兼知广州，一举平定叛乱。平乱之后，崔与之立即交出兵权，退回俸禄。宋理宗大受感动，屡屡召他进京任丞相。崔与之在嘉熙三年（1239）以观文殿大学士、提举临安洞霄宫致仕，累追赠太师、南海郡公，卒谥“清献”。

崔与之以科举过来人和官场成功者的双重身份，对李昴英进行了有针对性的施教。李昴英学问猛进，22岁时就以《春秋》举乡试第一。宋理宗宝庆二年（1226），举行新帝登基后首开的科举恩科，时年26岁的李昴英上京会试，意气风发，下笔有神。据说，主考官最满意他的答卷，暗暗内定为状元，但有些考官却说，新帝恐怕讲求的是帝王之术，专治《春秋》之学或许并非能得新帝所欣赏。这样一来，他被改为进士一甲第三名，阴差阳错成了广东科举史上的第一位探花郎。从年龄上看，此榜的状元王会龙34岁，榜眼张某年逾六旬，如此算来李昴英称得上是名副其实的“少年得高第”。历史上，王会龙、张某一生都碌碌无为，无所成就，甚至于张某连名、号都没留下，反观李昴英，真倒是风生水起，青史留名。

李昴英初次授官，是在高中探花之后的第三年。宋理宗绍定二年（1229），他获任福建汀州（今福建长汀县）推官。在汀州任职的四年，对于初入仕途的政坛新人而言，既是一个期待已久的初体验，更是一个决定一生走向的终极考验。

一到汀州，他就发现自己面临着宏大的儒家政治理想与偏僻基层政治之间巨大的心理反差。地处闽赣粤交界处东端的汀州，为福建路六州最小最穷的州，推官、通判照例不分设，皆由一人兼任。也就是说，他这个官场小白要协助本州的长官管理政法事务，面对如此巨大的压力，他内心的惶恐可想而知。更可怕的是，汀州僻处山区，南邻海洋，长期遭受匪寇骚扰，地方长官往往想捞一票就开溜，根本不把一方安宁、百姓福祉放在心上。时任汀州知州的陈孝严，就是一个典型代表。他外不设防，还时不时勾结匪寇来犯，以便借“剿匪”之名，从国库和地方财政敲上一笔竹杠。他还打起了守军的主意，任意派遣劳役、残杀士兵，甚至强行以本地楮币派发军饷，直接削夺士兵的正常收入。李昴英建言疏浚护城河、修建女墙，以加强防卫，可这一建议没有得到任何回复。紧接着，陈知州又把一个改发楮币的文件放在他面前意欲让他签字。按当时法规，这一文件须由推官或通判联署，方可生效，李昴英严词拒绝了。事后，李昴英深知后果严重，便弃官而逃。岂知刚跑出城郭，副通判领着数百名士兵、百姓追赶上来，将他团团围住，痛哭流涕，劝说他回城。可一回到城内，另一伙兵丁发动兵变，紧闭城门，欲绞杀官吏。李昴英挺身而出，护住陈知州，痛斥哗变士兵，士兵们感念李昴英平日的种种善举，便纷纷散去。

绍定三年（1230），兵丁朱积宝发动叛乱，并勾结磜头山盗贼一起围困汀州城。这次李昴英的应对就从容多了。他仔细考察了汀州的山山水水，绘制了详细的地形图，于是积极向知州李华建言，调动左翼军队、民兵勇敢迎战，在五日内打了二十多仗，击溃匪贼，再一次保全了州城官民。朝廷闻讯，特升二级，授太学正。

在汀州任上，李昴英灵活应对那些荒唐甚或残酷的地方政事，初战告捷，令人兴奋。

绍定五年（1232）十月，继母潘氏病逝，李昴英回籍守制。

此时，南宋著名的精锐部队广州摧锋军轮换戍耕江淮、江西已满八年，始终未能获得应有的荣誉与奖励，返回广州基地的愿望更是无法实现，上上下下怨声载道，申诉无门。端平元年（1234）冬，兵士曾忠带头哗变，从赣南杀进广东，先后攻下梅州、惠州，在端平二年（1235）二月七日这天围住了广州城。广州大小官员慌成一团，逃的逃，躲的躲。这时，退居羊城已十年的崔与之不顾年老多病，主动暂领广州军政事务，积极备战，并登上城墙与摧锋军对话。同时，派李昴英、杨汪中二人缒绳出城，与叛军谈判。李昴英面对森森刀剑，无所畏惧，晓之以理，动之以情，叛军迅即撤围广州，向西北方向逃逸。

李昴英的杰出表现，引起了年方三十的宋理宗的注意。赐对时，宋理宗赞扬李昴英“五羊之围，爱卿敢于缒城谕贼，胆略过人”，并希望他能成为“股肱之臣”。李昴英当即上疏数千言，连提“谨身之戒”“用人之戒”“守法之戒”“厉俗之戒”，激励这位年轻的皇帝“赫然发愤，幡然改图”。从此，李昴英开启了与这位比自己小四岁的君主之间爱恨交加的“互动”。

嘉熙元年（1237），李昴英主持秋试，取刘必成为第一，次年殿试刘必成又获第一。不久，李昴英迁秘书郎兼荣王府教授，后迁秘书郎兼沂王府教授，升著作郎兼屯田郎。他立朝言事，有礼有节，进退有据，被同人誉为“具干济之才而又能介然自守者”。

某次上奏论事时，宋理宗又向李昴英问起崔与之是否来朝任右相的事。实际上，从端平二年（1235）平定摧锋军叛乱到此时已有四年，崔与之连续推辞宋理宗亲札之召多达十二次。宋理宗授李昴英直秘阁兼知赣州，奉御札前往广州召崔与之到朝任右丞相。年逾八旬的崔与之仍然拒绝。李昴英回朝复命，并以娱养父亲为由，请求外调。于是，他以直秘阁出为福建建宁宪仓提举。

嘉熙三年（1239），李昴英到福建履任，一方面侍奉老父亲登临山水，考察人文，体现“娱亲”的温情；另一方面严厉整肃官场，加紧应对连绵的旱灾，甚至无私捐出俸禄，全部用于赈济灾民，大大缓解了灾情。十二月，恩师崔与之病逝的噩耗传来，李昴英照例向朝廷请假归里服“心斋”，可令人不解的是朝廷严拒了这一请求。嘉熙四年（1240），朝廷又根据“风闻”罢了他的职。于是李昴英陪着老父亲跋山涉水慢慢走回广州，行到江西临江城南的慧力寺时，老父亲病逝，时在十二月十九日，享年六十六岁。丧师、罢官、丧父三重打击一齐袭来，李昴英强忍悲痛，扶棺返乡。

李昴英将父亲葬在增城南岭乡大面山，庐墓守孝，还在草庐旁建起了村塾，亲自执起教鞭，指导李姓子弟读书。听着孩童朗朗书声，他突然感受到了心灵的宁静，觉得这应该就是他灵魂安顿之所。于是，服阕期满，朝廷任命下达，他却毫不犹豫地拒绝了。

宋理宗淳祐二年（1242），挚友方大琮出任广东经略安抚使，后又被破例安排第二个任期，于淳祐七年（1247）卒于任上。这六年中，李昴英除在淳祐六年（1246）春夏之交至年底短暂去朝中任职外，其余的时间都在广州协助方大琮展开政务工作。例如，针对广州易遭台风、洪水等自然灾害，创设备安库，积蓄足够的钱粮，以随时赈济百姓；针对老无所养、病无所医者，建立寿安院；为落实儒家移风易俗的政治理想，设立专门的班子恢复、推广礼乐文化；为充分照顾年长者，扩建元老壮猷之堂，使之成为老有所乐的园地；为赓续地方文脉，新建四先生祠，纪念本地先贤；为引导本地学子积极向学，创立濂泉书院，聘请名师执教，作育英才；为推动地方文化建设，接续文化脉络，启动重修《南海志》……随着一个个惠政依次展开，广州整体气象也为之一新。他积极编辑方大琮的公文集，亲自作序，揭示其为政要义，还不避嫌疑，积极向宋理宗推荐方大琮，“宜召用之”。

淳祐六年（1246）春夏之交，李昴英因丞相杜范之荐再度入朝任言官。他立朝言事，刚狠严正，毫不留情，建言宋理宗正国本、去奸邪、远小人。宋理宗不以为忤，反而将他的名字写在御屏上，对人赞叹：“李昴英，南人无党，中外颇畏惮之！”当时，权相史嵩之服阕期满，蠢蠢欲动，妄想复起。李昴英连上奏章，历数史嵩之罪状，最终粉碎了史氏集团卷土重来的阴谋，大快人心。年底，他上疏论枢密使陈韡等皇上心腹不上早朝等违反朝廷礼仪的行为。宋理宗坚决不听，他不顾阻扰，拉住宋理宗衣袖，再三言说。宋理宗拂衣而去，他只得将疏文留在御榻上，回归故里。

他勇于进谏、凛然不可犯的故事，迅即传遍全国。他进广州城的时候，发现民众举着彩旗欢迎他回乡，不禁热泪盈眶。

他沉潜下来，屏居乡间，一心读书养性。朝廷不断下达任命通知，一会儿是赣州知州，一会儿是福建提刑，一会儿是漳州知州，他一概以“受教菊坡先生，讲明出处，最不草草，深惧得罪清议”等语推辞。

淳祐九年（1249），广东转运使邱迪哲暂代安抚使，提拔副手陈知章代理通判，一起合谋残害瑶民，凡有不满，或投入监狱严刑拷打，或直接杀戮，人称“大屠伯”和“小屠伯”。李昴英义愤填膺，接连上奏朝廷，如实揭发邱、陈二人的暴行，同时又联络粤中廉洁官员一起抗暴，一举除掉了邱、陈集团，但他也因此被除去直秘阁之职。

淳祐十二年（1252）十二月，参知政事徐清叟再度推荐李昴英出来任职，宋理宗也欣赏李昴英的贤能忠直，因此授直宝谟阁、江西宪使兼赣州知州。次年，李昴英携子到任。他坚持四处视察民众疾苦，安抚瑶民，完善养老机构，改革风俗礼仪，在短短一年的时间里，郡内大治，万事俱兴，被评为诸郡最优。

宋理宗宝祐二年（1254）正月，朝廷调他入朝中任宗正卿、国史院编修、实录院检讨。他力劝宋理宗“痛惩前失，猛铲宿弊”，远离贾似道、丁大全，宋理宗欣然采纳，并提拔他为翰林侍讲学士，以至权臣不敢正视他的眼睛。

次年六月，耽于游乐的宋理宗在西湖兴建御园西太一宫，强行将许多名胜古迹划入，又任用宦官卢允升、董宋臣搜罗奇珍异宝。御史洪天赐上疏论争六七次，见宋理宗置之不理，卢、董二人也毫不收敛，便辞官而去。李昴英接着上疏，胪列卢、董罪状，宋理宗照样不予理睬，监察御史反而上章弹劾李昴英。此时，李昴英年已五十五岁，不愿再与权奸巨阉斗下去，索性辞职归里。

李昴英卜居羊城文溪左畔，悠游诗酒园林之余，整理恩师崔与之的著述，创建张九龄、崔与之二公祠，弘扬恩师的学说。宝祐四年（1256），宋理宗打算起用他为端明殿学士、佥书枢密院事，但他坚辞任命，远离市廛，在白云山脚下修文溪小隐轩，要学介子推宁愿“抱木而燔死”的故事以明志。

宝祐五年（1257）八月九日，他安详地闭上了双眼。《同治番禺县志》载：“宝祐五年（1257）八月初九日卒，年五十七，谥‘忠简’。昴英卒前数日，有大星夜坠舍东，远近骇视。”这与出生时的传说前后照应，形象表达出人们对“岭南一星”传奇一生最崇高的敬意。

《四库全书》的“《文溪集》提要”曾对李昴英的“历史定位”下了一段极其精辟的断语：在政治才能方面充分肯定李昴英乃是一位“盖具干济之才而又能介然自守”的贤臣，而在政治操守方面更赞许李昴英立朝刚毅不阿，“直声动天下”。这一论断，可以视为“历史定评”。

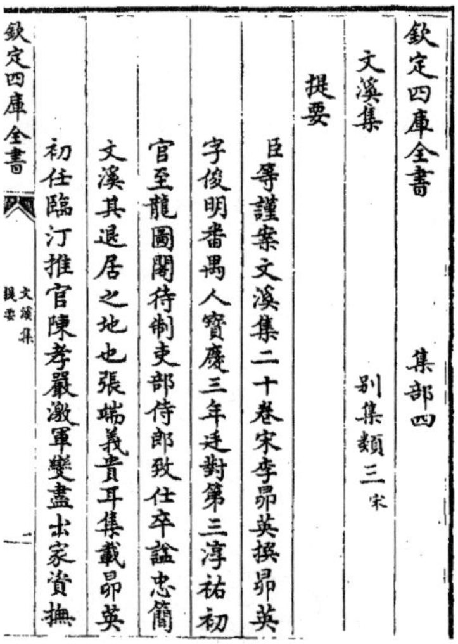
欽定四庫全書　集部四
文溪集　別集類三　宋
提要
臣等謹案文溪集二十卷宋李昴英撰昴英
字俊明番禺人寶慶三年廷對第三淳祐初
官至龍圖閣待制吏部侍郎致仕卒謚忠簡
文溪其退居之地也張端義貴耳集載昴英
初任臨汀推官陳孝嚴激軍變盡出家資撫
欽定四庫全書　文溪集 提要

《四库全书》《文溪集》提要

模塑“岭南精神史”画卷

唐宋时期，岭南地区的政治、经济、文化获得了空前的大发展，尤其表现在科举出身晋升宰辅重臣、封疆大吏的岭南人物渐渐多了起来，以传统中原人物为核心的文化版图开始明显向东、南、西等多个方向拓进。文化发展从而更显多元而均势。

李昴英正处在南宋中期岭南文化迅速崛起的关键时期，他深切感受到了文化创造喷薄期特有的冲击力，也愈来愈清晰地认知到自己所受的以张九龄、余靖、崔与之为代表的岭南文化精神的感召，对岭南文化的更新与创造，始终有一种高度的浪漫想象和高涨的热忱，坚信自己可以充分发挥主观能动性与创造性。所以，他从政治、学术这两个层面模塑了“岭南精神史”的壮丽画卷。

在岭南政治文化精神的梳理与建构上，李昴英特别抉发了三个重要的历史人物——张九龄、余靖和崔与之。

张九龄（673或678—740），字子寿，号博物，广东韶州曲江（今广东韶关）人，传说是西汉开国名臣张良、西晋大文豪和博物学家张华的后裔。自幼聪颖，善诗文，在武则天长安二年（702）中进士，迟至唐中宗景龙初年，才得到名臣张说荐举，授校书郎。进入唐玄宗朝，他屡获升迁，先后任右补阙、中书舍人、中书侍郎、同平章事、中书令、尚书右丞相（仆射），协助玄宗制礼作乐，斐然有成，是公认的开元盛世时期最后一位名相。张九龄于开元二十八年（740）去世，朝廷追赠司徒、荆州大都督，谥“文献”。

《旧唐书》以无比艳羡的口吻说：“开元之代，多士盈庭。”可以说，张九龄恰恰是那个人才济济的时代里最耀眼的星星之一，所以，《旧唐书》“史臣曰”推赏张九龄“文学、政事，咸有所称”，乃是“一时之选”。

从李昴英的相关论述中，可以发现李昴英眼中的张九龄有以下三个方面的闪光点：

第一，“九龄风度”的品藻风神。

张九龄富有胆识和远见，忠耿尽职，秉公守则，直言敢谏，选贤任能，不徇私枉法，为世人所崇敬和仰慕。但是，在唐玄宗朝，人们的“第一观感”却在张九龄的“风仪秀整”上。据史载，他举止优雅，风度不凡。传统政治品评人物时，直观的审美具象往往决定了人们的接受度。《唐语林》载："明皇早朝，百官趋班。上见张九龄风仪秀整，有异于众，谓左右曰：'朕每见张九龄，精神顿生。'"这一品鉴，产生了明显的"指标"意义，似乎再现了汉晋时代品藻人物的旧制。《旧唐书》和《新唐书》甚至描述了张九龄因身体羸弱而使他人代持笏板上朝的独特场景，这一举动令人心生莫名的感动。在张九龄去世之后，每次宰相推荐贤士，唐玄宗总会问上一句："风度得如九龄否？"显而易见，唐玄宗下意识地抉出"九龄风度"作为品评人物的最高标准。令唐玄宗见之而"精神顿生"的，是一种儒雅、斯文、坚定、坦诚、从容、自信的儒者风神，是与其品行、政治才能、文学精识等紧密联系在一起的综合印象。

第二，奉儒守官的政治操守。

张九龄出身于一个典型的儒者家庭，良好的家族教育使得他始终秉持孔孟之道，正道而行，具有官员应具的守正忠直的操行，而在任宰辅大臣之时，更能坚持应有的品行风范。《新唐书·张九龄传》记载了一件极具典型性的政治事件：

> （张九龄）及为相，谔谔有大臣节。当是时，帝在位久，稍怠于政，故九龄议论必极言得失，所推引皆正人。武惠妃谋陷太子瑛，九龄执不可。妃密遣宦奴牛贵儿告之曰："废必有兴，公为援，宰相可长处。"九龄叱曰："房幄安有外言哉!"遽奏之，帝为动色，故卒九龄相而太子无患。

开元二十四年（736），武惠妃暗中勾结李林甫，密谋废太子而立自己的儿子，张九龄面对威逼利诱，坚持政治道德原则，展现了儒者的铮铮铁骨。同样地，对于任何政治事件，他都能时时保持高度的警惕性与预见性，在选拔朝臣的问题上，他主张注重人品，量才使用。平日里，他极力反对唐玄宗感情用事的恩赏和李林甫的结党营私，时时进谏，没有丝毫的畏惧。

第三，文章大家的典范意义。

史载，张九龄“幼聪敏，善属文”，成年后则“以才鉴见推，当时吏部试拔萃选人及应举者，咸令九龄与右拾遗赵冬曦考其等第，前后数四，每称平允”。这一文学才能，很快引起了张说的注意。“时张说为中书令，与九龄同姓，叙为昭穆，尤亲重之，常谓人曰：‘后来词人称首也。’”张说更以知集贤院的良机，给张九龄提供了一个能够充分施展自身才华的大舞台。自唐中宗朝起，张说、苏颋皆以文字显名于世，朝廷诰令文书多出于张、苏二人之手。张说封燕国公，苏颋封许国公，时人称“燕许大手笔”。张说以宰辅大臣、文章圣手的身份，如此推许张九龄，对于张九龄的迅速成长，无疑具有决定性的作用。张九龄不负众望，得江山之助，自然成文，开“轻缣素练，实济时用”之散文新风。是故张九龄以“文学精识”深得唐玄宗器重，被公认为继“燕许大手笔”之后盛唐的一代辞宗。

可以说，无论在文学上，还是在政事上，张九龄都是一个真正意义上的成功者。他活跃在唐玄宗热衷于制礼作乐的开元时代，实现了作为一个儒者的人生理想与政治抱负，书写了完全属于他的辉煌人生，成为开元盛世的中心人物之一。

对于身处南宋积贫积弱时代的李昴英而言，张九龄代表了一个难以企及的政治境界，是一个儒者最伟大的梦想。而在菊坡学派的形成与发展过程中，李昴英则扮演了一个最为关键的角色，反映了某种“心理补偿”的效应。所以，他在《书亡友张德明拥书楼》一文中浓笔重彩地描绘了自己的同学张德明继承远祖张九龄的儒学精神，自费建起藏书楼，为传播儒学作出巨大贡献一事。他又在《题菊坡〈水调歌头〉后》一文中描绘了人们积极参与修建张九龄、崔与之合祠的过程，畅论张、崔二公之间一以贯之的内在精神脉络。

余靖（1000—1064），字安道，广东韶关曲江（今广东韶关）人。宋仁宗朝谏官，官至工部尚书，卒谥“襄”。

余靖自幼聪颖能学，《宋史·余靖传》载：“少不事羁检，以文学称乡里。”欧阳修《赠刑部尚书余襄公神道碑铭》也说余靖“自少博学强记，至于历代史记、杂家、小说、阴阳、律历，外暨浮屠、老子之书，无所不通”。宋仁宗天圣二年（1024）中进士，被录为赣县（今属江西省）县尉。不久中书判拔萃科第一，任江西新建县（今江西省南昌县）知县，迁秘书监、集贤院校理。因向皇帝上疏为范仲淹辩护，与欧阳修同被贬出京，监筠州酒税。后复为集贤院校理，同知太常礼院，擢右正言。多次建言，抗声力争，与欧阳修、蔡襄、王素被同誉为“庆历四谏官”。三度出使契丹。在狄青统属下平定侬智高之乱。后历集贤院学士、户部侍郎、广西安抚使、广东经略安抚使兼知广州、工部尚书。

作为一代名臣，余靖展现了令人敬佩的精神风范。

首先，追求天下为公的完美儒者境界。

余靖自觉践行宋代士大夫以道自任、胸怀天下的精神追求与行为准则，与范仲淹、欧阳修、蔡襄等名臣共同进退，是“先天下之忧而忧，后天下之乐而乐”的谏臣、儒臣、能臣。余靖自幼熟读儒家经典，信奉儒家的“天命论”，把“天”看成是符合历史性的、有意志的且高度道德化、感情化的主宰，如他在《宋故大理寺丞前知白州孙公墓表》中“天生吉人，付之正性”、《宋故殿中丞黄公墓表》中“为善致祥，乃天之常”一类的表述都可体现。但是，他也并不完全消极被动地相信“天”，在荀子“制天命而用之”思想的基础上，他更多地强调人的主观能动性，尤其是儒家“仁义礼智信”的最高指导意义。他说：“世有积善而遇祸，积恶而蒙福者，虽有仁、智，无如之何？”进而指出，“儒以礼法御当世，使人迁善而去恶”，恰可造福人间。所以，他多次向统治者提出应以“仁”“和”为政务指导，以安民为治国根本，要将国家大计与百姓根本利益完美结合起来，方可以安民立本；要充分察民疾苦，厚农桑，减徭役，宽民力，去贪残，重安抚，体现了他以“仁”与“和”为核心的民本思想，是儒家传统思想在现实政治生活中的活的变通。

其次，体现道德自律的清廉品德。

余靖谨守“君子忧患”的道德训诫，居官清廉。他撰作《从政六箴》，提出“君子之道，行之当世以为范，言之后世以为稽”（《宋职方忧余集序》），又提出六字为官箴言——清、公、勤、明、和、慎。这是他个人立身行事的座右铭，一生奉守不移。他多次担任地方官，凡上任、卸任，一律轻车简从，谢绝迎来送往，反对讲究排场、铺张浪费的官场恶习。他常从自己微薄的薪俸中抽出一定的金额，接济贫士难友，展现了儒家“仁者爱人”政治学说特有的“善”的温情。他居官清廉，如任广南东路经略安抚使兼知广州时，察访下属州府，端州知府送给他一个端砚，高州知府送他两方图章，他径自掏钱买下。他对朝廷给他的赏钱赏银，更是分文不取，封存在广州军资库内，以备应急之用。他离任时，“不载南海一物”，朱熹《五朝名臣言行录》称道：“其廉洁谨行，可见一斑。”这就是他廉洁自律的真实写照。

最后，成为能吏的典范。

作为谏臣，余靖以刚正直言名噪一时。例如，他初虽与范仲淹并无多少交情，但纵论范仲淹不当以言获罪，慷慨陈词：“臣故抵罪抵妄，辄有开陈者，怀忠事君，不敢自爱，万一益国，死无所恨。”宋仁宗庆历三年（1043）七月，他会同欧阳修等谏官建言罢免王举正，推荐范仲淹代之，不避奸邪，不畏权贵，秉公直言。他更常常犯颜直谏，指陈宋仁宗的种种失误，认为“陛下自专政以来，三逐言事者矣。若习以为常，不甚重惜，则恐书于史册，亏玷太平之治”。北宋文人孔平仲在《孔氏谈苑》中记载了一则趣闻：“余靖不修饰，作谏官，乞不修开宝塔。时盛暑，上入内云：‘被一汗臭汉薰杀，喷唾在吾面上。’”庄谐杂作，如在眼前，可与李昴英拉扯宋理宗衣袖相映成趣。

他还是一位出色的外交家、军事家。《宋史》载其“三使契丹，两使西夏，平南蛮，定交趾”，安定边疆，功勋卓著，是北宋文臣中罕见的能在边事上一展身手的佼佼者。所以，苏洵在《上余青州书》中称许余靖是“天下之士盖有五六人”中的一个：“当其盛时，激昂慷慨，论得失，定可否，左摩西羌，右揣契丹，奉使千里，弹压强悍不屈之人，其辩如决河流而东注诸海，名声四溢于中原而滂薄于遐远之国，可谓至盛矣。”苏洵对余靖外交成就给予高度的评价。

蔡襄的《四贤一不肖》组诗，将范仲淹、欧阳修、尹洙、余靖誉为“四贤”，以高若讷为“不肖”，其中赞赏余靖道：“崭然安道生头角，气虹万丈横天衢。臣靖胸中有屈语，举嗌不避萧斧诛。”欧阳修更在《赠刑部尚书余襄公神道碑铭》中高度评价余靖的一生功绩：“始登于朝，官有言责。左右献纳，奸谀屏息。庆历之治，实多补益。逢时有事，奔走南北。功书史官，名在夷狄。”这些作品将余靖作为儒臣、谏臣、能臣等的性格特征概括得非常准确生动。而李昴英的同学余仲宣，就是余靖的后代，在其获任法掾之时，李昴英特作一文，鼓励余仲宣能如余靖那样秉公执法、青史留名。

崔与之生平在前文已作介绍，他曾说过一句名言：“官职易得，名节难全。”他从宦四十七载，从未被弹劾过一次，奥妙就在于他不欲卷入朝廷的倾轧，一直沉潜在难治之地和偏远之地，努力耕耘。他本人更没有开宗立派的念头，至少在《崔清献公集》里头，我们实在是找不出关于他开宗立派的片言只语来。而且，李昴英虽曾写过20来篇回忆崔与之的诗文作品，但并没有作出关于崔与之开宗立派的论述。关于菊坡学派成员的构成，迟到明清之际，才由大思想家黄宗羲完成初步的构拟。黄宗羲在自己撰作的《宋元学案》第七十九卷《丘刘诸儒学案》中，指出崔与之、洪咨夔、程掌三人学有渊源。当然，如果我们算上崔与之的“衣钵弟子”和“正宗传人”李昴英，也许这一群体的群像会更加清晰。果然，不久之后问世的《宋元学案补遗》更将刘镇、温若春、吴纯臣、谭凯、黄镛、李昴英、李肖龙等七人纳入崔与之弟子队伍。换言之，上述这十个人构成了菊坡学派至少三代传承的主干队伍。

这一队伍的构成，应该从以下两个方面来看：第一，崔与之长期游宦各地，汲引后生晚辈入仕；第二，崔与之创建菊坡书院，弦歌不辍，培养了大批人才。大概也正是因为这两点，他的众多门生弟子深受其精神感召，都拥有着与崔与之如出一辙的精神风采。精神的力量，将他们凝聚在了一起，自然而然地形成了菊坡学派——岭南地区第一个学术流派。

这是一个自然形成的过程，透露出明显的“松散”特征。这一现象很值得我们进一步关注与思考。在此，我们不妨举几个人的例子。

洪咨夔，字舜俞，号平斋，临安府於潜（今浙江临安）人。崔与之举荐他入仕。崔、洪二人曾并肩奋战于淮西前线。洪咨夔后历任如皋主簿、饶州教授、成都路通判等职，每至一处，甚有政绩。他硬朗耿直，因直斥权相史弥远专权，被贬归里。七年后，再入仕，个性依然，终“十年不调”。宋理宗称其有“鲠亮忠悫”之节。

程掌，字叔运，眉州丹棱（今四川丹棱县）人。南宋大儒魏了翁的高足，宋理宗绍定二年（1229）进士，授扬州观察推官，调巴州教授。平生嗜关洛之学，尤精《资治通鉴》。为人负气不屈，为政刚硬，魏了翁勉以“修养”之功。魏了翁曾得到过崔与之的举荐，所以当崔与之帅蜀时，魏了翁便将程掌推荐给崔与之，使其才能得到了充分的发挥。程掌久处崔幕，有所作为，大概是黄宗羲将其列入崔氏门墙的主要原因。

刘镇，字叔安，广东南海人。宋宁宗嘉泰二年（1202）进士。因受他人牵连而谪居福州达三十年之久，但其个性旷达，不坠青云之志。刘镇久与崔与之游处，崔与之去世时，他作诗凭吊，“始终无玷缺，出处最光明”一联，尤为人传诵。

吴纯臣，广州番禺人。四历州官，曾任知连州，尽心为民。宋宁宗嘉定八年（1215），春夏不雨，他冒着酷暑到龙津祷雨。崔与之素知其贤，入觐宋宁宗，宋宁宗问南中人才，崔与之以纯臣对。除提点广西刑狱，进通奉大夫，乞归，人称其急流勇退。年六十二，卒于家。

温若春，字仲暄，广州番禺人。宋宁宗嘉定十三年（1220）特召对策，调潼川、英德学官及为府学正。宋理宗绍定三年（1230），崔与之推荐他出任秘书郎。终以朝奉郎致仕，居家以勤俭闻。广东经略安抚使方大琮建"四先生祠"，温若春即位列其一。其余三位为李昴英、古成之、郭阊。

李肖龙，字叔膺，宋末增城人。宋度宗咸淳七年（1271）进士。曾任赣州司户、代理长东（今广东五华县）县令。官至朝议大夫。为官时，惩大姓、正婚俗、兴学重农，政绩显著。宋亡不仕，归隐家乡。著有《易传》《五教编》《崔清献公言行录》《见闻录》等。

至于李昴英跟崔与之的关系，那就更深了。李昴英二十出头的时候，就拜在崔与之门下攻习诗书，准备科考，终在科举考试中一鸣惊人。他也从老师崔与之身上学到了许多官场秘诀，故其仕与隐，一仍其师的人生范式：仕则为民立命，耿介尚直；隐则寒花晚节，凝定不移。

当然，最值得注意的是，他一生都在努力传承、弘扬菊坡之学。他亲炙崔与之教诲多年，虽没编出李肖龙《崔清献公言行录》这样的专题书籍，却依赖那些真实而鲜活的记忆，陆陆续续写了许多篇有关崔与之的诗文作品。从现存《文溪集》录存的相关诗文看，至少可以确定有20篇。从内容上看，这些作品大概可分为以下三类。

第一，是记录崔与之生平事迹及其学行的作品。直接记述的作品，如《崔清献公行状》是以亲炙弟子的身份书写的详细传记。从行状文体要求来看，其创作时间一定是在传主刚刚去世的时候，其创作目的则是为请名人撰作墓志铭或墓表之类而专门书写的；行状内容要求极其详尽，大小不捐，以备撰稿人采择其中的大概与细节。故而李昴英此行状非常详细地记录了崔与之的生平事迹，其中"生平引荐，惟游似、洪咨夔、林略、魏了翁、李性传、程公许，后皆为公辅"一语，是勾勒崔与之弟子队伍的第一手的、权威的史料。

第二，更多的作品则是关涉崔与之生平中极其细微的题记。如《跋清献崔公手墨》《附刻崔菊坡〈水调歌头〉》《题菊坡〈水调歌头〉后》《跋菊坡太学生时书稿》《跋吴都统所藏菊坡先生帖》《书〈菊坡先生蒲涧生祠记〉后》等，或是对于崔与之手泽的题跋，或是对于建立崔与之祠的说明，字里行间流露出对先师的追念与崇敬之情。这些作品以“温暖的人情化细节”，具象化了其师的人格风范，充实了人们对于崔与之其人的理解。

第三，从不同方面言及崔与之社会影响的作品，于他处更可见崔与之的身影。如《增城新创贡士库记》叙写崔与之作为增城人的骄傲，是如何从儒风、士行、科举等多个方面深刻影响增城人，点明崔与之人格精神的引领作用，结穴于“士习淳古，熏然有清献遗风，可敬也”一语，可谓画龙点睛。《东莞县学经史阁记》《祭许象州文》《挽钝斋先生许象州三首》等，通过自己求学番禺学宫的恩师许巨川如何将敬仰崔与之的情怀落实到理顺地方政务、促进民生经济、振兴地方教育等实务上，以具有效能的具体工作践行了一个儒者的理想。故“菊坡清献公自蜀归”，闻东莞建生祠“而嘉叹，方言状于朝”一语，是对许巨川东莞兴学的高度肯定。又如《重修〈南海志〉序》《广州新创备安库记》描写广东经略安抚使方大琮深受崔与之的影响，主动施惠政，修地方志、创立备安库，卓有成效。又如《罗浮飞云顶开路记》写到惠州知府赵汝驭感佩崔与之的德政，积极推进惠州民生工程，百废俱兴，令人欣喜。《书〈泷水赵宰汝轨生祠〉后》叙述泷水县令赵汝轨效仿崔与之平定广州摧锋军的战法、迅疾扫荡了西窜的摧锋军余部。《送纠曹吴雍之官序》言“乡大夫吴公纯臣，温厚有古人风”，解释了吴纯臣入选菊坡学派主干成员的原因。又如《诗隐楼记》《送循州余法掾仲宣之官序》《送判县杨侯汪中入京序》诸文，则描绘了崔与之的一众弟子秉承师训、勤勉政务、一心为民的务实精神。《书亡友张德明拥书楼》重点书写了张德明服膺崔与之的人品与学问，斥资建立藏书楼，为南粤士子求学上进提供了图书资料方面的便利。

诸如此类的书写，以众多生动形象的实例，勾勒出了栩栩如生的崔与之形象，进而刻画出崔与之深远的社会影响。

李昴英归隐家乡后，一方面广结善缘，提携后进；另一方面筑室文溪，课徒授业，传菊坡之学，培养了不少俊杰之士。菊坡后学队伍，总体而言是由两类人员构成的。

第一类，是李昴英的亲友。例如，李昴英对儿子李守道寄予厚望，将崔与之手稿传给他，故《跋菊坡太学生时书稿》说："持此授儿子守道；守道亦就试，且婿菊坡之门。"又如李昴英女婿王元甲同样深受感召。王元甲，字士迁，番禺人。宋亡，每望崖山而哭，坚拒元人的重任，隐居沙湾，自号"梅湾居士"。张镇孙（1235—1278），字鼎卿，号越溪，广东顺德人。宋度宗咸淳八年（1272）中进士第一，是宋朝广东唯一的状元。王元甲与其同榜。宋亡，张镇孙率军民守广州，抗击元军，兵败被俘，在押解途中自杀，与文天祥合称"南宋殉国两状元"。王元甲奉张镇孙灵柩归葬广州。李用，字叔大，号竹隐，广东东莞人，李昴英友人。潜心周程理学近三十年，李昴英美之"有道君子"，并举荐于朝廷，李用拒之。宋亡，李用只身东渡日本，讲学终老，被日本人尊为"夫子"。熊飞，李用之婿，东莞著名的抗元英雄。宋恭帝德祐二年（1276），元军围临安，熊飞应文天祥号召，起兵勤王，李春叟作《送熊飞将军赴文丞相麾下》为之壮行。熊飞入文天祥军，领乡兵转战于粤中、粤北各地，战死于韶州。

另一类，则是李昴英的门生弟子。其中，陈大震、李春叟、何文季、曾士倬、赵东山等，是李昴英的重要门人。何文季，字子友，广东东莞人。宋亡，弃官归隐，与赵东山、陈大震等吟咏唱和。文天祥许之"传菊坡法衣，密文溪讲席""必能赤文溪帜"。赵东山，号野仙，广东东莞人，学识渊博，性情高洁。宋亡，每至崖山而哭，慷慨悲诵。陈大震，字希声，著《南海志》二十卷，有声于时，又建平湖书院，致力于讲学。李春叟，字子先，号梅外，东莞人。为官清廉，个性耿直。元军攻占东莞时，他面见元军统帅，以死抗争，使东莞免于兵火之灾。战后，他们又开枝散叶，活跃在广州、东莞、顺德乃至广西等地，延续菊坡精神。李春叟与东莞籍诗人赵必瑑、陈庚、陈纪等人结吟社，以志节相砥砺。赵必瑑（1245—1294），字玉渊，宋宗室，东莞人。宋度宗咸淳年间进士，投奔文天祥，参加抗元斗争，兵败归里，不仕二朝。陈纪，字景元，号淡轩，东莞人。宋亡，隐居乡间。由此可见，以李春叟为中心，又形成了一个以气节相号召的士人圈子。

从上述成员的生平事迹和思想取向来看，他们都是张九龄、余靖、崔与之一脉精神的直接传承人。在人生的取舍、进退、仕隐等关键点上，凡关涉时代、际遇、个性等复杂因素时，其个体生命的选择，无疑皆遵循了张九龄、余靖、崔与之的精神指引。

从《文溪集》看，李昴英也将自己最饱满的情感投入到描摹岭南山水的画卷中，发现并表现了岭南山水之美，模塑了一个个灵动而丰沛的文学景观。这无疑丰富了岭南山水的本土书写和文化表征，有力推动了岭南地方意识的自觉与建构。

更重要的是，李昴英从山水书写、文化建构等方面多层次、多维度地看待中原文化与岭南文化的辩证关系，从二者良性互动入手，努力在中华文明大一统版图中辨析岭南文化的精神谱系，进而将岭南地方意识的自觉与建构纳入以儒家文化为统摄的中华文化体系范畴之内，完成了一幅全新的岭南精神史画卷的绘制。

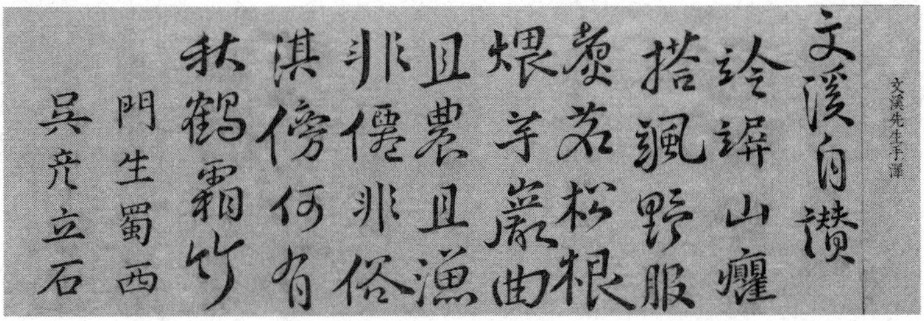

《文溪自赞》（李昴英手迹）

践履“奉儒守官”的政治理想

李昴英刚正不阿，直言进谏，因而受到奸臣佞相的排挤、打压，经历了“四起四伏”的人生波折，但是，他无所畏惧，无愧于心，一生走得朴实坚定。支持他坚定走下去的，正是与张九龄、余靖、崔与之一脉相承的“儒者进取”精神的力量。

与此同时，我们还要看到他就读番禺学宫时的老师许巨川指导他阅读程朱著作所产生的最为直接的内驱力。

许巨川的伯祖父许升，师从朱熹。朱熹很欣赏许升，题许升居所曰“存斋”，并作《存斋记》。许巨川自小由许升教读，因而也成了朱学早期的活跃分子之一。他将朱学精髓完整地传授给了李昴英，对这个十多岁的学子产生了潜移默化的引导作用。南宋文化发展潮头，也很快朝着朱学方向转变。宋理宗在淳祐元年（1241）正月十五日幸太学，颁诏周敦颐、张载、二程、朱熹五人从祀孔庙，黜除王安石从祀的资格，从国家政治层面确立了程朱理学的“正学”地位，学界随之调整了学术传承的谱系，明晰了“由北溪（按：指陈淳）之流，溯紫阳（按：指朱熹）之源而窥圣涯（按：指孔孟之道）”（《题诸葛珏〈北溪《中庸》《大学》序〉》语）的治学路径。

李昴英的思想，无疑是在岭南文化精神与程朱理学的双重影响下建构起来的，他将岭南文化注重“学以致用”的实学品格，融入程朱理学的“思辨”体系之中，具有鲜明的时代特色与地方特色。

人们初读李昴英的奏疏札文，往往会对充斥其中的“天人感应”的“迷信”话语系统，留下深刻印象。如《嘉熙己亥著作郎奏札》说：

> 然自往岁以来，飞廉动威，回禄扇焰，雨雹流沴，旱蝗为妖，怒涛浸逼于都城，列纬数愆于舍次。一警之不悟，而咎征叠见焉。屡谴之不悟，而大变异出焉。是仁爱之已极，且转而为震怒矣。

表面看来，这完全就是西汉董仲舒那套“天人合一”的感应学说，字里行间自然而然流露出如此强烈的跨代性“文化遗传”，似乎在证明二者之间并没有什么本质上的不同。

但是，如果深入考察宋代政治话语的表达形式，我们就会发现，“天人感应”的哲学观，一直是进奏文书的语言底色。“天人感应”话语体系的深层意涵，便是以凸显“天命论”正当性的方式，寄予对君主励精图治的渴望，因此无论在讨论什么论题时，这都具有“预设”前提的重要意义。

远在北宋中期，名相王安石在应对皇帝询问时，曾对“天命论”作过“但当修人事以应之”的回答。这一“变通”思想，迅即成为宋人设置在“天人感应”论之后，使二者成为互为表里的套语，一如中药配伍一般，二者须臾不可割舍。这一固定表述，也在李昴英向宋理宗进言的奏文中得到了形象的表达。在进言时，李昴英不断引用“天人感应”的物象，实际上是在利用既有的思维惯性和强大的心理压力，来增加言辞的可信度与说服力，甚至套用了王安石的话语形式：“今岁以来，天变频仍，正当修人事以应之。”

这一哲学思维，极其生动而深刻地反映了张九龄、余靖、崔与之一系哲学思想的总体特征，是儒家传统思想在现实政治生活中的灵活运用，体现了一种强烈的以“仁”与“和”为核心的民本思想。因此，我们在考察李昴英的思想体系和思维姿态时，就应该从这一透着辩证法智慧的高度切入。

如果再进一步考察程朱理学的学术表达形式，那么，我们也会发现，“天理”与“人欲”这组对立范畴的设置，同样凸显了“天命论”的先天性和合理性的诉求。毋庸讳言，在理论表述中，李昴英喜欢运用程朱理学的理论术语，如《淳祐丙午十月朔奏札》说“人欲一胜，则天理必微”，《跋录曹吴雍所藏邹南谷书墨》说“宜益克己，使人欲净尽，天理混融，以全吾固有之仁”，似乎与程朱理学“存天理，去人欲”之说是一致的。

朱熹常常是从玄妙之“理”的层面界定“天”的，比如，他在《答黄道夫》中说："天地之间，有理有气。理也者，形而上之道也，生物之本也；气也者，形而下之器也，生物之具也。"《朱子语类·理气上》说："天下未有无理之气，亦未有无气之理。"他也喜欢从事物的普遍规律谈论"理"，《朱子语类·鬼神》说："人死则气散，理之常也。"《朱子语类·理气上》说："如阴阳五行错综不失条绪，便是理。"

李昴英从朱熹的后一个论述出发，把握"天理"与"人欲"之说的辩证法意涵，作出人性化、日常化的论说，避免蹈空之论。他在《淳祐丙午侍右郎官赴阙奏札》中说："所谓天者，天下之公理而已"，"每事揆之公理，以求合天心"。在他看来，"理"并不是理学家玄妙的形上之"理"，更不是人类社会的终极主宰，而是人心之所同的"公理"。只有这样的"公理"，才符合"天心"，是《孟子·告子上》"心之所同然者，何也？谓理也，义也"论断的真实再现。故他在《嘉熙己亥著作郎奏札》中断言："天人之际，本无二致。"

从普遍意义上的"人心"看，基于"天心"与"公理"高度一致、完全契合的认知，他在《嘉熙己亥著作郎奏札》中清楚地指出："民，天民也"，"职，天职也"。亦即直接把"民"放到"天"的位置上去了，将"天"的意志赋予给了"官"的职责，规范了为政者必须处事以公理，符合"天心"，符合民意的"先天意志"。这一论断，从根本上来讲更贴近于日常人伦之用，因为"人心所同者"，亦即寻常民心所向、百姓日用所求，可以由此建构天下之"治"的根基与肇始，故《端平丙申召除太博赐金奏札》言："凡是理所安，人心所同者，皆治之基也。"故"人心"之所同即"天理"的论断，意味着可从普遍意义和个体意义这两个层面出发，进行以下推论：

第一，对于帝王个体而言，帝王的"一人之心"同样可以等同于"人心所同"。李昴英在《端平丙申召除太博赐金奏札》中对宋理宗进言："四维不张，国乃灭亡，此厉俗之戒也。陛下欲洗濯士心，而意向未明；欲旌崇节义，而风厉未至。权臣孽息，褒荣加渥；群憸虽斥，简记弗忘。上之好恶或偏，下之趋向必异。”这里“四维”，乃是“国之四维”，亦即礼、义、廉、耻。“上之好恶或偏”必然影响臣下的趋向，最终导致“四维不张”。而《嘉熙己亥著作郎奏札》“以吾之心，合天之心，庶可以转祸而福矣”一语，表达了可转危为安的“最终保证”，更可从中把握住“治”的内在规律，即《嘉熙已亥著作郎奏札》所说的“即一人之心，合千万人之心，庶可以易乱而治矣”，天下必然由乱而治，臻于太平盛世。他把帝王个体的“一人之心”具体化为“人心所同者”，在确认“天之子”的“神格”的同时，赋予了帝王更多的凡间个体性的“人格”。因为帝王应该充分体现“天”的意志，切勿犯错，一旦犯错，则亟须罪己、改革，以自己的实际行动，重归于“天”之道，体现终极意义的“天”的意志，从而达到“天人合一”的境界。否则君主一旦不愿遵守国法，必然重蹈“四维不张，国乃灭亡”的覆辙，历史重演律一再证明这一警示的意义。因此，他在《端平丙申召除太博赐金奏札》中，把“宋室中兴”之愿，寄于君主一人，君主不能玩物丧志，应“念三陲之民，转徙无依，必不忍适一己之安逸”。

第二，对于士子个体而言，李昴英认为，读圣人之书的价值，不应仅仅表现在摇头晃脑诵读章句、修饰文采上，应该聚焦于涵养。儒者应具的性情，按《除正言上殿奏疏》的话来说，就是“培养刚正之才”。他认为，凡为人臣，应是个性硬朗耿介之人，其在《淳祐丙午侍右郎官赴阙奏札》中尖锐指出：“天下所少者，忠臣、义士耳。”故应多涵养性情，培育儒者的阳刚之气，才能成为国家栋梁之材。至于作文立言，必须有利于国家民生，在《游忠公〈鉴虚集〉序》一文中，他提出了君子立言的终极目标：“君子立言，不独以书传也。苟于世教无关，于人国无裨，不过组篇镂句，落儒生口耳；虽或可托姓名以不朽，而萎然无复生意矣。”只有合乎世教，合乎天道，合乎国计民生，这样的“立言”才是有益的，才能够挺立儒者的凛凛生气、彰显“雄深崛奇”的气魄，这样的作品才会受到读者的欢迎。他在《题章公权〈进论稿〉》中说："雄深崛奇之文，自名一家，人争宝之，价诚金珠矣；使非切于时，无裨人之国，亦徒可玩而已矣。"对于为政者而言，作文立言，更应如此，其《方帅山判序》提出了"心正"的命题，指出"心正，则笔正矣"，执笔书写者，如若为人端正、心无邪念，可以"破众史百氏误，以袪天下后世惑"，"锄恶柬奸，恤嫠伸枉"，就能起到端正人心、破除奸邪的巨大作用。他进而举出两组例子，进行深入的论证。他认为刘向《极谏用外戚封事》一文，虽然短小，却远胜于扬雄洋洋数万言玄而无当的《太玄经》；又认为柳宗元文章虽多，却怎么也比不上韩愈的一篇《谏迎佛骨表》。这两个对比表明，他称赞刘向、韩愈二人在政治上不计较个人生死、利益得失，敢于直言时弊，其目的乃在于生民养民、为民除害，对于国家更是善莫大焉。

第三，对于官吏而言，李昴英遵循孟子的思想取径，崇尚仁治、君治、才治的政治理想，以其师崔与之"无以政事杀民"为座右铭，不断强调"民吾同胞也，况父母之邦之民乎？"认为官吏的首要职责就是爱民、养民和利民，故而须以"诚"立德，以"仁"爱民。他指出，抑一已之私以利国利民，乃是为官一方者最为可行的了。因为抑制自己的"欲"，首先是以作为君子内在修养的"诚"来保证的。这一要求，古之圣贤已有明确的解说，如《孟子·离娄上》说："诚者，天之道也；思诚者，人之道也。"而"诚"作为一种基本的人生态度与政治态度，实际上是个人内在的道德修养，与内在修养方式的"慎独"息息相关，是自身进德、自我要求的必要元素，故《中庸》云："此谓诚于中，形于外。故君子必慎其独也。"不可简单化地借助于硬性的政治制度来加以制衡与规范，应完全取决于自觉与自律。这样一来，方可达致无欲无求、无营无苟，所以李昴英以一个"诚"字来评价恩师许巨川。他在《祭许象州文》中称许恩师说："政先及物，诚之流行。问无不知，惟诚故精。事至能应，惟诚故明。诚则无欲，冰蘖自清。诚则无营，轩冕甚轻。"以内在的"诚"，施外在的"仁"，表里一致，方显一派粹然儒者的风范。他在《肇庆府放生咸若亭记》中说："君子仁民而爱物，爱出于仁。而民又先乎物者也。"《送循州余法掾仲宣之官序》说："每谓我辈得行所志，必惠利生民为先。"《寿安院记》更呼吁："苟其位、其力可以利众庶，而呻吟叫呼在吾境若不闻，良心安在哉？"显而易见，这就是孔子"仁者爱人"思想的真实体现，是天下人治的大问题。

总之，李昴英以孟子所言"人心所同者"为基点，推衍出普通百姓"民心所趋"之用、帝王个人"一人之心"之用、士人"正心求道"之用、官吏爱民养民之用，以"一基四用"的方式，推展了"天理"与"人欲"辩证关系的内涵。由此可见，他尊崇程朱理学，但异于程朱理学偏于儒者自身修养的论说，也有意识地避开了争论不休的学理问题与无益论争，循着孔孟之道的原意，以政治家特有的价值观来把握"天理"与"人欲"的辩证关系，将其思辨性的涵养功夫，作了富于人性化的阐说，进而转化为更加日常化的政治"操作流程"，贯穿了益国、利民的思想核心，闪烁着温情脉脉的人性之光。这一治国理民之道，就是他一生的追求，也是他一生的坚持。

因此，李昴英对于个人的进退、抱负的施展，是异常清醒而冷静的。

张九龄、余靖、崔与之的仕宦生涯与政治选择，昭示着儒家政治理想所面临的现实困境，是无法借助帝王的怜悯、权力的游戏与自我追求的阉割就可化解的，源自灵魂深处的道德底线，也许是最后一道防火墙。

李昴英自幼攻习儒家经典，专精《春秋》之学，恪守孔子的《春秋》大义，立身处世，光明磊落。据说，他在少年的时候就向小伙伴们许下了"得行所志，必惠利生民为先"的宏愿，表示如入仕当官，一定要清正廉明，绝不能高下其手，一定要为民鸣不平，"有不平则争，争不得则去"。

可是，现实是残酷的。他科举告捷，满怀金榜题名的喜悦返乡参加庆祝活动，岂料迟迟等不到朝廷的任命。两年多的时间，就在这无声无息中悄悄溜走了。他在汀州推官小吏任上，如履薄冰，唯愿上无愧于天，下无愧于民。可是，汀州刺史陈孝严胡作非为，欺凌部下，逼迫他在冒领军饷的文书上签名。他的第一反应，就是拒绝，然后感到后怕，便决定半夜开溜，远离这个是非之地。由此可见，无论他做了怎样的心理准备，演练了多少遍官场生死场景，一旦真实而严峻的选择摆在面前，恩师崔与之的成功经验怎么都无法移植过来加以应对，自己仍不免手足无措，进退失据。唯有随着时间推移，他的仕途阅历累积，政务经验日益成熟，经历了一个非常漫长的心灵煎熬的过程，方才成长为一个沉着冷静、高洁无私、刚直无党的能臣。

李昴英曾三次担任地方官，第一次是初入仕为官，远赴福建汀州任推官，与地方长官斗智斗勇，勇敢回击山寇，全力保境安民，维护兵卒正当收入，体现了一个儒者“民吾同胞”的道德境界。第二次则是在宋理宗嘉熙三年（1239）出任福建建宁提举，分管茶、盐的产销和监察工作。他雷厉风行地反贪肃贪，维护百姓权益，他的敢作敢为、铁面无私令贪官们心惊肉跳，纷纷望风解印而逃。任职期间，当地发生了饥荒，他率先捐出自己的薪俸赈济灾民，又发动富户慷慨解囊，捐款捐粮，救济百姓，一时间社会力量凝聚起来，群策群力，很快渡过了难关。历代《福建通志》尊崇他为“名宦”，在“名宦传”里专列一个传记，记述他的政绩。

宋理宗淳祐十二年（1252），李昴英以江西宪史兼知赣州。次年一到赣州，他就走村串户，访农民，搞调查，抓住了治赣的牛鼻子：第一，设置“平粜仓”，彻底解除民间饥荒，一旦遇到饥荒，就开仓赈济灾民，保证民众的粮食安全；第二，设法减免税收，减轻百姓的负担，令百姓拥有足够的积蓄，既可以抗灾，又可以保发展；第三，宣谕峒民，最大限度减少汉人与峒民的冲突，确保峒民的生存空间，维持峒民的生计与发展；第四，严格规范官营酒、茶、盐的销售，划分清楚地界，不要扰乱民间市场。这一系列工作同时铺开，一一落到实处，赣州政务局面在一年之间焕然一新，他自然也被朝廷评为本年度治绩第一名。

李昴英一生坚持以民为本，关心民间疾苦，不忍心扰民。他退居广州文溪后，为了方便行人出入，自己出资在文溪上建起了三座桥，百姓称便。这一义举，地方志上都郑重其事记载下来了。又据传说，宝祐二年（1254），他升任太宗正卿，后又升任为龙图阁待制、吏部侍郎，封番禺开国男爵位。宋理宗赐他一只木鸭，令他回乡放于水上，任由木鸭顺流漂，所止之处便是赏赐食邑的终止界。但他不想占用民田，便乘船到了当时极为偏远、荒凉的大屿山，手捧着木鸭登上山顶，放入溪水流下去，圈定这块荒芜的海岛之地为食邑。当年所立的地界石碑，现今仍在香港北端的荒山上。

李昴英的仕宦生涯，几起几落，都与宫廷政治、派系斗争直接相关。但是，他从不依附皇权，从不阿谀权贵，正直刚烈，直言敢谏，以其忠鲠之风、劲直之气闻名，在南宋政坛的大染缸中保全了一个真正的自我。

宋理宗端平三年（1236），李昴英进京初次任职，由宋理宗钦点接见。面对这一千载难逢的良机，别人可能会想方设法说些讨好皇上的话，尽可能留下一些正面的印象，李昴英却在第一次觐见宋理宗的时候，犯颜直谏，提出了“四戒”说——谨身、用人、守法、厉俗，几乎每一点都戳到了宋理宗的痛处。

宋理宗淳祐元年（1241），丞相杜范荐举李昴英任吏部郎官。当时，久居相位的权奸史嵩之正巧守完母孝，密谋东山再起。史嵩之专朝廷权柄十多年，为人心狠手辣，贪赃枉法，在朝堂上骄横专断，而对外却一味妥协退让，许多官员都敢怒不敢言。李昴英如同孤胆英雄，上了一篇《论史丞相疏》，全面揭露史嵩之的罪行，接连用了“挟揣要君如秦桧”“嫉贤妒能如李林甫”“秽行丑声如杨国忠”这样直白的句子，罗列了历史上多个奸臣的恶行，将史嵩之形容为“天下之巨蠹”，可谓一针见血，痛快淋漓。奏疏送上去后，李昴英摘出要点，另写一份奏疏，发动大臣联名弹劾史嵩之。可是，宋理宗意欲庇护史嵩之，对上疏不理不睬。李昴英不气馁，不放弃，又写了一篇《再论史丞相疏》，一方面痛斥史嵩之“巨蠹”之罪，另一方面还把批评的矛头指向宋理宗，指斥皇帝庇护奸臣本身就“养痈护疽”。李昴英紧接着第三次上疏，激切地说道："嵩之包藏祸心，窃据相位"，乃"卖国之贼臣""蠹国之盗臣""擅国之强臣""误国之奸臣"，将为"害国之乱臣"。要求宋理宗赶紧绳之以法，断绝其再度掌权的念头。一众忠臣竞相进言，"正言李昴英、殿中侍御史章琰共疏乞窜斥之，师雍亦上疏论列，帝感悟，即其日诏勒令致仕"，一代奸相史嵩之就此退出历史舞台。史载："上喜其直，书御屏记姓名。十月，擢右正言，上谓宰相曰：'李昴英南人无党，中外颇畏惮之。'"

宋理宗淳祐五年（1245），杜范入相，第一个推荐的人就是李昴英。他说："李昴英，好监司也。"次年十月，李昴英出任右正言，十二月因上疏弹劾宋理宗的两位亲信大臣而落职。从起用到罢官，不过短短数月，李昴英似乎丝毫没有在意过职位升降、个人得失。

宋理宗宝祐三年（1255），李昴英联同洪天锡一道上疏，痛斥宦官卢允升、董宋臣，最后，洪天锡遭到解职。他上奏声援洪天锡，太学生池元坚、太常寺丞赵崇洁等人也行动起来，"皆论击允升、宋臣"，匡扶正气。李昴英自请辞职，慨然赋归，与奸佞作最决绝的决裂。他绝不屈从于丑恶的政治压力，毅然返回羊城隐居，坚决不再出山了。

李昴英以直节显，深得民心，临行时，太学诸生作诗送之，用李师中送唐介韵，有"庾岭梅花清似玉，一番香要一番寒"之句，舆论传诵。而羊城群众更是手持彩旗，排在城门口，欢迎他入城。这一送一迎之间，充分展现了李昴英在百姓心中的光辉形象。

李昴英一生奉行"达则兼济天下，穷则独善其身"的古训，入仕为官，直道而行，而居家读书，养气归仁，展现了鲜明的儒者性情。明儒湛若水《修复李忠简公海珠祠像记》称赞李昴英是集忠、孝、义、勇、惠、廉"六美"于一身的仕宦典范，洵为千古定论。

清刚雅正的文学创作

李昴英生前将自己的诗文编为《文溪集》，惜原集不传。门人李春叟收集、整理李昴英的遗作，编为《文溪存稿》，撰《序》曰：

> 天收其声，山颓笔绝，遗编散落，浩不可收。仆从先生游旧矣，赐墙及肩，未睹阃域，方将拟集大成以俟识者，世运中更，衣冠祸烈，主家十二楼竟堕昆明劫火中。斯文何辜，例坐此厄。噫！尚忍言哉！

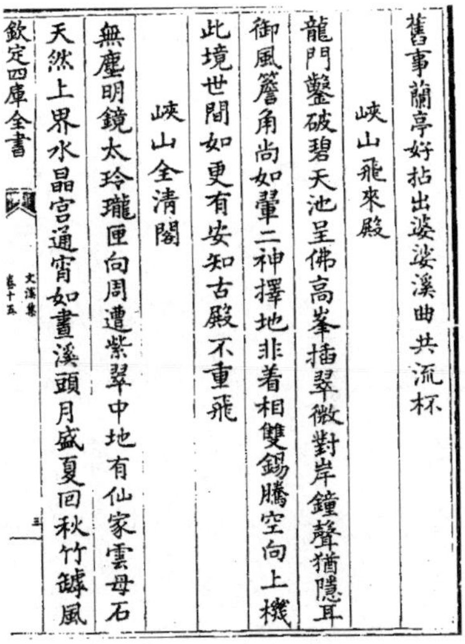
舊事蘭亭好拈出婆娑溪曲共流杯
峽山飛來殿
龍門鑿破碧天池呈佛高峯插翠微對岸鐘聲猶隱耳
御風簷角尚如翬二神擇地非着相雙錫騰空向上機
此境世間如更有安知古殿不重飛
峽山全清閣
無塵明鏡太玲瓏匣向周遭紫翠中地有仙家雲母石
天然上界水晶宮通宵如晝溪頭月盛夏回秋竹罅風
欽定四庫全書 文溪集 卷十五

《四库全书》本《文溪集》书影

大意是说，李昴英撰作极多，却无意收拾，自己忝列门墙，师从先师多年，有意识地收集恩师的作品，希望等收集到“集大成”的程度再请“识者”编集，岂料遭遇到火灾，这一编集的工作不得不加快进度了。接着，他又说：

> 于是（予）勉收烬余，仅得奏稿、杂文一百二十二篇，诗词一百二十五篇，编次成集，命之曰《文溪存稿》。卷饬而归之群玉府，俾登诸梓，以寿其传。尝鼎一脔，知味者有遗恨焉。虽不幸而不得其全也，犹幸斯文之未尽丧也。

他将剩下的稿件编成《文溪存稿》，终于在元朝至元三十一年（1294）正式定稿了。他坚信，此集所收作品虽只是李昴英的一小部分，但众体皆备，可由小窥大，断言："先生之文，泰华之毫芒耳，所可传者仅止此，其所不传者，又孰得而窥其际哉！"由此可读出儒者的大美境界。

元大德二年（1298），李昴英孙宪文、以文请李昴英门人陈大震撰《文溪存稿序》，李刻陈序本便成了一个标准的祖本。《文溪存稿》的流传线索比较清晰，历代皆曾刊刻，影响最大的本子当推《四库全书》本和伍元薇辑《粤十三家》本。杨芷华依伍元薇辑《粤十三家》本《文溪存稿》为底本，广集众本，计得文118篇（其中4篇已缺失全文）、诗159首、词30首，另附11篇名公赞铭序跋等资料，是《文溪存稿》最新最全的版本。李昴英另有佚文《诸户绝而立继者官司不应没入其业入学》《利其田产自为尊长欲以亲孙为人后》二篇，见存于明代张四维编纂《名公书判清明集》，均为判文，有待新版收入。

李昴英继承其师崔与之"骨骼硬朗，言之有物"的文学观念，主张文学创作应自觉承担起"切时裨国"的责任，力避纤巧，崇尚刚直，体现儒者的"仁者"风貌。

第一，明确诗歌的"社会身份"。

李昴英自幼诵习传统儒家经典，深得孔孟之道的熏染，严格遵循"修齐治平"的"成人进阶"，以立德、立功、立言这"三不朽"原则预设自我奋斗目标，尤其是源自崔与之、朱熹所激扬的家国情怀，模塑了"传忠义"的目标，热切期待建功立业，追求"内圣外王"之道。李昴英必然继承传统儒家"以经世为心"的文学观念，将文学创作视为等而下之的"余事"，《题刘浔州必成〈三分集〉》"器识先而文艺后"、《再用观入试韵》"艺先德后已非古"等句，就直接印证了这一"差序格局"。所以，他在代恩师崔与之作的《游忠公〈鉴虚集〉序》中说：

君子立言，不独以书传也。苟于世教无关，于人国无裨，不过组篇镂句，落儒生口耳；虽或可托姓名以不朽，而萎然无复生意矣。

子云邃于《玄》，不如更生《攻外戚》一疏；子厚雄于文，不敌昌黎《论佛骨》一表。盖其言用舍，系当时安危，千载下犹使忠臣谊士闻风而兴起。尚论古人，大节为先，不专在言语文字间也。

在这篇代作的文字里，虽不免以长者的口吻重弹老调，但部分也代表了李昴英自己的认知，亦即以“君子之道”而言，应从立德、立功的高度，确认自己的政治担当与社会责任：首先，在立德、立功、立言的“差序格局”中，文学艺术属于最末等，不到万不得已，千万不要从事文字书写的工作；其次，好的作品一定是如刘向、韩愈那种“切时裨国”的文字，彰显了儒者的勇猛精神与入世意志，一定能名垂千古，而那些纯以文字之巧传世的作品，反而显得毫无生气，毫无活力；再次，好的作品，一定是儒者“大节”的集中体现，千载之下仍能令人们闻风而动，具有巨大的“感发”的力量。

他还在《西畴〈常言〉序》中更加直白地谈论了立言的困境：“孝以顺亲为大，先训之善，而世无传，为子安乎？立言如河汾，犹不免六籍奴婢之讥。”这里谈论到了隋朝大儒王通的故事，据宋初钱易《南部新书》戊部、张洎《贾氏谭录》“六籍奴婢”条：隋初河东大儒王通，讲学河汾之地，门下弟子数百人。三十六岁卒，门人考行，取《周易·坤·象辞》“黄裳元吉，文在中也”之义，谥“文中子”，其著述亦名《文中子》。王通曾以孔子自比，续写“六经”，但是，晚唐的刘蕡评价道：“若以人望，《文中子》于六籍，犹奴婢之于郎主耳。”后人遂以《文中子》为“六籍奴婢”。显然，在李昴英的认知里，以“孝行”为外化形式的儒学思想体系与行为模式，才是最重要的践履和书写内容，子孙后代应将先人的“德行”完美地表现出来并传之久远；如果像王通那样僭越圣人、非议经典，不过是“经典奴仆”之所为而已，距离立德、立功实在是太遥远了。由此可见，“差序格局”体现在写作的方方面面。

第二，文学创作的“切时禆国”功用。

李昴英受到陆游、辛弃疾、崔与之一派有气节、有理想的爱国文人的影响，极力弘扬儒家积极进取的干世意志，以文学作品宣扬爱国主义精神，极大鼓舞了一大批“志在恢复”的文人。李昴英对于文学创作同样提出了注重内涵、注重干世的要求。他在《题章公权〈进论稿〉》中说道：

> 金、珠，珍矣，饥寒不可衣食，则适用莫粟布若也。雄深倔奇之文，自名一家，人争宝之，价诚金、珠矣；使非切于时，无禆人之国，亦徒可玩而已矣。读章衡之《进论》，辞气平畅，若不求工于文者。然论古成败，商今利害，实可见之施行，其日用之布、粟欤！世之舍金、珠，取布、粟者，几人耶？毋怪乎天下之未平治也！

这则题跋，以极其廉悍的笔锋，点明了文字写作应该达到的“治”的高度，即文字书写不应如金银珠宝等无用的奢侈品一样，而应如“日用之布粟”一样，普通平凡，用处却非常之大，须臾不可离，是真正的“大用”。在这里，李昴英运用了一个极其微妙的“近取譬”的手法来讨论古典智慧中的“日常之用”，《周易·系辞上传》说：“百姓日用而不知，故君子之道鲜矣。”就道出了“日用之常”与“君子之道”所特具的表里的一致性。这也构成了中国传统伦理思想的基本术语，指道德实际上贯穿于日常生活的每一件具体事物之中，最贴近人们的日常生活。后世的儒者多据此发出诸如“穿衣吃饭，即是人伦物理”“凡民之有德行才艺者，必见于人伦日用之间”“人伦日用，其物也，曰仁、曰义、曰礼，其则也”的论断，大意是说在人们每天的生活中，布匹、粮食都是人们的日常需要，衣服可以御寒，食物可以果腹，这是平常可见的基本事实，相对而言，人们更应重视贯穿在这些“日常之用”深层的内在规律，那就是“君子之道”，就是儒者的干世理想与担当精神。以“日常之用”生动、活泼而具体地体现“君子之道”，皆是“切于时，裨于国”的，自然会形成儒者“雄深倔奇”的阳刚气质，其作品理所当然“自名一家”，自然体现出社会价值，“人争宝之，价诚金珠”。如果真能产生这样一种精神振奋、思想醒悟的“连锁反应”，则“天下之平治”也必然指日可待了。

值得注意的是，李昴英曾反复多次论述这一“切于时，裨于国”的论点，并从儒家现实主义文艺观的高度作了申述。众所周知，儒家很早就形成了“为现实而作”的文学观念，白居易《与元九书》“文章合为时而著，歌诗合为事而作”及《策林》六十九《采诗以补察时政》“大凡人之感于事，则必动于情，然后兴于嗟叹，发于吟咏，而形于歌诗”等论述，影响深远。其中的“事”，指的是作者所处时代的“时事”，这也构成了文学创作的现实对象和客观起点。李昴英同样认为文学创作要以现实为基础，即客观的社会现实必然激发与之相对应的真实的主观感受，一旦写作抒发真情实感，则必然展现出真实的社会现实，彰显现实主义的精神。

李昴英继承了杜甫、白居易的现实主义传统，并进而在“缘事而发”的基础上，推展出“裨补时阙”的现实功效，亦即发扬杜甫、白居易的文学主张，将这一文学观念延伸到治国之道的高度。因此，他创作了许多直面现实、讽喻时事、关注民生、揭露朝政腐败的作品，而其最终的指向即是“裨补时阙”。故而其创作眼界闳大，高屋建瓴，绝不在修辞、用典等技巧上做表面功夫。

也正是出于这样的认知，李昴英对于科举文体是持否定态度的，其《再用观入试韵》认为科举考试是“艺先德后已非古”，远离了教书育人、选拔人才的真义，故而发出“所忧程文误后学，岂但升沉系悲喜”的感叹，指出科举文体害人匪浅。李昴英在批评科举文体方面的贡献，应该得到充分的肯定。

第三，文学创作要追求“骨力”。

李昴英对当时的文风极为不满，他在《方帅山判序》说：“世方纤巧，诗词新集捷出在在有，真可酱瓿。”大意是说，当今文坛崇尚“纤巧”，即便这类争奇斗巧的作品层出不穷，但明显是毫无价值的，最多只能用来覆盖酱瓿而已。他更在《淳祐丙午十二月正言奏札》中向皇上进言：“臣妄谓今之世不患无文墨之士，而患无气节；不患无议论之士，而患无骨力。”大意是说，当今之世不愁舞文弄墨的文人，反而愁的是文人毫无气节、毫无“骨力”。这一议论，显而易见，系从恩师崔与之“骨骼硬朗，言之有物”的文学主张推衍而来，强调创作不应流于庸俗，而应力求高爽格调，充溢刚直“骨力”，体现儒者风骨。

对于“骨力”的内涵，他在《题节推张端义〈荃翁集〉》中提出了“骨处实，眼处活”之说，他称赞张端义贬谪广东，“落南依败屋，然破釜、竹榻、纸衾，凄其谁堪，而颜丹如、气虹如，不作憔悴无聊状。其诗累篇，骨处实，眼处活，峭奇而非怪，含婉而不怒，多从胸中书流出”。按历代文论的通常解释，“骨”就是指文学作品在立意、思想、意境、风格等方面展现出来的爽朗格调，而“眼”则是指文学作品在字、句上生动传神的亮点，通称“文眼”“诗眼”或“词眼”，能够对全篇起到画龙点睛、瞬间升华的作用。因而，“骨”和“眼”都应该合乎儒家文艺观和美学观的基本规范，“骨”倾向于质朴无华，阳刚爽健，不以奇诡见胜；“眼”则需富有神韵风采、灵活清泛，二者合一，体现出一种“质朴神韵”的艺术魅力。

那么，如何培育这种“骨”与“眼”呢？李昴英在《题郑宅仁〈诗稿〉》中明确指出：“诗词虽寄兴写物，必有学为之骨，有识为之眼，庶几鸣当世、落后世。”即诗词创作即便仅是写物抒情，不如儒典甚远，也应该以所学的知识为骨架，以高远的见识为点睛、升华之笔。而这个“学”恰如儒家知识之“学”，“识”也是儒家知识支持所能达到的思想高度，如此一来，便能达到真儒的高度，所作也就有可能闻名于当世，而又流传于后世；如违反上述原则，那么，所作不过“是土其形，绘其容，望之宛然若人也，置雨中则败矣”，一如土偶，空有其形，远远望去像个人，一旦风雨袭来，即刻变成一堆烂泥坍塌了。

所以，他特别提倡儒家之“学”。如《方帅山判序》：

吾儒本领在所学，而发用在所笔，心正则笔正矣。平居辨经疑，破众史百氏误，以祛天下后世惑，此笔也。其至外服，则锄恶束奸，恤窭伸枉，片言分两造之曲直，此笔也。时有用舍，用有内外，而所学所志无不行。

他指出，吾辈之所学，其实就是儒家“修齐治平”的真本领，是学问知识，是思想境界，更是人品境界。思想端正了，才能写出辨析群经真意、破除诸史错误、祛解诸人困惑的有价值的作品来，对于用舍行藏的人生选择，自然应付自如。如处官场，所作必然是“官样词章惟典雅，心腔理义要深几”（《示儿用许广文韵》），字句之间义理和谐，深惬人意；如退居独处，所作则或是“昂藏标度，磊块胸抱”（《祭钟子鸿文》）、“若非胸中磊块洒浇出，老死画工无此笔”（《题石室木》），发抒胸怀不平之气，或是“寄萧闲之外”，能“澹于物表，纳宇宙之大于胸次”，淡泊以明高远之志。

他强调作家个人精神气度的不凡、知识的广博、人生的阅历，如能融合无间，则必然是下笔如有神助，最终决定作品的成功与境界。其《跋西山真先生〈送李教桂高序〉》言：“士生遐陬，学无名师，诵无全书，得于气禀”，自述自己自小就生活在文化教育不发达的岭南地区，缺少名师指点，缺少书本诵读，但知识积累上的欠缺，恰能以先天的雄直之气补足。这一“气禀”在本质上又与儒家浩然之气是完全一致的，贯通起来并融为一体，并在他的文章写作上自然而然地形成了尽脱陈俗、质实简劲的文风。这一自我剖析的例子，明言自己所养的就是浩然之气，是儒家文学观的现实生命力之所在。

李昴英就这样以自己朴实、简劲的创作实绩，竭力遏制不重视道德修养、心术不正、徒逞口耳之娱、只求文章技巧的文坛风气，因此其诗文创作体现出内容充实、志向高远、议论风发、风骨遒健的特点，堪称岭南派的典范。

在散文创作方面，李昴英最突出的特点是诸体皆备，质实简劲，一如其为人。尤其是他的奏疏，剀切详尽，刚直之气溢于纸上。如《端平丙申召除太博赐金奏札》，是他在参与平定广州摧锋军之乱后奉诏面圣时的进言，明确指出“与治同道罔不兴，与乱同事罔不亡”以总括历代兴亡之理，针对朝廷政治腐败、宫内耽于宴乐、皇帝偏信佞臣，提出了谨身之戒、用人之戒、守法之戒和厉俗之戒。文末附记当时君臣问答实录：

公未奏札子间，上曰：“前此五羊之寇，卿能缒城谕贼，可见胆略。”公奏云：“疏远小臣，辱陛下简记，岂胜感激！”公奏第一札，读至“愧脱簪之谏，周室所以中兴”，上曰：“多事之时，正当以中兴为法。”读至“赞幕府者，人皆惜其去，而列疏未俞”，上曰：“日来士大夫多尚虚名而无实用。”公奏云：“名者，众之所推予也，亦宜留之，以慰物望，与其使之在外，不若使之在内。”读至“临难必无仗节死义之士”，上曰：“士大夫全少气节。”公奏云：“亦在上之激昂耳。”

《嘉熙戊戌奏札》论不拘一格，荐举人才，必然“制契丹之部落”，“成采石之骏勋”。文末附记君臣问答实录：

读至“非天下之奇才，孰能办此”，上曰：“天下事，有人才便可为。近日更张帅阃，卿亦知否？”公奏云：“陛下区处得宜，切中事机。”读奏札毕，上曰：“右相有来期否？朕自更化之初，简在朕心，仪图共治，渴欲一见。”公奏云：“臣崔与之，遐方一老，辱陛下殊常之遇。但高年久病，而又道远，恐未能上副陛下延伫之意。”上曰：“闻其年事虽高，体力尚强，可勉为朕一出。”公奏云：“崔与之居家庭之间，或可以勉强；涉道路之远，恐难以驱驰。”上曰：“卿近得书否？”公奏云：“此月初旬，得二月十六日书。”云云。上曰：“可作书道朕切望之意，勉其亟就道，以共图康济之功。”公奏云：“谨当作书，谕以圣意。”

可见，宋理宗与李昴英君臣之间，真诚相待，句句落在实处，并无虚与委蛇的客套语，简劲之气，郁然可见。

又如《除正言上殿奏疏》《淳祐丙午十二月正言奏札》等篇，斥奸佞、谏权势，皆指斥犀利，言之有物，持之有据，论证雄辩，词气劲直，极富说服力和感染力。

当然，雄直无党的性格，也决定了李昴英奏疏在语言的锤炼上做得不够到位，典雅语、习见语、生僻语等不假思索，络绎笔端，因此就出现了“初读颇难”乃至佶屈聱牙的现象，在客观上形成了接近韩愈门派末流的险怪文风。但是，考虑到文章内容的雄健充沛，读者多少能体会到文字上锻炼不足是情有可原的。

他的记文，颇受理学家畅论义理之法的影响，议论高迈，叙事与说理交融无间，又以款款深情运注其间，婉而成章，具有极强的可读性。他的题跋，更呈现了短文之妙，小小尺寸之间，腾挪翻转，气力暗注，文字从容雅洁，读来满口余香，可品味再三。

李昴英早年以《春秋》之学中进士，不攻诗词，故所作甚少。中年以后，归隐五羊，像其师崔与之晚归故里一样，筑室自适，不沾弹墨，涵养德性，诗词创作的量才有了较为明显的增长。他擅长七律与五律，质朴简劲，《四库全书》“《文溪集》提要”称他的诗“间有粗俗之语，不离宋格，而骨力犹健，亦非靡靡之音”，大致是中肯的。在当时，文溪诗名噪一时，如《两宋名贤集》录宋诗凡157家，其中选李昴英诗32首，颇可见文溪诗为人所重的程度。

李昴英诗词的内容非常丰富，广泛涉及时事、朝政、民生、边事、岭南风光、民俗、友朋往来等，迤逦笔端，自然成趣，具有独特的艺术价值。

李昴英的时政诗，一如其奏疏，来自真实的现实生活，反映了他对政治的鲜明态度和看法，体现了他对国家、社会的一腔热血，指斥朝政黑暗，抨击吏治腐败，深切关心民谟，有着浓郁的现实主义风格。《肇庆府倅王庚应平反广府帅司冤狱诗以纪其事》正如镜子一般，映照出了现实社会的一系列深层次矛盾：

人生天地间，本是同胞出。贵贱与贤愚，分殊而理一。上帝立君师，朝廷设官职。凡百有司存，各欲尽其责。一或无人心，何以顺天则？广南十四州，官吏几满百。公道孰扶持？田野多菜色。大桀作威福，小桀肆蠹贼。周兴而爪牙，郗超而宾客。君禄君忍欺，天民天弗恤。贪饕事筐包，残忍尚徽纆。可怜田舍翁，骈首膏斧锧。可怜富家儿，鞭背遭黥墨。怒气剧炎火，谗言易转石。恩门甘仰面，墦间争屈膝。喑哑一世人，天高云雾黑。

淳祐九年（1249），广东转运使丘迪哲暂代安抚使，以镇压瑶民为由，任意拘捕下级官吏、平民百姓，竟至数百人，并对他们严刑拷打，强行剥夺钱财，引起强烈的民愤。经过半年多的斗争，广大群众赶走了丘迪哲，冤假错案终得以平反昭雪，但是百姓们由此产生的心理创伤，恐怕一时半刻难以疗复。更可怕的是，这一案例将南宋官僚制度的腐朽与失效展露无遗。所以李昴英开篇就感叹众人生于天地之间，本无贵贱贤愚之分，所谓的官职、地位的差别，不过是朝政的制度安排，每个职位皆需立足本职，各尽其责，否则社会就会失去公义，百姓陷入水深火热之中，更没有人敢于发出正义的呼声，整个社会如同乌云笼罩，没有一线光明。由此可见，他的诗作源自真实的现实生活，将朝政腐败、国运衰危、民生多艰、士气凋敝等社会现实问题，一一罗列出来，毫不隐晦。在写作过程中，他的内心情绪自然也随之涌上笔端，以忧国忧民的家国情怀激起读者的心灵共鸣。

李昴英的酬赠诗，写得激情澎湃，一脱理学家的温婉内敛，反而表现出了一种“物以类聚、人以群分”的强烈认同感。对于与自己同调的正直之士，他恨不得用尽所有的笔墨描绘他们心系天下、拯民水火的忧患意识和担当意识，可谓形容曲尽、惟妙惟肖。如《酌别张子元二首·其二》：

南土如君几，妙处方寸境。撑肠五千卷，落笔擅三影。喜谈狂朱云，耻作谀谷永。忧时点鬓雪，未肯疏镊镜。摩挲匣中龙，起视斗牛耿。每同画灰语，寒夜僮仆屏。吾侪期岁晏，世俗任炎冷。江亭挥别酒，谑笑斗机警。景文兄弟情，亩异禾同颖。日边多便驿，频书来越岭。

在这首诗中，李昴英用近乎夸张的笔墨，描绘了自己与张子元之间的深情厚谊，欣赏他出众的才能，赞颂他放旷的性格，更以幽默的笔调，刻画了张子元种种充满奇趣的举动与表情，字里行间充满深情，平白如话，毫不做作。最后两句“日边多便驿，频书来越岭”，更是叮嘱张子元到了京城，要巧加利用驿道的便利条件，多多寄信来岭南，让友谊在频密的书信往来中保持原有的热度。全诗行文天然去雕饰，深情可感。平时在李昴英诗文中极少出现的美酒、欢噱，成了营造这首诗活泼、热烈的艺术氛围的要素，给读者眼前一亮的感觉。

又如《送郑雪屋归里》：

征衣点落红，君去与春同。贫到归时见，吟多醉后工。不应冠尚鹖，自许气如虹。急著看山眼，飞帆吸快风。

在这首送别诗里，李昴英一起笔就用充满暖意和急切的语气，把友人的此番离去说成是与春同行，抒发了依依惜别之情。“贫到”句，出杜甫《贫交行》：“翻手作云覆手雨，纷纷轻薄何须数。君不见管鲍贫时交，此道今人弃如土。”而“吟多”句则化用欧阳修《梅圣俞诗集序》“穷而后工”的论断，愈见妙解。“不应”句形容友人犹有几分武士的雄壮，气势若虹，顾盼自雄，写出了一副不屑宵小、斗志昂扬的神态。末联“急著看山眼，飞帆吸快风”，是说船帆满张春风，急急疾驰返家，说明有人心中光明磊落，无所畏惧，意欲急速远离南宋混乱的政治环境，归隐家乡，寻得心中的安顿。全诗语言畅达，意象密集，气势恢宏，可以见出李昴英蕴于心中的远大理想和高洁志向。

李昴英优游山林，喜欢比较细腻地体味本地景观，对岭南风物作了别具风格的艺术描绘，一直被视为岭南文学史上的代表性人物。如《景泰寺》：

树合疑山尽，攀缘有路通。远鸦追夕照，低雁压西风。瀑势雷虚壑，松声浪半空。凭栏僧指似，涨雾是城中。

首句借唐孟浩然《过故人庄》“绿树村边合”的思维定势，笔调劲健，迅速上扬，描摹景泰寺峻峭高势。举目远望，但见夕阳西下，乌鸦竞逐；西风低吼，鸿雁和鸣；沟壑泻瀑，径自向下；松涛阵阵，声震半空，一片方外净土。朝着僧人手指的方向，广州城就在远方那一片弥漫开来的雾气中。全诗直用白描，平易如话，词气畅旺，朗朗上口。李昴英此类诗作甚多，可视为其颇具特色的代表作。

陈永正《岭南诗歌研究》以李昴英《题石室木》为例，评曰：“刚正激昂，奇崛遒健”，“托物言志，峭劲有骨，表现出诗人胸中奇杰之气”，诚为精识。

李昴英的词作，历来评价极高。清伍元薇《〈文溪集〉跋》针对其奏议文作出一个很有意思的论断：“奏议尤剀切详尽，固不独以填词擅胜场也。”大意是说，李昴英的词作被公认是“擅场”的，我们读了他的奏议之后，就可以发现奏议堪可比肩他的词作。这就明确指出他的词是公认的佳作了。当然，人们往往将他的词与其师崔与之的词联系在一起，列入苏辛一系的豪放词之中。南宋黄升《花庵词选》录其《摸鱼儿·送王子文知太平州》，并誉之为“词家射雕手”，可见其在宋词谱系中所占的崇高地位了。这首词是这样写的：

怪朝来、片红初瘦，半分春事风雨。丹山碧水含离恨，有脚阳春难驻。芳草渡，似叫住东君，满树黄鹂语。无端杜宇。报采石矶头，惊涛屋大，寒色要春护。　　阳关唱，画鹢徘徊东渚。相逢知又何处？摩挲老剑雄心在，对酒细评今古。君去此，几万里、东南只手擎天柱。长生寿母。更稳步安舆，三槐堂上，好看彩衣舞。

就在志同道合的好友奔赴抗金前线的太平州之时，李昴英却一再强调抗金前线的重要性与危险性，对于宋金战争局势作了一定深度的分析，进而鼓励友人自觉担起保卫国家社稷的重任，表现出勇敢无畏的精神，在抗击一线展现英雄手段，成为东南地区的“擎天柱”。于国于民于己而言，这都是了不起的功绩，最重要的是能宽慰老母亲，令老母亲体会到真正的荣耀。以娱亲作结，别具深意，体现出了中国传统文化中重视亲情的一面，通过个人建功立业，提升家族的荣誉感与幸福感，这反过来会更有力地推动个人走向成功。通篇看来，李昴英不落寻常词人抒发依依惜别之情的窠臼，以对友人的殷切期望，表达自己的壮志豪情，运语雅健，气格豪迈，颇有稼轩风范。

李昴英的词创作还有清丽的一路，以至有的词评家将其划归到秦观一系中。此类词作，也颇值得研读。

总之，李昴英将其刚直无党、宽而有容的性格，运注于为政、作文之中，故其文、诗、词内容广泛，议论高迈，风格质实简劲，具有鲜明的个人特点和时代特征。

文溪文选读

丙戌科过省第一捷书

解题

本文选自《文溪存稿》卷二十。此文旧版原注："三月十八日捷子到广州，二十日到石滩。"可知应作于宋理宗宝庆二年（1226）丙戌科发榜后的两日之内，李昴英时年26岁。三年前，他在科场上铩羽而归，却愈挫愈勇，精心备考，终于在这次科举考中的989个进士中脱颖而出，名列第三名，即俗称的"探花郎"。在接下来的这段充满着惊喜与忧虑的日子里，他先后给父母写了五六封家书，连续"播报"这场国家抡才大典的点点滴滴，同时也真切表露了经济上的困窘和初入官场的恐惧。这是其中的第一封信。作者借着科举报喜人专程前往广东增城李家报喜之便，匆匆写了这么几笔，要言不烦，井然有序：第一，"因捷走报，谨写数字，以实其信"，证实此捷报是真实的；第二，交代此后赐出身、谒见皇上等程序；第三，请父母为将要来临的巨量人情债做好相应的心理准备。宋理宗于嘉定十七年（1224）登基，次年改元宝庆。按惯例，新帝登基要举行一次科举考试，俗称"恩科"。所以，宝庆二年（1226）正月二十四日庚辰，朝廷正式颁布了这次恩科的安排，"以礼部尚书程珌知贡举，刑部尚书邹应龙、右谏议大夫朱端常、中书舍人陈贵谊同知"。又依照惯例，此年"谅阴"，新帝仍在"哀恸"之中，不便过多参与政务，若干考试程序可以免除，宋理宗在《省试赐知贡举御札》中就说得很清楚："朕属在哀疚，未遑亲策，爰咨近列，往司衡鉴。"意思就是免去殿试这一关，直接以省试录取名单、名次为准。李昴英所说的"省试叨冒第三名"，就是最终的名次。按宋制，科举考试设诗赋、经义二科，凡考诗赋，须于《周易》《诗经》《尚书》《左传》《周礼》《礼记》六者听习一经；凡考经义，必习二经，以《诗经》《周礼》《礼记》《左传》为大经，《尚书》《周易》《公羊传》《穀梁传》《仪礼》为中经，以一大经为主兼习二中经，如《春秋左氏传》兼习《公羊》《穀梁》《尚书》，《诗经》兼习《尚书》，《周礼》兼习《周易》（或《仪礼》）、《礼记》。李昴英专攻《春秋》之学，则必贯通《左传》《公羊》《穀梁》《尚书》诸经，可惜答卷没能流传下来。据说，主考官之一的刑部尚书邹应龙欲置李昴英为第一，但有人劝说道：宋理宗刚刚即位，宜崇“帝王之学”。故程珌决定擢王会龙第一、李昴英第三，其他主考官都表示认同。虽说不免有些遗憾，但相比已经34岁的状元王会龙、60多岁的榜眼张某，李昴英当年才26岁，可称得上是少年得志、春风浩荡。在接下来的几封信里，李昴英又陆续补叙了拜见宋理宗、赐宴等仪式和人情往来及财务状况等详情，行文均克制有度。丙戌科，即宝庆二年（1226）举办的科举考试。古人习惯以干支纪年来称呼科举年份，丙戌科是宋理宗即位后的首次科考，属恩科，一来程序上颇有减省，二来名额上略有增加，昭示新帝的恩惠。过省，指通过尚书省礼部考试。捷，指科举考试高中的捷报。古时候科举主办方会在放榜时派出专人（即“捷子”）第一时间前往士子家送递捷报，以示郑重。此文原注“三月十八日捷子到广州，二十日到石滩”一语，应该是后来补上去的，用以标明这样一个极具纪念意义的具体日子。石滩，即广州增城石滩镇，李昴英的父母当时就住在这儿，所以，捷报直接送往石滩的父母家。

某[1]顿首百拜，上覆[2]大人朝议[3]、亚妈孺人[4]。某兹者[5]荷[6]先祖余庆[7]、大人阴骘[8]，省试[9]叨冒[10]第三名。自顾[11]识浅才疏，何足当此？今因捷走报[12]，谨写数字，以实[13]其信。然乡间前此无报三名前之例，必有无厌[14]之求，亦宜权[15]其轻重，多不过为政首[16]可也。恐州县有礼仪[17]，大人可谋[18]之亲知谙识[19]者，随时[20]区处[21]。即此报知，他冀[22]精卫[23]寝食，以迓[24]鸿祉[25]。

某此来合[26]受推官文林郎[27]出身[28]，乃庙堂送阙[29]，亦候在外待榜者[30]毕[31]至，方始[32]唱名[33]、赐袍笏[34]，圣上御便殿[35]以颁之。仍旧例入局[36]，待注受[37]毕日，七月初必有归期。谨此拜覆，伏乞[38]尊览。某百拜上覆。

某烦一哥[39]覆知[40]大人，门径[41]只宜依旧，不必加粉饰，遇某旧[42]，亦烦一哥呼名[43]致谢。

注释

[1]某：书信中“我”的自谦表达。 [2]上覆：写此信敬复（长辈）。 [3]大人朝议：古代官方规定，儿子一旦科举高中、封官，父母即封相应的名义衔头。此次李昴英高中探花，李父李天棐获赠“朝议大夫”。 [4]亚妈孺人：指继母潘氏。亚妈，粤人对继母的敬称。孺人，按古代礼制，儿子官至某个级别，母亲获赠“孺人”，后泛指对母亲的尊称。 [5]兹者：现在，这次。 [6]荷：承蒙。 [7]先祖余庆：祖先遗留下来的福德。《周易·坤·文言》：“积善之家，必有余庆。” [8]阴骘（zhì）：暗中使（某人或某事）安定，指阴德、积阴德。骘，预先安排，预定。 [9]省试：科举中的礼部试，安排在京城举行，由尚书省的礼部主持，每三年一次，逢

丑、辰、未、戌年为正科，凡遇皇室庆典则加恩科，一般安排在二三月进行，故又称“春试”或“春闱”。［10］叨冒：自我言说的谦辞，冒昧叨扰，不小心占便宜。因宋理宗在守孝，按惯例免殿试，径以省试成绩为准，所以李昴英觉得自己占了便宜。［11］自顾：自我反省。［12］走报：专门去考生家里报捷。［13］实：证实。［14］厌：满足。［15］权：衡量。［16］政首：每个行当的第一名，这里指状元。因为捷子是统一派出的，回来后免不了私下里交流赏金多寡，易造成不必要的困扰。［17］礼仪：指庆祝李昴英高中的庆祝活动。［18］谋：商量。［19］亲知谙（ān）识：亲历过、熟悉的（人）。［20］随时：见机行事。［21］区处：处理，筹划。［22］冀：希望。［23］精卫：精馔养生，尽量吃好的食物以养生。精，精美食物。卫，卫生，养好身体。［24］迓（yà）：迎接。［25］鸿祉：鸿福，洪福。祉，福祉。［26］合：口语，应该，应当。［27］推官文林郎：宋代进士初授官，二者连称。推官，官名，各部、节度使、观察使、团练使、防御使、开封府、临安府等皆设一员，位于判官、掌书记之后，掌管狱讼刑罚、户口赋税。文林郎，宋代文散官名，为“八郎”最末一位，从九品上。元丰改制用以代留守、节察推官、军监判官，故二者连称。［28］出身：科举时代为考中者所授予的身份或资格，李昴英授推官文林郎。［29］庙堂送阙：从朝堂送到皇宫。古制，省试前三名有专人提前护送到皇宫。庙堂，指朝廷，中央议事殿堂。阙，古代皇宫大门前两边供瞭望的楼，指帝王居所。［30］榜者：进士榜上有名字的人，即通过科举考试的士子。［31］毕：全部（人），全都。［32］方始：这才开始。［33］唱名：据说是唐太宗李世民首创，殿试之后，皇帝一一呼名召见登第进士，赐给袍笏，仪式感很强。［34］袍笏：朝臣的官服和笏板。笏，朝臣手执的象牙板或玉板，可在上面书写要进言的文字内容。［35］便殿：别殿，皇帝休息宴饮处。宋理宗正在服丧中，就在便殿中举行唱名、授服笏的仪式。［36］入局：躬身入局，指正式进入朝廷当官。［37］注受："阳注阴受"之省，指朝廷授科举出身的大吉日子。［38］伏乞：向尊者恳求。伏，敬语。乞，请求。［39］一哥：待考，可能是随侍李昴英赶考的家人，陪同捷子赶往家中。［40］覆知：敬告，提醒。［41］门径：大门、门口小路，指家里。［42］旧：熟人。［43］呼名：呼叫名字，以示亲近。

今译

孩儿叩头百拜，敬复父亲大人、继母大人：孩儿这一次承蒙祖宗遗下的福德、父亲的阴德，省试获得第三名。我自省才识浅薄，怎么担得上这样的荣耀啊？这是因为捷子要专程去咱家报喜，恭敬写上几个字，证实这封喜信。但是，咱家乡从来没有过中前三名的先例，捷子等人一定会借贺喜之机讨要过多的赏赐，家里也要权衡一下具体情况，不要超过王状元家赏赐的额度就可以了。恐怕州、县也有庆祝活动，父亲大人可以和有亲身经历的人商议商议，灵活处理。即此报告，其他的就是希望父母精馔养生，以迎接即将来临的鸿福。

孩儿此次应当授推官文林郎出身，即便是庙堂直接护送至便殿，也要待在殿外，等外地来的考中者到齐了，这才唱名并颁赐朝服、笏板，（这些）都由圣上亲自颁发。仍照旧例进入朝廷担任官职，等到任命完成的日子，七月初必定是回家的日期了。谨此叩拜敬复，乞请父亲亲阅，孩儿百拜敬复。

孩儿要烦请一哥敬复父亲大人，家里理应照旧，不必粉饰装修。遇见我的熟人，也请一哥直呼其名表示感谢。

延伸阅读

程潮《南宋廉直谏官——李昴英》："李昴英考中探花以后，接连写了五封家书，向父母报喜。他在书信中称父亲为'大人朝议'，母亲为'亚妈孺人'。因为按规定，儿子及第显贵后，父母也会封以名义头衔。他的父亲被封为'朝议大夫'。按照《礼记·曲礼下》的规定，丈夫或儿子显贵后，妻子或母亲根据丈夫或儿子的官爵受封：'天子之妃曰后，诸侯曰夫人，大夫曰孺人，士曰妇人，庶人曰妻。''孺人'是古代对七品官员的母亲或者妻子的封号。所以，他的继母就被封为'孺人'。在这些家书中，李昴英除了表达自己的喜悦之外，也流露出自己的忧愁。

"第一封家书是向父母通报进士及第的消息，喜悦的心情溢于言表。他在信中称自己在省试中名列第三名，谦言自己识浅才疏，何足当此？自己之所以能考中，完全是荷'先祖余庆、大人阴骘'。他称自己被授予'推官文林郎'（九品）出身，在庙堂中被皇帝唱名召见，给他赐颁袍（朝服）、笏（手板）。同时他又担心：家乡此前从未有报前三名之例，捷子等人可能借贺喜之机，提出'无厌之求'，希望父母能够'权其轻重'，作好应酬。"（**程潮著《南宋廉直谏官——李昴英》，广东人民出版社，2009年，第15～16页**）

代李守作《〈柳塘诗〉序》

解题

本文选自《文溪存稿》卷三，约作于宋理宗绍定四年（1231）前后，李昴英时在汀州推官任上。这是他代汀州知州李华专为《柳塘诗》写作的一篇序文。虽说是代作，却也较为完整地表达了他自己的诗学观念，亦即与李华一致的正统的儒家文学思想。他强调为政者一旦处在困厄之中，不可能不有所感发，故应遵循司马迁“发愤著书”、韩愈“不平则鸣”和欧阳修“穷而后工”的创作原则，进而升华到“有为而作”的境界，体现儒者应具的浩然正气和阳刚健雄的人格。柳塘凌君，名号、生平、事迹等，现已不可考知，但从本文看，他早年曾任广东兴宁县令，在任上未能抵抗住流寇，县城被攻破，被流寇捕获并押解去了其他地方，一度流落在湖南、四川之间，逃回来之后受到朝廷惩处，被关押很久，后又流放到黄州、惠州、海南。这一流放路线，倒是跟苏轼南贬路线一致，不能不说是一个“巧合”了。苏轼晚年曾自评“问尔平生事业，黄州、惠州、儋州”，那么，凌君也应有这样的自我认知了。李守，汀州知州李华。《乾隆汀州府志》载：李华，福建建安人，进士出身，绍定三年（1230）临危受命，出任汀州郡守，积极配合陈韡指挥，前后用了三年时间平定了朱积宝之乱。于此同时，他下令开仓放粮，削减赋税，安抚百姓，颇有政声。寻除直华文阁。代，指代上级或同僚起草诗文稿件。这在古代是很平常的事。李昴英同时还代李华写了《汀郡诸寨图》的序，对于平定闽地匪乱，很有战略参考价值。

士[1]处沉郁顿挫[2]之极[3]，不能无酸楚愤激[4]之辞。三闾大夫[5]醉浊[6]一世，长沙太傅[7]溷视[8]余子[9]，岂惟[10]贻媢[11]流污[12]，著此胸次[13]，适自累[14]耳。达人大观[15]，等是非于梦蝶[16]，悟祸福于塞马[17]，行废委之命[18]，公论[19]付[20]天下后世[21]，未始[22]怨天尤人[23]；幽圄重爻[24]，围厄弦歌[25]，浩如[26]也，故履患难而安[27]。柳塘凌君，守兴宁如子思[28]，骂贼如颜杲卿[29]，羁穷[30]重困，吐不平之气[31]于诗，累累成集，觅余著语[32]。余谓陷[33]贼中，复弃官流落蜀、湘间，系台狱[34]，贬黄[35]、斥惠[36]，徙海外[37]，气味略同。然感时写物之章，则皆浑涵[38]隐婉，襟期轩闳[39]。可以游[40]造化[41]、狎宇宙，毁誉荣辱，眇不容滓，高矣哉！余敢[42]以二贤[43]所养[44]，广[45]柳塘之见。

注释

[1]士：古代的知识人、读书人，是一个介于大夫和庶民之间的特殊阶层。　[2]沉郁顿挫：（诗文）风格深沉蕴藉，语势停顿转折跌宕。杜甫《进雕赋表》："至于沉郁顿挫，随时敏捷，而扬雄、枚皋之流，庶可跂及也。"　[3]极：极端，极致。　[4]酸楚愤激：辛酸凄楚，愤怒激动。愤激，激愤，愤怒且激动。　[5]三闾大夫：屈原（约公元前340—公元前278），战国时期楚国政治家、诗人。早年深受怀王信任，任左徒、三闾大夫。后楚国郢都被秦军攻破，自沉于汨罗江，以身殉国。　[6]醉浊：世上的人皆昏醉且污浊。出《史记·屈

原贾生列传》："屈原至于江滨，被发行吟泽畔。颜色憔悴，形容枯槁。渔父见而问之曰：'子非三闾大夫欤？何故而至此？'屈原曰：'举世混浊而我独清，众人皆醉而我独醒，是以见放。'" ［7］长沙太傅：指贾谊。贾谊（公元前200—公元前168），西汉初年著名政论家、文学家。汉文帝时任博士，迁太中大夫，受大臣周勃、灌婴的排挤，谪为长沙王太傅，故后世称"贾长沙""贾太傅"或"长沙太傅"。 ［8］溷（hùn）视：混合起来看，一视同仁。溷，同"混"，混合。 ［9］余子：指淮南厉王四个儿子。汉文帝下令封淮南厉王的四个儿子为列侯，贾谊数度上书劝阻，认为时代变化了，再行汉高祖刘邦的惯例似不妥，可能会引起政治上的动荡，可惜劝说未果。《史记·屈原贾生列传》："文帝复封淮南厉王子四人皆为列侯。贾生谏，以为患之兴自此起矣。贾生数上疏，言诸侯或连数郡，非古之制，可稍削之。文帝不听。" ［10］岂惟：何止，难道只是。 ［11］贻娼（mào）：被人嫉妒。贻，给人（礼物、把柄等）。娼，嫉妒，怨恨。 ［12］流污：污乱的世道。流，流俗。污，污浊的世道。 ［13］胸次：胸间，胸襟，思想境界。这是宋人在为政、文学、书法等领域的一个评判标准，涵盖了以道德为首、以学问为根、以诗文为体、以气节为骨的精神内核。 ［14］适自累：恰好是自己牵累、束缚自己。适，正好。 ［15］达人大观：通达的人心胸开阔，能洞察事物的全貌，故不为世俗所拘束。汉贾谊《鹏鸟赋》："小智自私兮，贱彼贵我；达人大观兮，物无不可。"达人，指通晓事理的人。大观，宏远的眼光。 ［16］等是非于梦蝶：就像庄子梦蝶一样泯灭是与非的区别。等，等同，齐一。梦蝶，《庄子·齐物论》记述庄子做了一个化蝶的梦，醒来恍惚，不知是自己做梦变成了蝴蝶，还是蝴蝶做梦变成了自己。 ［17］悟祸福于塞马：悟出"塞翁失马，焉知非福"的道理，意思是虽一时受损，反而能因此得到更大好处；坏事有时可转变为好事，反之亦然。悟，领悟。［18］行废委之命：任由命运支配。唐雍陶《自述》：“无谋常委命，转觉命堪疑。”行，听之任之，任由。［19］公论：公众认同的、公正的评论。［20］付：交付，交给。［21］天下后世：天下（的人）和后世（的人）。［22］未始：未尝，尚未发生（的事物）。［23］怨天尤人：《论语·宪问》载，“不怨天，不尤人，下学而上达，知我者其天乎”！尤，责备，抱怨。［24］幽圄（yǔ）重爻（yáo）：传说周文王被拘羑里，创演易象。汉司马迁《报任少卿书》：“盖文王拘而演《周易》；仲尼厄而作《春秋》。”幽圄，监狱，牢狱。重爻，《周易》六十四卦皆由八卦二二相重而成，故言“重爻”“重卦”。［25］围厄弦歌：《史记》载，孔子及弟子遭蔡卫之围，无法行动，粮食断绝，弟子生病，孔子却还在不懈地给弟子讲学诵诗、唱歌弹琴。厄，困厄。［26］浩如：浩然之气。指士应坚持的天地间的正气。［27］履患难而安：亲历患难，反而获得真正的安全。宋李过《西溪易说》：“履虎尾，蹈危机也。人惟履患难，而不为患难所伤，然后为履道之亨。”［28］如子思：就如子思那样为国君守城。出自《孟子·离娄下》：“子思居于卫，有齐寇。或曰：‘寇至，盍去诸？’子思曰：‘如伋去，君谁与守？’”孔伋，字子思，孔子之孙、孟子之师。［29］颜杲（gǎo）卿（692—756）：京兆万年（今属陕西西安）人，唐代名臣。早年曾任安禄山小吏，故深知安禄山的为人。安史之乱起，颜杲卿与其子颜季明守常山，从弟颜真卿守平原，挫败叛军，鼓舞了河北十七郡士气，受朝廷嘉许。天宝十五年（756），叛军攻破常山，颜季明战死，颜杲卿被擒，押解至洛阳，瞋目怒骂安禄山，终被害。后赠太子太保，加司徒，谥“忠节”。宋文天祥《正气歌》“为颜常山舌”一句，就是称颂颜杲卿怒骂安禄山，忠贞不屈。［30］羁（jī）穷：飘泊困苦。穷，在仕途上、生活上不如意，感到不舒畅。［31］不平之气：因见不公平之事而产生的怒气。唐韩愈《送孟东野序》：“大凡物不得其平则鸣”，认为“不平之气”是触发艺术创作的重大契机，后代文人普遍认同这一论点。［32］著语：写上几句话。［33］陷：指被敌人擒获。［34］系台狱：关进御史台所设置的监狱。系，捆绑，关押。台，御史台。［35］贬黄：贬谪到黄州。黄，黄州，治所在今湖北黄冈。［36］斥惠：降级、放逐到惠州。惠，惠州，治所在今广东惠州。［37］徙海外：远贬海南岛。徙，向下调动官职，指降级并迁去偏远地方任职。海外，指海南岛。［38］浑涵：博大精深且具包容性。《新唐书·杜审言杜甫传赞》：“至（杜）甫，浑涵汪茫，千汇万状，兼古今而有之。”［39］襟期轩闳：（诗人的）襟怀志趣高远博大。［40］游：戏弄。与下文“狎”同义。［41］造化：化育万物的大自然。《淮南子·览冥训》“又况夫宫天地，怀万物而友造化、含至和”，即天地万物由造化而致至和。［42］敢：谦辞，表示冒昧地请求。［43］二贤：指子思、颜杲卿。［44］所养：养德，教育出的高尚品德。［45］广：增广，扩大。

今译

读书人一旦处在沉郁顿挫等极端处境，就不能不发出酸楚激愤的言语来。屈原感叹众人沉醉而我独醒，贾谊对于汉文帝封淮南厉王四个儿子为侯而发出感慨，这些事例何止是给污浊的世道留下一个笑话，而将自己的心声抒写出来，恰恰是给自己造成巨大的负累啊！真正通达的人看穿了人世，从庄子梦蝶中学到了人生变幻无常，从塞翁失马领悟到了祸福间的转换，因此任由命运支配，公论就交给世人、后人评判，未曾怨天尤人。周文王被拘羑里，创演易象；孔子被困在蔡国，依然弦歌不辍。他们的行为都充溢着一股浩然之气，所以，历经了危险都会转危为安。

柳塘凌君，如子思那样镇守兴宁城，如颜杲卿那般痛骂叛贼，遭遇重重磨难，通过诗歌吐出心中的不平之气，作品多到可以编成诗集，找我来写几句序言。我说他被叛贼擒住，丢官，流浪在四川、湖南一带，又被关进御史台监狱，被贬去黄州，被降职派去惠州，被远放海南岛，诗歌风味大致相同。但是，那些感慨时事、触物生情的诗章，都博大精深、志趣高远，可以戏弄造物主、游戏宇宙，在诋毁与名誉、尊荣与受辱之间，容不下哪怕是极其细小的渣滓，真是太高迈了！我用子思、颜杲卿所滋养的高尚人格，来升华柳塘的眼界。

诗隐楼记

解题

本文选自《文溪存稿》卷二，作于宋理宗端平三年丙申（1236）正月初一。这是为同门好友黄镛所起新楼写作的一篇记文。黄镛，字希声，福建昭武（今福建邵武）人，嗜好唐诗，崇拜李白、杜甫，有诗集《樵溪初稿》。游历广州期间，恰巧遭逢摧锋军哗变，名臣崔与之退休家居广州，以刚柔并济的政治手腕平定了摧锋军。黄镛深深叹服于崔与之的为人、学识及政治智慧，遂拜崔与之为师。为便于就近求教，他在崔宅旁建了一座小楼，取名“诗隐楼”。李昴英此记从自己和黄镛的个人体验出发，集中描述了长期追随崔与之而形成的事功观、文艺观，认为人的心是因事而感发的，国家有难时要挺身而出，国家承平时则可诗酒流连，不必隐于高山深谷、远离真实的人间和政治，从而展现了一个真正意义上的儒者应有的泽世担当和家国情怀。李昴英一生撰写了许多纪念恩师崔与之的诗文作品，现存17篇。这是其中的一篇，很能反映出作者对恩师的敬佩与爱戴之情。诗隐，隐于诗，出自宋欧阳修《释秘演诗集序》“（石）曼卿隐于酒，秘演隐于浮屠”之言，也就是借诗而避世、隐遁的意思。记，记文，古代的一种记叙性的文体，往往先叙述具体事情，最后作出总结或议论，以升华主题。

何谓隐？自适其安[1]而已。庐人境[2]而襟物表[3]，奚必[4]蹈高遁远[5]哉？吾友昭武黄君希声，工[6]晚唐诗[7]，游五羊[8]，获登[9]菊坡先生[10]门[11]，因[12]筑舍[13]其旁。前为重楼[14]，俯[15]坡山[16]，控[17]越冈[18]，萃堵坡[19]童童[20]如覆[21]笔书空[22]。树林远近，罨画[23]成图，碧瓦差池[24]，玻璃[25]千顷。地据三城[26]正中，四面平远，故宜楼[27]。揭[28]李、杜写真[29]，贮[30]唐人诗卷，至人寄目[31]天末[32]，拥鼻[33]风前，一景物之歆[34]，一兴趣之味，尽入句眼[35]。方其[36]会心[37]得意[38]，且不知身之楼居，而何有耳之市声[39]耶？字[40]楼以“诗隐”，其志也。或谓昔人之市其隐者[41]，君平以卜[42]，伯休以药[43]，诗则未闻。盖红尘[44]浩荡中，未免催租人至，非灞桥雪中驴上[45]，何处有诗？余则曰心有动静，地无喧寂[46]。阮籍[47]竹林之游，王戎[48]后至，籍曰：“俗子[49]来，殊败[50]人意！”戎谓：“如卿[51]之意，政[52]易败耳！”此山林而动者。贾浪仙炼“敲推”二字[53]，触京尹[54]前导[55]而不知，此城市而静者。“诗隐”主人，其浪仙后身[56]乎！矧[57]才高志大，不止嚬呻[58]痛痒。属者[59]顽童叫突[60]，菊坡起帅乡部[61]，绣使彭公[62]督师，衔密画[63]往来其间。迄清乱略闲，则诗人用，则国士[64]潜，虽伏矣，亦孔之昭[65]，希声自此不得隐矣！希声名镛，其诗有《樵溪初稿》云。端平丙申元日[66]。

注释

［1］自适其安：自求安适，寻求适合自己的闲适安逸的生活，领略其中的乐趣。［2］庐人境：居住在人世间。化用陶渊明《饮酒》其五“结庐在人境，而无车马喧”句。庐，动词，建房子居住。［3］襟物表：总览万物。襟，衣襟，活用为动词，面对，全看见了。物表，物外，世俗之外，超越世间事物，而达到“绝对自由”的境界。［4］奚必：何必要，为何一定要。［5］蹈高遁远：跑到远处去，躲避到远方，摆脱不利环境，意谓避世隐居。蹈高，即“高蹈”，远行，指隐逸。《左传·哀公二十一年》：“使我高蹈。”注：“高蹈，犹远行也。”遁，逃，指隐逸。［6］工：擅长。［7］晚唐诗：以温（庭筠）、李（商隐）为代表的晚唐诗风，偏于柔婉深蕴，与青春矫健、爽朗快意的盛唐诗有着明显的不同。［8］五羊：五羊城，指广州。［9］登：进入。［10］菊坡先生：即崔与之。崔与之，字正子，一字正之，号菊坡，学者称“菊坡先生”。宋代广东增城人。宋光宗绍熙四年（1193）进士，任广西提点刑狱、成都知府兼成都路安抚使、四川制置使等。晚年辞官归乡，李昴英拜他为师。宋理宗端平年间，面对摧锋军哗变，主动率军平叛，暂任广东经略安抚使兼知广州。事平，即交出兵权、俸禄。宋理宗嘉熙三年（1239）以观文殿大学士、提举洞霄宫致仕，数月后逝世。累赠太师、南海郡公。卒，谥“清献”。作此文时，崔与之刚刚平定摧锋军哗变，声望正隆，朝廷多次派出使者前来广州敦请他赴临安出任丞相。［11］门：师门，学派。［12］因：于是，就。［13］舍：宿舍，指楼房。［14］重楼：两层楼（的房子）。［15］俯：俯瞰，俯视。［16］坡山：指广州市内五仙观（在今惠福西路）一带，古

时候就有“坡山古渡”之誉。［17］控：节制，总览（全景）。［18］越冈：指越秀山。两晋时，越秀山别称越井冈。东晋时，南海太守鲍靓在越秀山南麓建越冈院，作为修道之所，后人遂有“越冈”之说。［19］窣（sū）堵坡：又作“窣堵波”，“塔”的梵文音译。［20］童童：光秃，高耸。［21］矱（huò）：通“只”，一支。［22］书空：用手指在空中写字。［23］罨（yǎn）画：色彩鲜明的画。明杨慎《丹铅总录·订讹》：“罨画：画家有罨画，杂彩色画也。”多用以形容自然景物或建筑物等的艳丽多姿。罨，掩映。［24］差池（cīchí）：参差不齐。［25］玻璃：梵语音译，泛指玻璃、水晶之属，又作“颇黎”“颇置迦”“娑颇致迦”等。此指绿色玻璃。［26］三城：广州迭经多代的发展，到宋朝形成了子城、东城和西城的三城格局。［27］宜楼：适宜建楼。楼，动词，建楼，起楼。［28］揭：展开，张挂。［29］真：写真，肖像画。［30］贮：藏。［31］寄目：极目，遥望。［32］天末：天边。［33］拥鼻：掩鼻。《晋书·谢安传》载：晋代谢安有鼻疾，作洛生咏时，声音低沉而浓浊，时人喜爱，或用手掩鼻来仿效。后以“拥鼻吟”指用雅音鼻声吟咏。［34］歆（xīn）：心动。［35］句眼：亦作“句中眼”，指诗中最精炼传神的一个字或句子。［36］方其：正当，恰逢。［37］会心：心领神会，指能领会大自然的意趣。［38］得意：准确把握住了表现对象的神韵。［39］市声：市井叫卖等嘈杂声音。［40］字：命名。［41］市其隐者：市隐，隐于市井的人。晋王康琚《反招隐诗》：“小隐隐陵薮，大隐隐朝市。”意思是真正的隐者应该隐在朝廷和城市之中，这才称得上是大隐。［42］君平以卜：西汉严君平在成都占卜。严遵（前87—7），字君平，汉代西蜀人。精研道学，淡泊名利，在成都卖卜，日得百钱，即闭户下帘。［43］伯休以药：东汉韩康（字伯休）常在长安市卖自采的药，口不二价，长达三十余年。［44］红尘：原意是指繁华的都市，后指俗世。［45］灞桥雪中驴上：苦吟之状。宋孙光宪《北梦琐言》卷七：“唐相国郑綮虽有诗名，本无廊庙之望……或曰：‘相国近有新诗否？’对曰：‘诗思在灞桥风雪中驴子上，此处何以得之？’盖言平生苦心也。”［46］喧寂：喧嚣和寂寞。［47］阮籍：字嗣宗，陈留尉氏（今河南开封）人，三国时期魏国诗人，“竹林七贤”之一。［48］王戎：字濬冲，琅玡临沂（今山东临沂）人。魏晋名士，“竹林七贤”之一。阮籍居“七贤”之首，王戎居末，二人极亲密，故阮籍常调侃王戎。［49］俗子：俗气的人。［50］败：败兴，扫兴。［51］卿：对对方的敬称，您。［52］政：正，正好。［53］“贾浪仙”句：贾岛（779—843），字浪仙，一作阆（làng）仙，唐代诗人，范阳（今河北涿州）人。早年出家为僧，沉溺诗艺。传说某日他忘我地思考“僧敲月下门”句与“僧推月下门”句何者为优，不自觉间冲撞了京兆尹韩愈的仪仗队。韩愈不以为忤，反而下轿与他一起研究起来，后人就以“推敲”代指仔细研究、比较的意思。［54］京尹：京兆尹，汉代官名，为首都三辅（即京畿地区的三位长官京兆尹、左冯翊、右扶风）之一，主管长安城及附近地区，地位相当于后来的首都市长。韩愈曾以吏部侍郎权知京兆尹，即首都长安的长官。京兆，首都。［55］前导：仪仗队的先导人马。古代官员出行，都配备相应的仪仗队，先导人马在队伍前列。［56］后身：古人认为人死会转世，转世前的人是“前身”，转世后变成另一个人就是“后身”。［57］矧（shěn）：况且。［58］嚬（pín）呻：皱眉呻吟，苦吟的样子。嚬，通“颦”，皱眉。［59］属者：近来，最近。［60］顽童叫突：调皮捣蛋的孩子大声喧哗，指摧锋军哗变。宋姚勉《戊午喜罢和籴·其一》：“方峻符移哗叫突，忽收箠楚罢吟呻。” ［61］起帅乡部：朝廷起用崔先生来率领本地官吏，指镇压摧锋军。 ［62］绣使彭公：指广东提刑彭铉。彭铉，字仲诚，江西清江人。此时任广东提刑，积极协助崔与之弹压摧锋军哗变。绣使，即“绣衣使者”的简称，亦称“绣衣”。 ［63］衔密画：负担机密谋划的工作。画，通“划”。 ［64］国士：国家栋梁之才，国家最优秀的人才。 ［65］“虽伏”句：《诗经·小雅·正月》载，“鱼在于沼，亦匪克乐。潜虽伏矣，亦孔之炤”。意思是说鱼即使潜藏在深水里，仍清晰可见，指事物无可掩蔽。潜，隐。伏，隐蔽，隐藏。孔，很，非常。炤，明显。 ［66］端平丙申元日：宋理宗端平三年（1236）正月初一。这一年的干支纪年，正好是丙申年。元日，一年的第一天，通常指大年初一。

今译

什么叫作“隐”？其实不过是找寻适合自己的适意而已。居住在人世间，又能统览世上万物，何必归隐山林呢？我好友福建昭武的黄君，字希声，擅长创作晚唐风格的诗歌，来广州游览，荣幸投入崔与之先生门下，于是，他在崔先生家旁边建了一座小楼。前楼有两层，可以俯瞰坡山一带，观览越秀山全貌，宝塔高耸如同一支笔在天空中书写着，远远近近都是树林，掩映着构成了一幅图画，碧瓦错落有致，如同一片千百亩的绿色琉璃。（这座小楼）地处广州三城的正中央，四面平坦，所以适宜建楼。在楼内张挂起李白、杜甫的肖像画，收藏唐人的诗卷，至于放眼天际，在风中掩鼻，由每一个景物引起感动，每一个令人感到有趣的况味都写入诗句。正当他会心得意的时候，往往不知道自己就身处楼上，那么怎么会听见那嘈杂的市井声音呢？把这座楼命名为“诗隐”，代表了他的志趣。有人说，以前有隐居在市井的，汉代严遵在成都占卜，韩康在长安卖药，至于以诗隐于市井的则没听说过。大概在滚滚红尘中，免不了不时会有催租人上门（讨债），若非一心一意专注吟诗，哪里会有诗啊？我却说，人心有动有静，住址无喧闹有寂静。阮籍作竹林之游，王戎来晚了，阮籍嘲讽说："一个大俗人来了，真是扫了我们的兴！"王戎说："正如您所说，这才是真正的扫兴啊！"这就是居于山林而心绪浮动。贾岛沉思于比较"推""敲"二字，一不小心触犯韩愈仪仗的前导，也浑然不觉。这就是居住在城市而心静。诗隐楼主人，大概是贾岛的后身吧？况且心高志大的人，不会仅仅关注无病呻吟。近来摧锋军哗变，朝廷任命崔先生率领本土官兵，广东提刑彭铉亲自督军出战，希声也负责军事谋划，穿梭于崔先生与彭提刑之间。今天，叛乱清除，略有清闲，诗人可以现身，国士则可以隐身了。"即使潜藏在深水里，仍旧清晰可见"，希声从此不可能真正归隐了！希声名叫"镛"，他的诗作据说编有《樵溪初稿》。端平三年（1236）大年初一。

书亡友张德明拥书楼

解题

本文选自《文溪存稿》卷五，作于宋理宗嘉熙二年（1238）六月二十二日。这一年，李昴英回了三趟广州，第一次是三四月间奉宋理宗之命回来广州敦请恩师崔与之回朝担任丞相，第三次是十二月份回来给老父亲庆祝生日。第二次返粤究竟为何，有待考证，但能远赴宝安，探访亡友的藏书楼，正体现了他内心深处最深情最温情的一面。他对自己与张德明交往的点点滴滴，记忆深刻而鲜活，对张德明尊崇恩师崔与之先生这一点尤多感佩。此文从一个侧面反映了南粤文化全面崛起的景象：第一，文中所描述的这一藏书楼，虽早已湮灭在历史长河之中，却反映出岭南士人对藏书发挥南粤文化持续性发展的物质保证的作用，是有高度共识的；第二，源远流长的家学传承，无论是远绍盛唐张九龄，还是眼前的父子相继，都是本族子弟具有文化自觉和文化担当的体现，绝对可以维护学术的有序传承；第三，师从崔与之先生，无疑是在人格修养、行政能力、学术研究多层面，对自己为人处世提出了更严格的要求和挑战。追随这一活着的偶像，恰恰构成了南粤文化活的传承的一个有机组成部分。“德明犹不死”一句，正意味着活的文化创造与传承。书，是一种很灵活、很随性的文体，有感而发，充实而灵动。张德明是唐代名相张九龄的后裔。李昴英异常敬佩张九龄，常常将唐代张九龄和当朝崔与之相提并论，称为“粤之二杰”，并祠于广州白云山，故而他对于张德明的感情显得格外特殊。

余友张君讳允迪，字德明，奇伟士[1]也，自言出曲江文献公派[2]。尝都城共邸[3]，见其挟册[4]，竟[5]昼夜吟不辍，心甚敬之。无何[6]，挈[7]入壁流斋房。就访[8]焉，则壁横墨本[9]二大字，曰“拥书”，盖菊坡笔也。谓余曰：“某不才，辱乡达尊[10]不鄙夷[11]，其敢暴弃[12]？”而战其艺南宫[13]辄北[14]。俯就西廊[15]，试入前龟[16]，迄不肉食[17]。余来宝安[18]，登其藏书楼，二大字宛其旧识[19]，而故人隔世[20]久矣，为之怆然[21]。且仰叹大老先生[22]乐与后进[23]，惜天不寿[24]斯人，少副[25]所期也。其三子斗文、翼文、光济，皆力学[26]，克支门户[27]，皆与漕计[28]。自此能刻厉[29]以成先志[30]，则德明犹不死也。勉旃[31]。嘉熙二年六月二十二日。

注释

[1]奇伟士：奇异不凡的人。　[2]曲江文献公派：曲江张九龄这一支。张九龄，唐代广东曲江（今广东韶关）人，曾任唐玄宗朝的丞相，以善政事、喜提携后进而闻名，卒谥“文献”，故世多称“张文献”或“文献公”。派，姓氏的某一支延续下来。[3]邸：旅馆。　[4]挟册：随身携带的书籍。　[5]竟：从头到尾，整一个。　[6]无何：不久，没多久。　[7]挈（qiè）：拿着，手拿。　[8]就访：前去拜访。就，前来。　[9]墨本：用墨汁拓下的书法纸本，能保留原作的书法风韵。　[10]达尊：众人所共尊（的人）。　[11]鄙夷：鄙视，轻视。　[12]暴弃：自暴自

弃。出自《孟子·离娄上》："自暴者，不可与有言也；自弃者，不可与有为也。" [13]战其艺南宫：参加殿试。艺，指科举。南宫，原指周秦汉时期洛阳皇宫的南宫，后泛指皇庭、宫殿。 [14]北：败北，失败。 [15]俯就西廊：委屈自己参加附试。宋代一般会将省试中多次落榜的士子另立名册（即"特奏名"），上报皇上，准其陪同考生参加殿试，为其提供更多的发展机会，是为"附试"。特奏名名额很多，录取者自然也相对较多。西廊，宋代殿试在东、西廊拉起幕布，作为考试场所。 [16]前龟：队伍行列的前列，起到先锋的作用。《礼记·礼器》："龟为前列，先知也。" [17]肉食：吃肉，指当上官。 [18]宝安：南宋的东莞县宝安镇（今属广东深圳）。 [19]旧识：老相识，老朋友。 [20]隔世：阴阳相隔，言张德明已去世。 [21]怆然：悲伤的样子。 [22]大老先生：对崔与之先生的尊称。 [23]乐与后进：乐于提携后生。后进，不断进取的后生。 [24]寿：动词，添寿，增寿。 [25]副：符合。 [26]力学：努力学习。 [27]克支门户：指科举成功，光大家门。克，胜任，可以。支，支撑，光大。门户，家门，家族。[28]漕计：从事漕运的生计。 [29]刻厉：刻苦自励（治学）。[30]先志：先人的志向。 [31]勉旃（zhān）：努力，加油。多用在文末或致辞结束处，表示鼓励。

今译

我好友张君，名叫允迪，字德明，是一个奇特不凡的人，（他）说自己是曲江张九龄那支的后人。我曾经在京城与他同住一间酒店，看见他携带图书，通宵达旦吟诵不停，打心眼里敬重他。没多久，他抱着书入住壁流斋房。我前去登门拜访，就看见墙壁上横挂着二个大字的拓本，写着

“拥书”，是崔与之先生的手笔。他对我说：“我没啥才华，承蒙尊敬的同乡前辈不轻视，怎敢自暴自弃？”但是，他参加殿试，失败了，再委屈自己参加附试，名列前茅，却始终没能授一个官位。我这次来到宝安，登上他的藏书楼，那两个大字仿佛就是他的老相识，而亡友张德明已离世很久了，不禁为之悲伤起来。我仰头感叹老先生乐于提携后生，可惜老天爷偏偏不让这个后生长寿，稍微符合老先生的期待。他的三个儿子：斗文、翼文、光济，都能努力治学，支撑起家门，都从事着漕运生计。从此刻苦自励，成就亡父的志向，那么德明就犹如没有死了。努力啊！嘉熙二年（1238）六月二十二日。

题郑上舍玠《大学策稿》

解题

本文选自《文溪存稿》卷四，作于宋理宗嘉熙四年（1240）四月，也就是郑玠上舍试后的数月内。科举时代的士子，谙熟答题套路，也知道跑偏的危险。郑玠恰恰“极言天下事”，就“君德”与“世道”发表建议。而皇上、主考官不以为忤，反倒很欣赏，录其为进士。李昴英从郑玠的《大学策稿》中看出了朝廷海纳百川、有容乃大的宽厚气象，更从中看见了年轻崔与之的影子，也看见了自己的影子，倍感亲切，坚信“鲠论”终将战胜“国论”。郑玠，字太玉，浈阳（今广东英德县）人。宋理宗嘉熙初年以上舍对策，极言天下事。授广东潮阳县尉，于宋理宗淳祐四年（1244）升知博罗县，勤政爱民，留下了极好的政声。其个人传记，亦见于明代崇祯年间编撰的《博罗县志》。上舍，古代太学学制的最高级别。宋代太学，即文中所言的“天子学”，形成了一套比较完整、健全的学制，从八品以下官员子弟和平民优秀子弟中招收学生，择一经学习，按学习年限、考试成绩等依次分外舍、内舍和上舍，称“三舍法”。私试每月一次，由学官出题；公试每年一次，由皇帝降敕差官主持，公、私试皆达优等者，为上等上舍生，即释褐授官；一优一平为中等上舍生，准予免礼部试；两平或一优一否则为下等上舍生，准予免解试。崔与之年轻时曾入太学苦读三年，在宋光宗绍熙四年（1193）考中一甲进士，成为岭南第一个由上舍生考上进士的人，轰动一时。策，策论，古代考试文体，主要议论当前的政治问题，向朝廷献计献策。

士试于有司[1]，曰时文[2]，志于得而已。郑君对策天子学[3]，乃极言[4]天下事，皆有关于君德[5]，有裨[6]于世道。方鲠论[7]崛起，与国论[8]争锋，祸且不避，宁[9]得失计耶？胸中所存，定非寻常诸生拔尺寸[10]比，是真不负皇朝淑养[11]之意。衡文者[12]拔其尤[13]，则公论[14]犹未泯[15]，可为斯文[16]贺。君甚坚[17]此志勿渝，厚其养[18]勿馁[19]，大建立于世，垂声名无穷，毋使人曰："此徒[20]议论之士。"吾党[21]所望也！嘉熙庚子四月。

注释

[1]有司：有关主管机构，指主持科举者。 [2]时文：科举应试文体。 [3]天子学：太学的尊称。 [4]极言：竭力陈说、规劝。 [5]君德：君主的德行。出自《周易·乾·文言》："'见龙在田，利见大人'，君德也。" [6]裨（bì）:益处。 [7]鲠（gěng）论：（政治上）耿直的议论。鲠，正直。 [8]国论：有关国家大计的言论、主张。 [9]宁：怎会。 [10]拔尺寸：斤斤计较分数的细微差别。 [11]淑养：滋养，善待。 [12]衡文者：指科举主考官。衡文，评定文章的优劣。 [13]尤：优秀，突出。 [14]公论：大家一致的观点、看法。 [15]泯：泯灭，消除。 [16]斯文：文化，文化人。 [17]坚：坚定。 [18]厚其养：增强他的修养、能力。厚，培植，增强。 [19]馁：丧失勇气。 [20]徒：白白地。 [21]吾党：咱们同道。党，群体，一起的。

今译

考生用以参加科举考试的文章，叫“时文”，志在必得而已。郑君在太学考策论，竟然直言天下大事，都有关于君主的德行，对世道有益处。正当耿直的议论发出来，与国家议论的主流针锋相对，临祸了也不躲避，怎会计较得失呢？他胸中所存放的，一定不是那些考生斤斤计较的细微分数差别可比得了的，这才是真的不辜负朝廷善待啊。主持考试者选拔优秀人才，就表明公论尚未泯灭，可以为读书人表示祝贺了。郑君要坚定此志不渝，提升修养别退步，要在人世间建立大的功业，让好名声无穷无尽传下去，千万别让人说：“这不过是一个喜欢空口议论的人！”这就是我们同道对你的期望啊！嘉熙四年（1240）四月。

延伸阅读

程潮《南宋廉直谏官——李昴英》：“嘉熙四年（1240）四月，李昴英在福建给太学生郑玠写了《题郑上舍玠〈大学策稿〉》的评语。郑玠，字太玉，浈阳（今广东英德县）人。他少时博学，精通经史，工于诗文。后考入太学。嘉熙初年，以太学上舍生的身份向理宗进献‘对策’。

“李昴英在文中提出了‘鲠论’与‘国论’两个术语。‘鲠论’是鲠直之论，是批评性的、建设性的，代表民意，代表公论。‘国论’是恭维之论，是保守性的、正统性的，代表特权，代表上层意志。因此，‘鲠论’必然触及政治中的敏感问题，并与‘国论’发生冲突。尽管‘鲠论’会冒犯龙颜，但有利于匡救君主之过失。所以李昴英提倡‘鲠论’，主张为坚持“鲠论”而不避祸患、不计得失。……他希望郑玠能够将这种耿直的精神运用到未来的事业中，从而建立功业，扬名后世，不要使人觉得他只是个纸上谈兵、空发议论的人。”（程潮著《南宋廉直谏官——李昴英》，广东人民出版社，2009年，第63～64页）

送循州余法掾仲宣之官序

解题

本文选自《文溪存稿》卷三，作于宋理宗淳祐元年（1241）夏。从文中“余仕愧前，君后十年决科，又四年，为循阳法掾”一语来推算，余仲宣比李昴英晚十年中进士，又等了四年，这才有了循阳法掾的任命。这个时候，两位早年的同学都已年过四十了，无疑，这是一个尴尬的年纪。李昴英嘉熙三年（1239）因顶撞朝廷而丢官，嘉熙四年（1240）又遭遇父亲的亡故，淳祐元年刚刚把亡父的灵柩送回老家安葬，不免对庐墓守孝三年之后的仕途怀有几分迷茫。但是，面对着余仲宣即将正式展开的仕途，李昴英则满怀激情与想象，坚定意志，写了这则以勉励、鼓舞、期待为主旨的临别赠语，体现了一个儒者应有的社会担当和一个多年挚友应尽的情分。循州，隋开皇十年（590）立，但到宋理宗时辖区范围变动不居，大致包括了今广东梅州北部一带，到南宋时仅领雷乡（今龙川）、兴宁、长乐（今五华）三县，治所设在雷乡县佗城镇。余仲宣是北宋名臣余靖的后人。余靖（1000—1064），字安道，北宋广东韶关曲江人，宋仁宗朝谏官，被誉为“庆历四谏官”之一，官至工部尚书，卒谥“襄”。余仲宣是李昴英早年的同学，余、李二人情谊深厚，故李昴英希望仲宣能如先辈余靖那样秉公执法，青史留名。法掾，地方官府分管法务工作的属官。之官，赴任。之，去，指赴任。序，送序，临别送行，通常赠以激励之言，意味深长。

幼学壮行[1]，一命皆可及物[2]。三尺法[3]系人死生，忍背[4]所学，惟上官喜怒徇[5]哉？余少日游泮[6]，与余仲宣最为密友，渊乎其酝藉[7]，精乎其践履[8]，真可严敬[9]。短窗孤灯，话到夜半，每谓我辈得行所志，必惠利[10]生民为先。余仕愧前，君后十年决科[11]，又四年，为循阳法掾。天将大其任，故厚其养如此。余以著局归班[12]，即扁舟送过灵洲[13]，临分，曰："残夏[14]当之官，子盍[15]言？"余应之曰："畴昔[16]所讲论，仕以行其学，当官奉法，无高下其手[17]，有不平必争，争不得则去，是即他时定大议、临大事之推[18]。自诿官卑[19]，才一事放过，将终身悔，其何追？国朝[20]岭服[21]人物，只说二公：襄[22]自君家，好样菊坡，远业[23]亦发轫于梅[24]。仲宣，勉旃。"

注释

[1] 幼学壮行：幼年时勤于学习，青壮年时便可施展抱负。《孟子·梁惠王》："幼而学之，壮而欲行之。" [2] 一命皆可及物：一条活泼的生命可以将爱意推及万物。宋姚勉《回胡簿》："有如贤者，盖易能之，平生之志，岂止荣身？一命以上，皆可及物。" [3] 三尺法：指法令。秦朝规定法律条文及文书皆书写在三尺长的竹简上，称"三尺律令"，后泛指法律。 [4] 背：通"悖"，违反，背弃。 [5] 徇（xùn）：曲从。 [6] 游泮（pàn）：入学。儒生经考试录取，入府、州、县学为生员，谓之"游泮"。泮，古代学宫前的水池，指学宫、官学。 [7] 酝藉：含蓄而不显露。 [8] 践

履：实践，亲历，是儒学的一个核心命题。［9］严敬：敬重，尊敬。［10］惠利：惠及他人并使其得利。［11］决科：科举考试成功。［12］著局归班：有爵禄者闲着等待选任新职，指李昴英被朝廷解除建宁提举，留下直秘阁的虚衔，无所事事。著局，指秘阁。归班，闲下来等候铨选新职。［13］灵洲：广东南海平洲水道中的一座小岛，又称“凌洲”，上有一座小寺，风景殊绝，为“羊城八景”之一，号“灵洲鳌负”。在古代，岭南人、从宦者多在此饯别亲友，登舟远行，题咏颇多。李昴英《灵洲》：“眼前无限往来舟，射利干名不肯休。少见人心如此寺，屹然砥柱在中流。”［14］残夏：夏末。［15］盍：何，什么。［16］畴昔：昔日。［17］高下其手：又作“上下其手”，趁机搞小动作，尤指贪污索贿。［18］定大议、临大事之推：指日后（入朝当大官）作出对国计民生决策适当的参考意见。大议，朝廷重大决策。大事，国家大事。推，类推（的先例）。［19］自诿官卑：推诿自己官太小（做不了主）。诿，推卸责任。卑，低下，小。［20］国朝：本朝人对自己朝代的尊称。［21］岭服：岭南，广东。［22］襄：余靖卒谥“襄”，后人多敬称“余襄公”。［23］远业：远大的事业，指巨大成就。［24］发轫于梅：南宋中期，广州摧锋军奉命转战各地，近十年未能返粤，且未论功行赏，遂于端平二年（1235）七月发动兵变，自江西杀入梅州，焚惠阳，进逼广州，数百里间儿无撄其锋者。赋闲在家已久的崔与之，不顾年迈多病，登上城楼与叛军相见，又派李昴英等人深入叛军营内谈判，恩威并重，抚剿齐下，事态很快平定下来。发轫，开始，发端。梅，广东梅州，临近循州，故特言及“梅”。

今译

幼时勤奋学习，成年施展抱负。一条生命，可将爱意推及万物。法律关乎人的生死，（我）怎忍心背弃当初所学的知识，曲从长官的意志啊？我早年入学，跟余仲宣是最亲密的学友，他渊雅含蓄，实践功夫极其精通，真值得我敬重。我们在窗前靠一盏灯，深谈到半夜，常说我们这些人一旦能施展我们的志向，一定要以惠及百姓为先。我很惭愧先考中入仕，余君晚十年才考上，又等了四年，终于授了循阳法掾。上天要降下大任给他，所以要这样长久地培植他的修养。我因保留直秘阁的头衔闲着等待铨选，就乘着一叶扁舟一路送他过灵洲，临分手时，他说："夏季结束时可以去上任，你要说点什么吗？"我应声回答："昔日我们讨论的，入官后践行儒家学说，当官奉公守法，不贪污受贿，有不公正的事一定要争，争不过就离开官场，这是日后确定朝廷决策、决断国家大事时类推的标准。自己推诿说自己官职小，一事放下，将终身追悔莫及。我宋朝的岭南著名人物，我只信服二位：余襄公来自你家，像菊坡先生一样好，远大的事业也是从梅州发端的。仲宣，努力啊！"

延伸阅读

宋李昴英《书胡侯竹巢〈七思集〉》："细诵胡侯《大学》《七思》之作，《迎驾》《谒殿》之篇，其纲领与君之仁，所以教育我；师之道，所以作成我；功与天地并，盖终身受其赐，如之何勿思？侯去璧水几年，而卷卷然形之声诗，视世之豢富贵而忘齑盐者，大径庭矣。兹牧千里，将行夫子之言，以泽天子之民。推广其所思，则天下有溺者、饥者，皆在吾念虑中。侯必勉之。

宝祐三年七月二十二日，南海李昴英书。"（李昴英撰，杨芷华点校《文溪存稿》，暨南大学出版社，1994年，第59页）

吴箪门《杜诗九发》序

解题

本文选自《文溪存稿》卷三，从文中“户掾佘君得稿，维桑捐金锓梓”一语可知，本文当作于宋理宗淳祐元年（1241）夏。吴泾，名字及生卒年皆不可考，号箪门，福建莆田人，生活在理宗时代，与作者同时。所撰《杜诗九发》，从此序可知，当为诗话类著作，可惜早已散佚。本文弥足珍贵，保留了一则早期杜诗学史的史料，从中不难窥见南宋杜诗学发展的盛况。郭绍虞《宋诗话考》据此序评曰：“宋时论杜之诗话，大都汇萃旧说，求其自发胸臆，成为专著者，当以是书为嚆矢矣。”评价颇高。李昴英这篇序实则点到了两个重要的文学现象：一是自北宋中期杜甫“诗圣”地位确立之后，千家注杜蔚为风气，万家研杜，竞相出新，到了这个时候，“备论”之类的“集大成”著作便适时出现了；二是隐隐指出了地域文学发展的内在脉络。与广东的情况一样，福建文化的发展起步较晚，但势头很猛，在唐宋时期就出现了第一个兴盛期，文学名家辈出，文学批评著作也陆续出现，如唐释叔端的《艺苑搜隐》、欧阳詹的文论、宋刘彝诗书画合一论、严羽的《沧浪诗话》、刘克庄的《后村诗话》、吴泾的《杜诗九发》、黄昇的《玉林诗话》和《玉林词选》、元杨载的《诗法家数》、蒋昌的《榕荫诗话》、明高棅的《唐诗品汇》等，都是享誉文学史的评论佳构，由此形成了一部独具特色的福建文论发展史。本文言短意深，无论是从宋代杜诗学史角度来看，还是从宋代福建文学史角度来看，都有很大的发掘余地。

草堂诗[1]，名辈[2]商评[3]尽矣，反复备论[4]为一书者，盖鲜。莆田吴君泾，思覃[5]句中意，索[6]言外，寻音响[7]，溯脉络[8]，举纲目[9]：工部胸襟气象[10]，模写曲尽[11]，皆前人所未到。余味之隽永[12]，深叹其用功之精。户掾余君[13]得稿，维桑捐金锓梓[14]，盖深于[15]杜诗者，谓是编不可无也。足未万里途，不读万卷书[16]，莫读杜诗。信[17]哉!

注释

[1]草堂诗：指杜诗。杜甫曾先后在成都、夔州营建草堂居住，吟咏草堂的诗作颇多，故名。 [2]名辈：有名的人。 [3]商评：商榷、品评，指高度评价。 [4]备论：详细论述。 [5]思覃（tán）：深思。覃，（思考）深入。 [6]索：求索。 [7]音响：指（诗歌的）音韵。 [8]脉络：文脉，文气。 [9]纲目：大纲细目，指杜诗的主旨。 [10]“工部”句：杜甫的心胸气度。工部，杜甫曾授检校工部员外郎衔，人称“杜工部”。胸襟，心胸，胸怀。气象，气度，气质。 [11]模写曲尽：完全描摹出来了。模写，摹写，描摹。曲尽，委曲而详尽地表现出来。 [12]味之隽永：品味之后觉得意味深长。隽永，意味深长，有回味。 [13]户掾余君：指《送循州余法掾仲宣之官序》中的余仲宣。 [14]“维桑”句：维桑捐出金钱来刊刻（此书）。维桑，生平事迹待考。锓梓，指刻书。 [15]深于：对……有很深的造诣。 [16]足未万里途，不读万卷书：没有行万里路，没读完万卷书。“读万卷书，行万里路”，是唐宋时期的俗语。杜甫《奉赠韦左丞丈二十二韵》：

“读书破万卷，下笔如有神。” ［17］信：真的，真实。

今译

著名的诗评家把杜甫的诗都评论完了。但仔细、详尽论述备载为一书的，就很少了。莆田吴泾先生深思杜诗诗句，求索句外的诗意，寻绎杜诗特有的音韵，追溯杜诗的文气，提起杜诗的主旨。杜甫的心胸气度，可以说是完全描摹出来了，这都是前人未能达到的。我阅读品味之后，觉得意味深长。户掾余仲宣收集到了这个手稿，维桑捐出金钱来刊刻，大概于对杜诗有很深造诣的人而言，这部书是不可或缺的。没有行万里路，没读完万卷书，莫要读杜诗，果真是这样！

德庆府营造记

解题

本文选自《文溪存稿》卷二，作于宋理宗淳祐二年（1242）五月。德庆府，唐置，治所在今广东德庆县。唐武德五年（622）设南康州，兼置总管府，治瑞溪，总领粤西六州军事。贞观十二年（638）改名“康州”。宋大观四年（1110）升为望郡。宋高宗赵构是以“康王”身份在南京应天府登上帝位的，康王潜邸原在汴京城内，可汴京沦陷敌手，无法按礼制将其改建为祭祀之所，故于绍兴元年（1131）以康州为潜邸，诏升为府，改名“德庆府”，与即帝位的应天府相呼应。德庆府治所在瑞溪县（今广东德庆县境内），属广南东路，辖瑞溪、罗定、郁南、云浮等地。“德庆”之名，自此沿用至今。本文指出，德庆府升格已经110年了，可府衙建筑、城市规划等，均未及时跟进，城市破破烂烂，可说是有名无实。直到冯光褒就任德庆府知州之后，这才发生了巨变。本文以如椽巨笔，洋洋洒洒地铺排德庆府新建设的成就，府衙、贡院、阅兵场、馆驿、亭台、道路等，迤逦写来，有条不紊，从容不迫，尽显大家气象。营造，兴建土木工程。

高皇帝受命中兴亿万载鸿业基[1]，于康州得为府，宜与国初之应天[2]并。官府非壮丽无以重龙藩[3]，镇侏儒[4]、菌蠢[5]；然已非称[6]，敧[7]弗支、罅[8]弗补，岂惟风雨之忧，抑国之羞。邑赋例郡家自督庸资[9]，吏贪肥己，安得余

力及[10]土木？虽德庆逾百年，仍昔之康耳。

注释

[1]“高皇帝”句：宋高宗受天命复兴赵宋亿万年的伟业。宋高宗赵构，宋徽宗第九子、宋钦宗之弟，封康王。宋钦宗靖康二年（1127），金兵攻陷汴京，掳走徽、钦二帝。赵构即位于南京应天府（今河南商丘），改元“建炎”，建立南宋，在位36年，又居太上皇位25年。命，天命。中兴，国家由衰败而走向复兴。鸿业，伟业。基，基业。 [2]应天：应天府，治所在今河南商丘。赵构在此即位，成为宋朝第十位皇帝。 [3]龙藩：即“潜龙邸”，简称“潜邸”，皇帝即位前的住所。如以非太子身份继位，其住所一般改为祭祀宫殿，因宋高宗潜邸在汴京城内，南渡后无法回去祭祀，于是改康州为潜邸之地，以呼应即位前的“康王”封号。 [4]侏儒：指小人。 [5]菌蠢：指蠢人。菌，菌菇，比喻极小。 [6]称：相称，指德庆府破旧的模样配不上潜邸的政治规格。 [7]攲：斜，倒下去。 [8]罅（xià）：裂缝。 [9]“邑赋”句：每个州郡的税收按惯例由州郡衙门自己督促收缴。郡家，州郡衙门。庸，唐宋时期的一个税种。资，资金，现金。 [10]及：顾及，考虑到，办到。

今译

宋高宗受天命振兴我宋朝亿万年的鸿业根基，对于康州，认为应升为“府”，恰好与宋高宗初期的“应天府”平齐。府衙门如果不够壮丽，没法增加潜邸的受重视程度，镇住小人、蠢人。然而德庆府与潜邸不相称已有一百多年，（府衙门）歪斜了不支撑、裂开了不弥补，岂止是因为风雨飘摇而忧虑，或许还是对国家的羞辱！州郡税收按惯例由州郡衙门自己去督促征收，因此官吏贪污，肥了自己，哪有多余的力量去搞土木建设呢？即使升格为“德庆府”超过一百年了，仍旧是昔日的那个“康州”啊！

鄞冯侯光褒，左鱼来驾左朱[1]，喜其俗醇真[2]，用古循吏[3]法，摩以简静[4]，民各安其天而心化。徐索财计源柢[5]，廋斯抉[6]、渗斯窒[7]、汛斯裁[8]、赢斯累[9]，锐欲起百废，而力副其志。乃抚乃址[10]，乃才乃工[11]，故陋[12]撤去尽而新是图[13]。仪门[14]辟，棨戟[15]严，丽谯[16]巍，鼓角[17]壮。外为雄楼，县永庆军扁[18]，而双门其下。宣诏、颁春之亭，翼然[19]东西。向犴院与敖仓[20]皆二，鼎鼎峻整藩屏之[21]，体貌[22]隆矣。阁焉宸章焕[23]，殿焉素王俨[24]，庑焉从祀序[25]。讲堂宏宏，棂星[26]崇崇，射有圃[27]，童[28]有校。又相攸香山[29]下，流泉瀌瀌[30]注其前，收揽奇胜，著贡院[31]数十间。由是青衿思乐乎芹泮[32]，白袍踊跃乎棘闱[33]，士气张[34]百倍矣。

注释

[1]“鄞冯侯”句：鄞县冯光褒被贬官来任德庆府知州。鄞，宁波鄞县，在今浙江宁波市鄞州区。侯，对州府一级地方长官的敬称。按周代官制，州府一级的长官相当于侯爵，故称。冯光褒，生平事迹待考。左鱼，符契的左半边，唐宋时期官符刻作鱼形，故名。左朱，指贬谪。左，古代以右为高，以左为低。朱，朱轮，王公显贵所

乘的官车，以朱红漆饰轮，故名。又借指郡守，按照汉制，郡守可乘朱轮车，其俸禄为二千石。 [2] 醇真：质朴，古朴。 [3] 循吏：奉公守法、清廉公正的地方官吏。 [4] 摩以简静：摩，抚民。简静，施政简约，不烦琐，不扰民。 [5] 财计源柢（dǐ）：财税来源。财计，财政出入统计制度。源，来源。柢，根本。 [6] 廋（sōu）斯抉：隐瞒的剔抉出来。廋，隐瞒。 [7] 渗斯窒：渗漏的（财税来源）制止。 [8] 汛斯裁：上涨的（财税来源）裁掉。汛，定期上涨。 [9] 羸斯累：盈余的累积（财税来源）起来。羸，盈余。 [10] 乃抚乃址：一边处理好政务，一边选址。乃，语气词。抚，抚事，处理政务。 [11] 乃才乃工：选购好建材，动工兴建。才，通“材”，建筑材料。 [12] 故陋：原先简陋的衙门建筑。[13] 新是图：“惟新是图”之省，尽可能建新的。 [14] 仪门：古代州府县衙门两旁各筑一桓，二桓之间加木为门，曰“桓门”。宋代避宋钦宗讳，改名“仪门”，即礼仪之门，取“有仪可象”之义，为主事官员迎送宾客的场所。 [15] 棨（qǐ）戟：朱漆涂饰或外饰缯衣的木戟，平时列于衙门门前，古代官吏出行则作前导。 [16] 丽谯（qiáo）：古代城门上建造的用以远望的谯楼。丽，同“俪”，一对。谯楼一左一右对称，合为一对，故曰“俪”。[17] 鼓角：古代城楼设战鼓、号角，用以报时报警、发号施令。[18] 县永庆军扁：悬挂“永庆军”匾额。宋代地区划分采取路、府、州、军、县的行政管理体制，府、州、军、县及其治所常常出现重叠现象，永庆军亦在德庆府境。 [19] 翼然：像翅膀飞起来的样子。翼，翅膀。 [20] 犴（àn）院与敖仓：监狱与粮仓。犴，古代监狱专用的警犬。 [21] “鼎鼎”句：（监狱、粮仓）高大、整齐，像是拱卫府城。鼎鼎，声威盛大的样子。峻整，高峻而整齐。藩屏，用作动词，构筑一道屏障以拱卫府城。 [22] 体貌：指德庆府城的外形特征。 [23] 阁焉宸章焕：建起御书阁，皇上的诗文放出更大的光彩。宸章，皇帝的诗文。焕，焕彩。 [24] 殿焉素王俨：建起孔庙，孔子塑像显得更加庄严。殿，孔庙的主体建筑大成殿。素王，汉代今文学家称有帝王之尊而未即位的圣贤为“素王”，特指孔子。 [25] 庑（wǔ）焉从祀序：建起了孔庙廊庑，从祀贤者的像位得以有序排列。庑，大成殿两侧的长屋，用以塑造从祀的孔门贤者。 [26] 棂星：即棂星门，文庙中轴线前端牌楼式木质或石质建筑。相传，棂星是天上的文星，而孔子恰是文星下凡，以此象征孔子施行教化、广育英才的声威。 [27] 射有圃：学射箭有专门的场地。周朝的王官学要求学生掌握“六艺”，即礼、乐、射、御、书、数这六种基本才能。后代一直沿用“六艺”教育体系，孔子也曾亲自传授“六艺”给弟子。射，指射箭技术，射技为白矢、参连、剡注、襄尺、井仪等项，而必须有专门的射箭场地，即“圃”。 [28] 童：学童。 [29] 相攸香山：看中了香山。相攸，出自《诗经·大雅·韩奕》：“为韩姞相攸，莫如韩乐。”朱熹注：“相攸，择可嫁之所也。”后指择婿、择地。香山，位于德清县城西，风景秀丽，此地曾建贡院。 [30] 漷（guó）漷：水徐徐流动的声音。 [31] 贡院：古代科举考试的场所。 [32] “青衿”句：学子乐于去学宫求学。青衿，指学子。芹泮，指学宫。 [33] “白袍”句：未入仕的士子踊跃参加科举考试。白袍，指古代未入仕的士子。棘闱，贡院为防止作弊，围墙皆植荆棘，故名。 [34] 张：通“涨”，情绪高涨。

今译

鄞县冯光褒被贬官来到德庆府任知州，对德庆质朴的民风感到非常满意，于是采用古代奉公守法、清廉公正的那类官吏的管理方法，抚民简约不烦琐，慢慢地探索财税的来源，将隐瞒的剔抉出来，渗漏的制止住，上涨的裁掉，盈余的累积起来，锐意将各种停办或未办的事业兴办起来，努力实现他的志向。一边处理好政务，一边选址；一边选购建材，一边动工兴建，原先简陋的衙门建筑全部撤去，尽可能重新建设。仪门建起了，棨戟列于衙门前，显得极威严，一对谯楼巍然耸立，战鼓和号角分外雄壮。外面建起了一座雄大高楼，悬挂“永庆军”匾额，下面有两个大门。宣诏亭、颁春亭，翘起亭檐分别立在东西两边。监狱与粮仓各有两座，高大、整齐地排列，像是拱卫府城，外形显得更隆重了。建起御书阁，皇上的诗文放出更大的光彩；建起孔庙，孔子塑像更加庄严；建起庑廊，从祀有序了。讲堂堂皇宽大，棂星门高耸，射箭有专门的园圃，学童有了学校。又看中了香山下一块地，泉在前面缓缓流过，能纵览德庆的奇景，在此地建贡院，达到数十间之多。因此学子乐于来学宫求学，未入仕的士子踊跃参加科举考试，士气上涨了百倍！

除地圹百亩如坻[1]，阅武榭[2]，弹压[3]之，鼓行旗[4]，舞行阵[5]，以疾徐[6]进退，军威畅千里矣！庙城隍[7]而饰[8]其像，邃严殊诡[9]，灵赫[10]凭依，以福[11]其土。人所以敬神也。近郊侈驿邸[12]，来迎往饯，高车大驷[13]息焉，所以礼宾[14]也。城之外西北隅，限以关庄[15]，逵画如枰[16]，各华表其冲[17]，憧憧者[18]知所趋，所以使民不迷也。亭西山之麓，碧溪带环，事隙[19]一登眺，领僚佐春颂觞咏其间[20]，所以与邦人共乐也。几人传舍[21]视，苟秩终去官[22]，帑[23]未尝羡，役百兴[24]，费万计，兹不见其窘[25]。庸者受欺，贪者自欺，不能者与不为者之失均[26]。清

白守秋毫[27]，必公家用，而财足以自办，顾[28]何事不可为！

注释

[1]“除地圹”句：清理出一块百余亩的平地。除，清理（草地）。圹，旷野。坻，平坦。 [2]阅武榭：阅武场的阅兵台。古代各地均建阅武场、阅马场、演武场之类的军事场所，必设阅兵台。榭，台榭。 [3]弹压：用武力镇压。 [4]行旗：行军的旗帜。 [5]行阵：打仗的阵势。 [6]疾徐：快速、缓慢，指行军整齐有序。 [7]城隍：道教中守护城池的神。 [8]饰：塑造。 [9]邃严殊诡：森严恐怖。殊诡，“殊形诡状”之省，形状怪异恐怖。 [10]灵赫：神灵。 [11]福：福佑，保佑。 [12]侈驿邸：建起超规格的、奢华的驿站和旅馆。 [13]高车大驷：大官的车子。驷，四匹马拉的车。 [14]礼宾：礼遇贵宾，礼貌、热情地接待贵宾。 [15]限以关庄：以关帝庙为界。限，界限。关庄，关帝庙。古代关帝庙一般都立石碑，上记建庙时间、缘由、地界等重要信息，往往起到划定地界的作用。 [16]逵（kuí）画如枰：四通八达的道路自然而然地在大地上画出了棋盘般规整的模样。 [17]华表其冲：在各路口要冲建起华表。华表，古代宫殿、庙宇、陵墓等建筑前面的木制或石制高柱，柱身雕饰花纹，顶部以横构件交叉成十字，似花朵状，顶端则雕一坐兽。冲，要冲，重要的路口。 [18]憧憧者：来往的人。 [19]事隙：公事之余。 [20]“领僚佐”句：领着部下一起喝酒吟诗。僚佐，幕僚，佐官，下属官员。舂颂，从容、容与的样子。颂，样貌，仪态。觞咏，边喝酒边吟诗，诗酒风流的样子。 [21]传舍：驿站所设供行人休息的房舍，喻人生如寄的状态。宋苏轼《临江仙·送王缄》：“此身如传舍，何处是

吾乡。” [22]秩终去官：任满离职。秩，官职任期。去，离职。[23]帑（tǎng）：公帑，国库里的钱财。 [24]役百兴：兴办了许多项工程。役，动用劳役的工程。 [25]窘：缺钱。 [26]失均：失衡，不均衡。 [27]秋毫：原指秋天鸟兽身上新长出的细毛，后喻最细微的事物，此处指极小数目的钱财。 [28]顾：却。

今译

清理出了一块百余亩大的平地，建起阅武场、阅兵台，有武力镇住的气势，张扬行军的旗帜，摆出阵势，快慢整齐有序地进退，军威畅行千里！建起城隍庙，塑城隍的像，森严恐怖，这是神灵的依托，福佑本地，本地人用以敬神；在近郊建起奢华的驿站、旅馆，迎来送往设宴，官员们的车子可以休息，用以礼遇贵宾；城外西北隅以关帝庙为界，四通八达的道路自然而然地在大地上画出了棋盘的模样，各个华表标示在路途要冲上，使来往的人知道往哪儿去，这就是为了不让人们迷路；亭子建在西山山麓，碧溪环绕山麓流过，公事之余，登高远眺，领着部下一起从容地喝酒吟诗，和本地人一起欢乐。差不多人人都把任职看做是暂居的旅舍，一旦任满离职，公库钱财也没增加；（冯知州）兴建了上百个工程，费用数以万计，却不见缺钱。平庸的人受欺骗，贪污的人自己行骗，能力不足的人和不愿行动的人同样失衡，清白地守住极小数目的钱财，都为公家使用，但财力充足可以自行操办（各项工程），什么事不可为！

侯[1]，睟然德人[2]，望之已可敬，疏通而密察[3]，事大小悉中节[4]，盖天姿[5]近道者。衔右大夫[6]，萧然[7]如韦布[8]生，胸中古今流笔下，璀璨可观，则其绪余[9]耳。

若士、若民、若走卒，交颂不容口[10]，贤哉！教授郑君梦翀书来，俾识[11]营缮次第。昴英曰：“东南旺气[12]，聚兴王地[13]，云龙五色[14]，常郁葱亘天[15]。臣子任藩翰寄[16]，铺张发挥[17]，当极其崇大。今轮奂突其干霄[18]，腾碧烨其耀日[19]，山川改观，可以占国祚灵长[20]，尊国大节[21]也，宜特书。”淳祐二年夏五月朔，朝奉大夫直秘阁主管建康府崇禧宫李昴英记。

注释

[1]侯：指冯光褒。 [2]晬（zuì）然德人：温润的、德行高尚的人。德人，有德之人。 [3]疏通而密察：善于调解多方矛盾并观察到关键的细节。 [4]中节：合乎礼仪法度。 [5]天姿：天资，天性。 [6]衔右大夫：拥有了右大夫的头衔。衔，授予头衔、官职。右大夫，春秋时秦国置，军队将官。 [7]萧然：空寂无物的样子。 [8]韦布：韦带布衣，指平民的寒素服装。 [9]绪余：剩余，剩下的。 [10]不容口：赞不绝口。 [11]识：记录，用文字记载。 [12]旺气：兴旺的气势，旺盛的国力。 [13]王地：王者兴起之地，指德庆。 [14]云龙五色：（就像）金龙驾着五色祥云。五色，指青、黄、赤、白、黑五种颜色。 [15]郁葱亘天：一派横贯天空的欣欣向荣的景象。郁葱，茂盛、气盛的样子。亘天，漫天，连天，横贯天空。 [16]任藩翰寄：担捍卫王室的重任。藩，藩篱，喻界域。寄，托付（重大职责）。 [17]铺张发挥：极力表现出好的一面。铺张，为追求外表好看或形式上好看而极力讲究大排

场。［18］轮奂突其干霄：美轮美奂，高耸入云霄。突，突出。［19］臒（huò）碧烨（yè）其耀日：鲜艳的朱红色映照天空，与灿烂的阳光一样耀眼。臒碧，即“青臒”，一种赤青色矿物颜料，鲜艳且不易褪色，用于涂饰建筑物。烨，日光，强光。［20］国祚灵长：国家命运广绵悠长。祚，国运。［21］大节：高尚的品德节操。

今译

冯知州，是一个温润的有德之人，远远望见就已生敬意，他善于调节各种矛盾，且能观察到关键的细节，事无巨细都合乎礼仪，大概是天性上自然与儒者之道接近吧。虽然有着右大夫的头衔，却穿着平民的寒素衣服，胸中古今流泻于笔端，璀璨可观，其实不过是剩余的东西了。像士子、百姓、贩夫走卒之类，都赞不绝口，真是贤者！德庆府学教授郑梦翀先生来信，希望记录德庆府建造的情况。昴英说：“德庆在东南有旺盛国力之气，能聚集各种力量来兴盛这块王者之地，金龙驾着五彩祥云，常见横贯天空、欣欣向荣的景象。臣下担起捍卫王室的重任，讲究排场，应当最大限度追求高大。现在，各建筑美轮美奂、高耸入云霄，朱红油漆的鲜艳颜色映照天空，与灿烂的阳光一样耀眼，山川随之变了颜色，可以窥见国运必将长久，这才是官员让国家更加尊崇的高远宏大的品德操守啊！应大书特书。”淳祐二年（1242）夏五月朔，朝奉大夫、直秘阁、主管建康府崇禧宫李昴英作记。

题郭景舒《梅野百咏》

解题

本文选自《文溪存稿》卷五，作于宋理宗淳祐二年（1242）七月。这是写在年轻诗人郭蜚卿（字景舒）诗集《梅野百咏》上的一则题词，充满了对年轻诗人的劝导和期望。宋初林逋引发的爱梅风潮，贯串了整个宋代，爱梅、植梅、品梅、咏梅也随之深入到文人士大夫艺术生活乃至日常生活的方方面面，但这也极其容易形成模式化、程式化的问题，尤其是当咏梅者的个人阅历、人品修养、艺术锤炼等方面有所欠缺的时候，这一问题将会一览无遗。所以，本文开篇就以林逋为个案，提炼出梅诗的三个关键词——寒梅、西湖中的孤山、隐士林逋，这三者都突显了“孤高”“清泠”“脱俗”的高标。反观郭蜚卿创作的梅诗，问题就很明确了，一是郭蜚卿有着王谢世家子弟那般的富足安康、风流自赏的习性，恰恰与隐士林逋所追求的品格背道而驰；二是因无相应的生活体验，整个写作必然落入程式化的套路，犯滑易平淡、出手太快、缺乏锤炼等新手易犯的毛病。似乎就像是非常明显的标签，李昴英都一一罗列出来了。他殷切期待郭蜚卿随着岁月的增长而有所积淀，有所追求，豪华落尽，真淳独存，必将超越前辈郭祥正，取得更大的艺术成就。郭蜚卿，生平事迹不详。从李昴英此文看，似是北宋有着“太白后身”之誉的当涂文豪郭祥正的后裔，所以，郭蜚卿较为完整而生动地继承了先人的遗范，热爱诗歌，追慕隐逸人格。

"暗香、疏影"一联[1]出，梅、孤山、和靖成三高[2]，盖工之难，岂多之贵耶？郭君蜚卿，颇有王谢家子弟风[3]，嗜[4]于诗，酷[5]诗于梅，独富趣尚[6]，殊不尘[7]。然年盛气锐，往往成之易、出之早，才性固自佳，特未逢好师友砥砺砻磨[8]耳。岁月益宿[9]，推敲宜益苦，华收实在，潦[10]尽石见，观旧作当自知。郭功甫[11]自谓一世豪，东坡于其诗才许三分[12]。蜚卿能勉用力，将不止此家数[13]。淳祐二年七月，文溪李昴英俊明父[14]书。

注释

［1］"暗香、疏影"一联：宋林逋《山园小梅》诗中有"疏影横斜水清浅，暗香浮动月黄昏"一联。林逋（967—1029），字君复，北宋钱塘（今浙江杭州）人。出生于儒学世家，恬淡好古，早年曾游历于江淮等地，后隐居于西湖孤山。终身不仕，未娶妻，与梅花、仙鹤作伴，人称"梅妻鹤子"。卒谥"和靖先生"。 ［2］三高：多指位高、德高、才高，指林逋、梅、鹤这三者成为宋代隐士形象的代表性形象。 ［3］王谢家子弟风：像晋朝王谢家族子弟那样文华超逸的风度。 ［4］嗜：嗜好。 ［5］酷：酷爱。 ［6］趣尚：好的审美趣味。 ［7］不尘：不从俗，不落俗套。 ［8］砥砺砻（lóng）磨：琢磨，打磨。 ［9］宿：过去，指成熟。 ［10］潦（lǎo）：水淹。 ［11］郭功甫：郭祥正（1035—1113），字功甫，太平州当涂（今安徽当涂）人。皇祐五年（1053）进士，历官秘书阁校理、太子中舍、汀州通判、朝请大夫等。著有《青山集》三十卷。其诗风酷似李白，

自称“一世豪”，梅尧臣等誉之为“太白后身”。［12］才许三分：据说苏轼曾开玩笑说郭祥正诗“三分诗，七分读”。宋周密《齐东野语》：“昔有以诗投东坡者，朗诵之而请曰：‘此诗有分数否？’坡曰：‘十分。’其人大喜。坡徐曰：‘三分诗，七分读耳。’”以开玩笑的语气突出朗诵的魅力。［13］家数：家学源流，特指古代文化家族在艺术、技艺等方面世代传承的特长。［14］父：亦作“甫”。古人在署名、落款时喜欢把“甫”字放在自己名字之后，以示郑重其事。

今译

自从林逋写出了“疏影横斜水清浅，暗香浮动月黄昏”一联，梅花、孤山、林逋，就成了三个不可企及的高峰，可贵的大约是创作的难度，而不是作品数量的多寡。郭蜚卿君，很有一些世家子弟的习气，嗜好诗，酷爱以诗咏梅，有独特的审美趣味，不落俗套。但因年轻气盛，写作时往往显得太滑易了，出手太快，才华天赋本是很好的，可惜没遇见好的师友来打磨提高。随着年龄渐长，日渐成熟，思考也应更加辛苦，等到外在花哨的东西脱尽，果实突显，积水退却，石头露出，再回头看看昔日旧作自然就明白了。你的先世郭祥正老先生曾称自己是“一世豪”，苏轼对郭祥正诗才也有几分称许。蜚卿啊，如果肯用功，将来必定不止是郭祥正的成就了。淳祐二年（1242）七月，文溪李昴英俊明写。

延伸阅读

宋林逋《山园小梅》其一：“众芳摇落独暄妍，占尽风情向小园。疏影横斜水清浅，暗香浮动月黄昏。霜禽欲下先偷眼，粉蝶如知合断魂。幸

有微吟可相狎，不须檀板共金樽。”（孙钦善等主编《全宋诗》第2册，北京大学出版社，1995年，第1218页）

宋苏轼《郭祥正家，醉画竹石壁上，郭作诗为谢，且遗二古铜剑》：“空肠得酒芒角出，肝肺槎牙生竹石。森然欲作不可回，吐向君家雪色壁。平生好诗仍好画，书墙涴壁长遭骂。不嗔不骂喜有余，世间谁复如君者。一双铜剑秋水光，两首新诗争剑铓。剑在床头诗在手，不知谁作蛟龙吼。”（孔凡礼点校《苏轼诗集》，中华书局，1982年，第1234～1235页）

程潮《南宋廉直谏官——李昴英》：“李昴英写了不少文学短评。短评多是溢美之词，但也表达了自己的思想观点。他于淳祐二年（1242）七月作《题郭景舒〈梅野百咏〉》，对郭蜚卿的一系列‘咏梅’诗进行评价。他觉得郭君才性自佳，但年盛气锐，需要有好的师友来砥砺砻磨。苏东坡曾评郭功甫的诗‘三分在诗，七分在吟’，而李昴英认为，只要郭蜚卿能勉力进取，将在诗歌成就上超过‘三分’。”（程潮著《南宋廉直谏官——李昴英》，广东人民出版社，2009年，第70～71页）

题节推张端义《荃翁集》

解题

本文选自《文溪存稿》卷五，作于宋理宗淳祐三年（1243）重九日。李昴英与张端义是同一个时代的人，却比张端义更深度地介入了宋理宗朝的政治，所受到的挫折也更刻骨铭心。因此，他对于张端义所遭遇的人生不公，有着深刻的“理解之同情”，一方面他认同张端义“以天下为己任”的入世精神，另一方面也很欣赏他安贫乐道的旷达态度。他在《送荃翁张端义之惠阳并序》中说：“吹面东风竖绿蓑，诗翁七十醉婆娑。放怀自号天随子，知我无如春梦婆。”描述张端义如同晚唐姑苏诗人陆龟蒙（号“天随子”）一样诗酒自娱，放旷自适。李昴英对其诗作也有着深刻、准确的认知，认为既风骨遒劲，又含蓄不怨，符合儒家文艺美学精神。张端义，字正夫，号荃翁，郑州人，幼居苏州。少好读书，兼习技击。宝庆年间任仪真录事参军，绍定三年（1230）任浦江县丞。宋理宗即位之初，立志有所作为，下诏求臣民进言。张端义在《贵耳集》中说自己“应《端平更化诏》，上第一书；二年再应诏，上第二书；三年明堂雷，应诏上第三书”，最终惹恼了宋理宗，“得旨韶州安置”。据李昴英《送荃翁张端义之惠阳并序》说：“张荃翁，太湖人。端平雷变，上疏直言，谪居曲江，往来韶、广间。”张、李二人便这样相识了。淳祐元年（1241）十二月大雪日，张端义在韶州编好了自己的随笔集《贵耳集》。他在《贵耳集》中也谈到了《荃翁集》的编辑情形：“余生于醇熙之己亥，书于淳祐之辛丑，年六十有三，有上皇帝三书、诗五百首、词二百首、杂著三百篇，曰《荃翁集》。”李昴英应邀作序，末记“淳祐三年重九，文溪李昴英书”，可知这一年张端义正在某地方担任节度使推官。又据李昴英《送荃翁张端义之惠阳并序》“后又以言忤当路者，谪化州终焉”一语可知，张端义再次因言获罪，被贬至广东化州，最后死在化州。李昴英对张端义的诗文给予了很高的评价，《四库全书总目》也认为其诗文皆有可取。节推，节度使推官的简称。《荃翁集》是张端义自编的集子，按他的说法，内有上皇帝三书、诗五百首、词二百首、杂著三百篇。可惜此书在明清之际即散佚不见。

士，行乎患难，可以验学力[1]所至深浅。苟闻道矣，虽濒于死，不变。有饱鸡粥、鼾睡以须者，羁困旅逆[2]，又焉能动其心？姑苏张君端义，以选人[3]三上书帝阍[4]，最后书言最狂，端平明禋雷雨时[5]也。天子戆[6]之，仅于韶[7]以置，乃得与监门侠[8]谪所邻。老矣落[9]南，依败屋，然破釜、竹榻、纸衾[10]，凄其谁堪，而颜丹如[11]、气虹如，不作憔悴[12]无聊状。其诗累篇，骨[13]处实，眼[14]处活，峭奇而非怪，含婉而不怒，多从胸中书[15]流出。他日将与名相久远，而后知数年、数千里外，所以充充然[16]自适，而忘秋风莼鲈[17]之感者，心寄于诗也。或问：“《离骚》‘荃’喻其王，而君‘荃翁’号何？”余应之曰：“荃，香草也，物寓[18]焉，以自别于薋葹[19]辈耳。周大君在上，楚莫非臣，是于义无嫌[20]。”淳祐三年重九，文溪李昴英书。

注释

［1］学力：学术上的功力、能力，尤指基本功。［2］羁困旅逆：被困在旅馆里。羁困，拘于。旅逆，旅舍。［3］选人：唐宋时期的候补、候选官员。［4］帝阍（hūn）：指皇帝。阍，皇宫的门。［5］端平明禋雷雨时：端平三年（1236）九月十七日举行明堂大礼，在祭天过程中，突然打雷下雨，朝廷内外为之一惊。张端义以此生发议论，惹怒了宋理宗。［6］戆（gàng）：动词，把他看作蠢人。［7］韶：韶州，今广东韶关。［8］监门侠：宋神宗时，郑侠因其所画《流民图》，激怒新政当权者，被贬英州（今广东英德）。［9］落：流落，漂泊。［10］纸衾：纸被子。宋代纸衣纸被很普及，其制作工艺也有一套完整的工序，形成了一个行业。纸衣纸被洁白轻软、微皱如波，且价格低廉，追求清白高雅的文人甚喜之。宋陆游《庵中杂书》："纸被无声白似云。"宋李曾伯《用韵答纸衾简云岩》："攲枕犹存舒卷声，覆寒时与寝衣更。价廉功倍人人燠，一副春风造化成。"皆道及纸衣纸被廉价保暖的特点。［11］颜丹如：颜面红润。颜，面部。丹如，红润的样子。［12］憔悴：忧愁。［13］骨：诗文的风骨、笔力。［14］眼：诗文的关键字眼。［15］胸中书：真挚的思想感情。宋辛弃疾《虞美人·送赵达夫》："胸中书传有余香。"［16］充充然：喜悦的样子。［17］秋风莼鲈：晋代张翰在秋天时常想起家乡苏州的莼菜、鲈鱼，后指故乡之思。李昴英《送荃翁张端义之惠阳并序》说："太湖争似黄湾阔，高浪粘天独笑过。"亦即在张端义眼里，故乡的太湖是不如岭南黄木湾的。［18］物寓：借物寓情，借物抒怀。［19］赍葹（císhī）：指恶草。赍，蒺藜。葹，苍耳。［20］嫌：不完满，不自洽。

今译

士人在困难危险的处境行进，可以验证学养功力造诣所达到境界的深浅。如果闻道了，即便是面对死亡，也是不变的。仅仅满足于喝鸡粥、恬然入睡的人，即便是困在旅舍里，因有吃有喝，也是无动于心。姑苏张君端义，以候选官的身份连续三次向皇上上书，最后一书言语最为狂悖，那时正是端平三年明堂大礼雷雨的敏感时刻。皇上视他为蠢人，仅仅将他流放到韶州安置，这才得以与老年被贬英州的郑侠为邻了。老了，流落到了南粤，寄身在破屋子里，烧破锅做饭、睡竹子做的床榻、盖纸被子，这样凄凉谁能忍受，但他颜容红润，气势如虹，没有憔悴无奈的神态。他的诗作很多，风骨夯实，字眼灵活，峭奇但不怪异，含蓄婉约而不怨怒，多从心灵深处流淌出来。（他的诗作）日后将会与他的名声一起流传下去，然后世人才能理解他为何数年间流落数千里之外，可以怡然自得，却忘记了家乡之思，是一心寄托在诗里了。有人问："《离骚》的'荃'字比喻君王，但先生自号'荃翁'是什么寓意？"我回答说："荃，是一种香草，有着美好的寓意，以区别于那些恶草。周天子在上，楚国无非就是臣下，这在意义上是没有疑义的。"淳祐三年重九日，文溪李昴英书写。

延伸阅读

宋李昴英《送荃翁张端义之惠阳并序》："（张荃翁，太湖人。端平雷变，上疏直言，谪居曲江，往来韶、广间。后又以言忤当路者，谪化州终焉。）吹面东风竖绿蓑，诗翁七十醉婆娑。放怀自号天随子，知我无如春梦婆。吟有小奚磨破砚，卧看赤脚踏行窝。太湖争似黄湾阔，高浪粘天独笑过。"（李昴英撰，杨芷华点校《文溪存稿》，暨南大学出版社，1994年，第174～175页）

东莞县学经史阁记

解题

本文选自《文溪存稿》卷一，作于宋理宗淳祐四年（1244）二月初一日。这年年初，李昴英赴东莞县，参加恩师许巨川主持兴建的经史阁落成典礼，趁着这股兴奋劲儿，便在二月初一完成了这篇《东莞县学经史阁记》，以表达对恩师的无限敬意。在东莞知县任期内，他一方面勤于政务，另一方面大力推进教育，将官田收租费作为县学费用；虽公务繁忙，但还常给县学学生讲课，该县百姓为其建生祠。后来改任广西象州，淳祐十年（1250）二月卒。李昴英7岁入学，大约从14岁开始，就在许巨川指导下读书，学问日进，为日后科举考试的成功奠定了坚实的基础。李昴英作此文时已到了44岁，也就是孔子所说的不惑之年，愈发受到恩师有所作为的精神感召。他要将自己知道的恩师作为，原原本本书写出来，让读者真切地体会到一颗儒者之心的温度。东莞县，东晋咸和六年（331）立县，初名“宝安”，横跨珠江入海口，面积广大，隶属东官郡，但南宋初析香山镇为香山县，东莞县县域便局限于珠江三角洲东边了，这也就是文中所描述的东莞县背靠罗浮山、南向大海的情形。县学，按古代制度，每州府县必设一学，作为本地最高教育机构，既招收学生，实施儒家经史教学，又担当起本地教育的管理工作。经史阁，古代郡县学及书院的藏书楼，是其主体建筑之一，典藏儒家教育中十三经、正史、《资治通鉴》等“正典”。

莞，号广闻[1]邑，罗浮址[2]之，厚海[3]负之，巨产[4]、秀民[5]为多，设学宜称是[6]。淳熙戊申[7]，此焉始基[8]；开禧丙寅[9]，迁大成殿[10]于西；嘉定辛巳[11]，因移黉舍[12]其前面，势眡厥初[13]，差[14]易位而当胜处[15]。至绍定己丑[16]，而后对辟斋庐[17]，重作南门，才具体而微[18]，亦艰矣！世俗吏类急期会，迂化本[19]，鞠园蔬秽弗治[20]，老屋将压，新筑亦敝[21]，何易也！

注释

［1］闻：声名远播。［2］址：动词，作为基址。指东莞县北部毗邻罗浮山。［3］厚海：大海。指东莞县南濒浩瀚南海，西濒珠江入海口，有着漫长的海岸线。［4］巨产：财产巨大的人，指富豪。［5］秀民：优秀的（读书）人。［6］称是：与此相称，配得上，一致。［7］淳熙戊申：宋孝宗淳熙十五年，岁在戊申，即公元1188年。［8］基：奠基。［9］开禧丙寅：宋宁宗开禧二年，岁在丙寅，即公元1206年。［10］大成殿：古代孔庙的主体建筑，主要供奉孔子塑像，举行祭祀仪式。［11］嘉定辛巳：宋宁宗嘉定十四年，岁在辛巳，即公元1221年。［12］黉（hóng）舍：校舍，指学校。［13］势眡（shì）厥初：整个架势比起最初的规模来。眡，同“视”，看，比较。厥初，开始，最初，指最初的学舍。［14］差：稍稍。［15］当胜处：正面对景点。［16］绍定己丑：宋理宗绍定二年，岁在己丑，即公元1229年。［17］对辟斋庐：书斋中间一条过道，对开两边各有一排单间。对，中分。斋庐，指书斋。［18］具体而微：事物大体具备，不过规

模要小一点。典出《孟子·公孙丑上》："冉牛、闵子、颜渊则具体而微。" [19]"世俗吏"句：随大流的官吏一般都急于找（往上爬的）机会、远离对百姓的教化。类，一般都，通常。期会，聚会，机遇。迂，绕远。化本，教化之本，指对百姓的教化。 [20]鞠园蔬秽弗治：表面在料理菜园子，实则任由荒芜。鞠园，打理菜园。蔬秽，荒秽，抛荒。弗治，不打理，疏于管理。 [21]敝：损坏。

今译

东莞，是广州一个远近闻名的县，罗浮山是它北部的基址，它的西、南是浩瀚的大海，拥有巨额财富的人和优秀的读书人都很多，县学建设应该与此相称。宋孝宗淳熙十五年戊申（1188），在这块地上开始（为建设县学）奠基。宋宁宗开禧二年丙寅（1206），大成殿迁到了这块地的西面。宋宁宗嘉定十四年辛巳（1221），顺势移校舍来前面。整个架势比起最初的规模来，稍稍移动了一点位置，但现在能正对着胜景。到了当今皇上绍定二年己丑（1229），建起了一座对开的宿舍楼，重新起了南门，县学这才大体成形了，也是很艰难啊。世俗的官吏一般都是急于找往上爬的机会，远离对百姓的教化，表面是料理菜园子，实则任由荒芜，老屋快要坍塌压下来了，新屋也会被压坏，真是再容易不过了。

温陵[1]许公，以海内大儒来为邑宰[2]，士相庆[3]曰："吾邑其幸乎！吾道其泰[4]乎！"嘉熙之元元日[5]，公始庙谒[6]，喟庠序圮陋[7]，谓第一义不可皋[8]，出米橐[9]十万，授监河张君朴[10]，庀缮[11]其事。由[12]殿而庑，而祭器库，而门，而庖[13]，而湢[14]，鼎鼎伟观[15]。乃躬程

试[16]，收其隽尤[17]，育之淑之[18]，员倍给腆[19]。衿佩[20]自远方至，于于[21]弦歌，洋洋前此未有也。邑有没入之田一顷八十三亩有奇[22]，金银为钱五十万有奇，法当上之宪台[23]，公请并[24]归于学。绣衣[25]吴公旂，素敬公，慨然弗靳[26]继粟，益裕[27]以其钱，即直庐[28]而阁其上，轮奂雄峙，博收图籍庋[29]之，万签森架，士得读所未见。运使陈公畴[30]，亦捐三十万相厥役。又不足，则鸠[31]节用之赢[32]，资其成。成而虞[33]其坏，储十万，为后日补饬费[34]，虑周矣。

注释

［1］温陵：泉州的古称。南宋时，泉州下辖同安、南安、晋江、德化、永春、清溪、惠安等七县。此文以温陵称同安，是古人行文的习惯。　［2］宰：县令。　［3］相庆：相互庆贺，庆幸。［4］泰：光大。　［5］嘉熙之元，元日：宋理宗嘉熙元年（1237）正月初一。元日，一年的第一天。　［6］庙谒：拜谒孔庙。［7］喟庠序圮陋：感叹县学建筑坍塌、简陋。　［8］第一义不可皋：佛教（的社会地位）不能高于儒家。第一义，佛教用语，即“真谛”，指最上至深的妙理。皋，通“高”。　［9］米橐：（捐出的）粮食和钱财。　［10］监河张君朴：出贷钱物者张朴。《庄子·外物》：“庄周家贫，故往贷粟于监河侯。”后以“监河”指出贷钱物的人。张君朴，姓张，名朴，君是尊称。　［11］庀（pǐ）缮：建造。庀，开工，构造。缮，修缮，修建。　［12］由：从……

开始。 [13]庖(páo):厨房。 [14]湢(bì):洗澡间。 [15]鼎鼎伟观:鼎鼎,盛大,显眼。伟观,壮观。 [16]躬程试:亲自主持考试。程试,官方正式的考试。 [17]隽尤:成绩优异。 [18]育之淑之:培育。育,教育。淑,培育成淑人君子。 [19]给腆:给予补助。腆,赠予,指学费补助。 [20]衿佩:古代学子穿的青衣,代指学子。 [21]于于:洋洋自得的样子。《庄子·应帝王》:"泰氏其卧徐徐,其觉于于。"成玄英疏:"于于,自得之貌。" [22]奇:多出来。 [23]宪台:对上级官员的敬称。 [24]并:一起,归并在一起。 [25]绣衣:广东提刑。绣衣,"绣衣使者"之省,系朝廷直接派出的执法官员,因身穿华贵的绣衣,故名。 [26]靳:吝啬,不给。 [27]益裕:还增加(费用)。 [28]直庐:旧时侍臣值宿之处,指县学办公楼。 [29]庋(guǐ):置放,收藏。 [30]运使陈君畴:广东转运使陈畴。 [31]鸠:聚集。 [32]赢:盈余。 [33]虞:担心。 [34]补饬(chì)费:维修费用。

今译

泉州许先生,以"海内大儒"这样崇高的学术地位来做东莞县令,士子庆幸地说道:"我县多么幸运啊!我们儒道一定发扬光大啊!"嘉熙元年(1237)正月初一,许先生第一次拜谒孔庙,感叹县学简陋,说佛教绝对不能高于儒家,便捐出粮食和钱财共计十万,交给出贷钱物者张朴主持修缮事宜,从大殿到廊庑,再到祭祀器物,到门,到厨房,到浴室,盛大壮观。于是他亲自主持考试,收录了那些优秀者,培养成材,加倍发给补助。青年学子自远方来,弦歌自得,这样喜气洋洋的景象此前未有过。县里没收的田,有一顷八十三亩多、金银钱五十万多,按惯例都要送给上级官员，许先生请求一并划归县学。广东提刑吴旂向来敬重许先生，慷慨地表示不会减少经济上的资助，还拿出他的钱款来增加办学费用，在办公楼上再建造阁楼。美轮美奂，气势雄伟，广泛将收集到的图书收藏起来，千万图书整齐摆在书架上，学子得以阅读到以前没有读到的书。广东转运使陈畤也捐款三十万帮助这一建设，又遇到资金不足，许先生集合了各项节省下来的金额，资助完工。完工了又怕日后损坏，储存十万，作为日后修补的费用，考虑真是周到啊。

学垂[1]百年，草创[2]未完，公一手营[3]之。学田阅[4]几令，漠不问，公独能增益[5]之，然皆其余事[6]。公之学[7]，得伊洛、紫阳之心传[8]，所至山斗后进[9]。异时横经番山[10]，规矩严，条教[11]悉，日夜至斋房[12]，与诸生讲论。有一艺能[13]，极口称奖[14]，不中、不才[15]者，亦循循善诱，卒使为成人[16]。一时席间士[17]皆卓然有立。广人德[18]之深，共建生祠[19]于泮宫[20]之东，至今朔望罗拜[21]其下如初。菊坡清献公[22]自蜀归，闻而嘉叹[23]，力言状[24]于朝，时未识公也。

注释

［1］垂：将近。 ［2］草创：创立，创办。 ［3］营：操持。 ［4］阅：历，经过。 ［5］增益：增加，扩大。 ［6］余事：公余时间所做的事。 ［7］学：学术。 ［8］得伊洛、紫阳之心传：得到二程、朱熹的心传。伊洛，伊水和洛水，指北宋理学家程颐、程颢

兄弟的家乡洛阳。紫阳，朱熹之父朱松曾读书于安徽歙县紫阳山，朱熹居福建崇安时，书房题“紫阳书室”，亦以“紫阳”为号，故学者称“紫阳先生”。心传，儒者将《尚书·大禹谟》“人心惟危，道心惟微，惟精惟一，允执厥中”视为尧舜禹递相传授的“心法”，称“十六字心传”，后泛谓精义相传。［9］山斗后进：令后辈敬仰。山斗，泰山、北斗的合称，亦称“泰斗”，喻世人钦仰。［10］异时横经番山：以前执教番禺学官。异时，以前，以往。横经，摊开经书，指读书、教读。番山，指番禺。番禺，系由番山、禺山合称而得名。［11］条教：教令、规定。［12］斋房：即斋庐，斋戒的居室，指学生宿舍。［13］艺能：儒家经史之学上的才能、专长。［14］称奖：夸奖。［15］不中、不才：在品德、才能方面有所不足的人。典出《孟子·离娄下》：“中也养不中，才也养不才”，意为以品德修养好的人去教育、熏陶品德修养不好的人，以有才能的人去教育、熏陶没有才能的人。［16］成人：成才。［17］席间士：门生，学生。席，席子，草席。古人席地而坐，讲学问学。［18］德：称赞，感念……的德行。［19］生祠：给活人立的祠堂，以感念其恩德。［20］泮宫：即后文提到的泮，古代的学宫。［21］朔望罗拜：月初一、十五拜祭。朔为农历每月初一，望为农历每月十五。罗拜，围绕着跪拜。［22］菊坡清献公：崔与之，号菊坡，谥号“清献”。［23］嘉叹：赞叹，高度肯定。嘉，美。［24］状：向朝廷写报告表奏。

今译

东莞县学建立已有百年历史，但建设工作并未完成，许公现在开始一手经营。学田经历了几任县令，都漠不关心，唯独许先生能扩建起来，然而这些只是许先生公余时所做的事。许先生在学术上，得到了二程、朱熹的心传，所到之处，后生敬仰。以前许先生执教番禺学宫，规矩严厉，条例细致，日夜去学生宿舍，与学生讲解经义，讨论问题。凡学生在经史之学上有一项专长的，都满口夸奖。对后进生也是循循善诱，最终培养成才。一时间，门下弟子都卓有成就。广州人对许先生感戴极深，一起在番禺学宫东面建起了生祠，至今每逢月初一、十五都如最初那样虔诚地拜祭。崔与之老先生那时正好从四川回来，听说了许先生的事迹，赞赏不已，极力地向朝廷进言。那时，他还不认识许先生呢。

公兹[1]来莞，人孚其德望[2]。民曰："吾父也。"士曰："吾师也。"公亦爱其民而子之[3]，乐与其士而弟子之[4]。县务虽甚烦剧[5]，必时诣[6]学，与生徒接[7]，始月书[8]、季考[9]，砺[10]术业。始立小学[11]，迪[12]童蒙，无小无大，日讲《论语》《中庸》，而诲以微旨[13]。凡经口讲指授，为文皆有法。士习新美[14]，文风丕畅[15]，邑人士仿郡庠[16]生祠之。先是，累大比[17]不荐一，今复有齿贤书[18]者，延钱君[19]益长[20]于学，遂登儒科[21]，亦教化绪效[22]也。盖公以道为己任，尹[23]一邑，则欲行于一邑。如明道先生扶沟兴学故事[24]，他日大其用[25]，以斯道觉斯民[26]，使天下皆在道化[27]中，即百里规模[28]之充也。

注释

［1］兹：这时。　［2］孚其德望：信服他的品德与声望。

孚，信服。德望，品德和名望。［3］子之：把（百姓）当儿子一样对待。典出《庄子》："亦与之为婴儿。"［4］弟子之：把（士子）当学生。［5］烦剧：繁多、沉重。［6］诣：到，至。［7］接：面对面讲授、交谈。［8］月书：泛指县学每个月的考试。宋代太学每季自试三场：孟月经义、仲月论、季月策。按文理优劣，逐月登记在簿籍中，决定登记升降。各郡县学也模仿实施。［9］季考：郡学县学每个季度的考试。［10］砺：砥砺，促进。［11］小学：宋代由理学家发起的以道德教育、幼仪为主的小学之教。朱熹的设计是"夫童蒙之学，始于衣服冠履，次及语言步趋，次及洒扫涓洁，次及读书写文字，及有杂细事宜，皆所当知"，从小养成符合道德准则的日常习惯，最终达到大学之教，实现修身、齐家、治国、平天下的目的。［12］迪：启迪。［13］诲以微旨：教诲。微旨，微言大义，精深微妙的意旨。［14］新美：焕然一新，变得更美。［15］丕畅：明显流行起来。丕，显著。畅，酣畅，畅快。［16］郡庠：指广州学官。郡，州郡。庠，学堂。［17］大比：指科举考试。［18］齿贤书：读书圣贤。齿，读。［19］延钱君：请来钱先生。延，请来。钱君，生平事迹不详。［20］长：执教，掌教。［21］儒科：指科举。古代科举考试考儒家经典，故名。［22］绪效：后续发挥的效果。［23］尹：地方长官。［24］"明道先生"句：北宋熙宁八年（1075），程颢任河南扶沟县知县，积极兴办学校，引导百姓读书知礼，民风日佳，咸谓孔门圣教所致。程颢，学者称"明道先生"。扶沟，在今河南省扶沟县。故事，先例。［25］大其用：指当上更大的官。［26］以斯道觉斯民：用儒家的道来启发百姓。觉，启蒙，觉悟。斯民，老百姓。典出《孟子·万章上》："天之生此民也，使先知觉后知，使先觉觉后觉也。予，天民之先觉者也，予将以斯道觉斯民也。非予觉之而谁也？”　［27］道化：儒家道德教化、风化。［28］百里规模：古时一县的辖区约百里，后转称县宰（令）为“百里”。《后汉书·仇览传》：“枳棘非鸾凤所属，百里岂大贤之路？”这句是说，这就是许先生治理一县的扩大啊！在一个地方实现圣人之治。典出《诗·大雅·桑柔》：“维此圣人，瞻言百里。”汉郑玄笺：“圣人所视而言者百里，言见事远而王不用。”大意是说，只有圣人目光远大，能预见世事变迁，故而治理很好。

今译

许先生现在来东莞，人们信服他的德行和名望，百姓说：“我的父母官啊！”士人说：“我的老师啊！”许先生也关爱他的百姓，把他们当儿子一样对待，乐于跟士子一起，把他们当弟子。县里政务即便繁多，必定定时去县学，与学生面对面，这才有了月考、季考，促进学习。这才有了真正的小学，系统教育孩童。无论年龄大小，每天都讲解《论语》和《中庸》，用微言大义来教诲他们。凡是经过他亲口讲解、亲手指点的（学生），写文章都有章法。学习风气为之一新，变得更美好了，（学生们的）文风明显地酣畅了，县人模仿番禺学宫学生那样给他立生祠。先前，东莞人历次科举考试无一考中，现在有了读圣贤书的人，请来钱先生执掌县学，就在科举中考上了，这也是教化的效果啊。大概许先生以道学为己任，掌管一县，就在一县范围内施行，就像是程颢在扶沟兴办学校的往事一样。日后做了更大的官，用儒家的道启发百姓，使得天下都在儒家教化之中，也就是这个地方充实了圣人之治啊！

某弱冠游芹泮[1]，公期待之独厚，且尝至是邑，撰杖

屦[2]，行黉舍，敬识其实。公名巨川，字东甫，尝中异科[3]云。淳祐四年二月朔，门人[4]朝请郎、直秘阁李昴英记。

注释

［1］弱冠游芹泮：年轻时求学于番禺学官。弱冠，年轻，未成年。游，游学，求学。芹泮，即芹宫、泮宫，指古代的学宫。［2］撰杖屦（jù）：侍奉长者。典出《礼记·曲礼上》："侍坐于君子，君子欠伸，撰杖屦，视日蚤莫，侍坐者请出矣。"陈澔解释说："气乏则欠，体疲则伸；撰，犹持也。此四者皆厌倦之容，恐妨君子就安，故请退。"大意是说，长者坐久而持杖屦，有厌倦起行之意。后以"撰杖屦"指侍奉长者。 ［3］异科：古代科举考试中进士科以外的科目。 ［4］门人：及门弟子，亲传弟子。

今译

我年轻时求学于番禺学宫，许先生待我最情深谊厚，而且，我曾经到过东莞县，侍奉许先生到过县学宿舍，恭敬地看见了实际情形。许先生名叫巨川，字东甫，曾经中过异科。淳祐四年（1244）二月朔，门生朝请郎、直秘阁李昴英作记文。

延伸阅读

宋李昴英《祭许象州文》："维淳祐十年，岁次庚戌，二月朔越祭日，门人朝散大夫李某，谨以清酌告于近故判府朝议钝斋许公。

先生钝斋之学，本源一诚。文最近古，诚之著形。政先及物，诚之流行。问无不知，惟诚故精。事至能应，惟诚故明。诚则无欲，冰蘖自清。诚则无营，轩冕甚轻。师道自任，南海横经。曾入范模，一一玉成。士德之深，共祠之黉。至今朔望，罗拜于庭。弦歌东筦，课试始程。亦崇厥祠，书阁峥嵘。菊坡西山，皆极口称。才可经纶，位不公卿。既逾七帙，乃仅双旌。辍俸廪士，食续贡英。藻饰泮宫，百废并兴。米入斛减，盐出衡增。宁捐公家，以宽远氓。曾未期月，洋乎政声。老不废卷，细书如蝇。斯文之厄，泰山俄倾。志未尽伸，用未及宏。夫人惜嗟，而况诸生。某少撰杖屦，早蒙旦评。诲犹药石，爱犹父兄。犹记厦旃，荐公姓名。年貌几何，清问亲聆。未几去国，竟负师承。灵輀来东，酹洒涕凝。返筑未能，何敢不铭？伏惟尚飨！”（**李昴英撰，杨芷华点校《文溪存稿》，暨南大学出版社，1994年，第116页**）

增城新创贡士库记

解题

本文选自《文溪存稿》卷一，作于宋理宗淳祐五年（1245）上巳日，即农历的三月三。淳祐元年（1241）正月十五日，宋理宗幸太学，颁诏周敦颐、张载、二程、朱熹五人从祀孔庙，黜除王安石从祀的资格，第一次从政治层面确立了程朱理学的正学地位。理学从此成为了宋元明清社会、政治、文化、教育、考试的主要内容。同时，宋理宗下诏启动当年的科举考试。经过严格、规范的考试流程，本年度共录取了进士367人、特奏名登进士637人。面对这一以理学为依归的新局面，进士出身的增城县令何籍认为，这是增城士子崛起的新机遇。何籍是南宋名臣何观的孙子，何观的诗文虽不传，但“道在功名小”一句却真切表达了儒者的入世情怀与政治取向。何籍认为士子可以甩掉历史包袱，迈向一个全新的科举时代，便主动创立贡士库，建立了一个“基金”，专门用来资助进京赶考的举子。他认为这一举措一定会最大限度促进儒学的发展，促进社会政治的发展。这一举措很快产生了强烈的社会效应，极大鼓舞了广大士子，增城文风和学风为之一振。增城，今广州市增城区，是作者的老家。贡士，进京参加进士考试的举人。库，贮藏钱财的库房。

曲江以文献重[1]，增城以清献重[2]。清献起陋巷[3]，取巍科[4]，至于今六十年矣。其间踵名第[5]不乏人，文风郁乎日以盛，白屋[6]之贫，则今犹昔也。县去行都[7]，里

以千计者四，负笈一诣，费比中州[8]数倍。州劝驾[9]馈钱缗百，此天下郡国所无。窭[10]儒道敝[11]，犹有失其常产[12]者。南冠仕进[13]，不如北方之多，非艺之不敌，特病[14]于地远，而发身[15]之难耳。

注释

［1］“曲江”句：曲江，广东曲江县，张九龄的家乡。张九龄卒谥“文献”。［2］“增城”句：增城，广州府增城县（今广州市增城区），崔与之的家乡。崔与之卒谥“清献”。［3］陋巷：狭窄简陋的巷子。［4］巍科：崔与之科举考试取得一甲好名次。［5］踵名第：陆续在科举考试中取得好名次。［6］白屋：古代以白茅盖顶的房屋，乃平民所居，代指平民、寒士。［7］行都：指杭州。行都是古代皇帝的临时驻跸地，南宋偏安一隅，仍坚持首都是汴京，因称临安为“行都”。［8］中州：指以河南为中心的中原地区。［9］劝驾：劝人出去担任职务或赶考。［10］窭（jù）：贫穷。［11］敝：凋敝，衰败。［12］常产：恒产，固定的房产、田产等。［13］南冠仕进：粤人做官。南冠，原指南方楚国的俘虏，后指南方人。仕进，入仕，做官。［14］病：苦于。［15］发身：亦作“出身”或“起家”，指通过科举成功而进入仕途。

今译

曲江县因为张九龄先生而被世人看重，增城县因崔与之先生而被世人看重。崔与之先生崛起于陋巷，在科举中高中一甲进士，至今已有六十年了。其间相继登第进士的有不少人，南粤文风也日见浓郁，但是今天寒士的贫困，与昔日同样严重。增城县距离行都杭州，大约四千里，赴杭州考试一次，费用比中州士人去杭州要多好几倍。中州府县劝导诸人参加科举，奖助现钱百串，这可是全国其他地方都没有的。贫穷的儒者导致了儒道衰微，甚至出现了失去恒产的儒者。南粤人在出仕当官上，不如北方人多，并不是科举诗文水平不高，只是苦于路程太远，耗时耗钱，这才使得科举起家更难了。

淳祐元年[1]，圣天子颁兴贤诏[2]，凤冈[3]经义词赋皆予选。久郁忽伸[4]，明府何君[5]喜邑人之所喜，礼遇视故例[6]有加，以风动百里[7]。一日，升堂[8]，语诸生曰："愚不敏[9]，学制相乡[10]，与衿佩日周旋[11]，士习淳古，熏然[12]有清献遗风[13]，可敬也。汉制：习先圣之术[14]，与计偕[15]，县实给食[16]，将久远利之，亟三百千[17]之损[18]，而更掌[19]以学职，听[20]民持所有，抵[21]而出之，复入则收其赢什二[22]，积三岁为羡钱[23]若干。新贡士人五十千，合所得于州者，可不损家藏铢粒[24]，但囊书襆被[25]，足以优游[26]往返。先荐送今还试者[27]，抑于贡额[28]之狭，而激昂璧水，试者皆厚给有差[29]。策名飞捷[30]至，又助之犒[31]。区条画目[32]，纤悉曲尽[33]。士欢然相告

曰："业患不精，何患裹粮[34]之不克？"自此西笑[35]，惟一意温故知新[36]，无复向来皇皇焉[37]办装[38]之窘，将又有清名高节如前修[39]者出，惠[40]岂细哉！

注释

[1]淳祐元年：宋理宗淳祐元年，即公元1241年。淳祐，是宋理宗的第五个年号。 [2]圣天子颁兴贤诏：当今皇上下诏选用人才，命人（杜范等）主持进士考试。圣天子，指宋理宗。兴贤，选用人才。兴，举用。此科取进士367人、特奏名登进士637人，可谓一时盛况。 [3]凤冈：指举人。宋理宗御笔付杜范要求考生"经学欲其深纯，词章欲其典则，言惟合理，策必济时，毋以穿凿缀缉为能，毋以浮薄险怪为尚"。 [4]久郁忽伸：压抑久了，突然间伸展开来。[5]明府何君：增城县令何籍。明府，英明的地方长官。何籍，号琴堂主人，江西崇仁人，是已故工部尚书何观的孙子。 [6]故例：先例，惯常的做法。 [7]风动百里：教化一个地方。风动，风化，教化。百里，指圣人之治。典出《诗·大雅·桑柔》："维此圣人，瞻言百里。" [8]升堂：登上讲坛（开讲）。 [9]不敏：谦辞，自称不才，不明达，不敏捷。典出《国语·晋语二》："款也不才，寡智不敏，不能教导，以至于死。" [10]相乡：相传，沿革。乡，同"向"，同向传承。 [11]周旋：打交道。 [12]熏然：同"薰然"，温和、和顺的样子。 [13]清献遗风：崔与之先生流传下来的流风余韵。 [14]先圣之术：古代圣贤的治国之术。[15]计偕：指进京考试。《史记·儒林列传序》："郡国县道邑有好文学、敬长上、肃政教、顺乡里、出入不悖所闻者，令相

长丞上属所二千石，二千石谨察可者，当与计偕，诣太常，得受业如弟子。”司马贞索隐：“计，计吏也；偕，俱也，谓令与计吏俱诣太常也。”后指举人赴京考试。［16］给食：供给食用（及其费用）。［17］三百千：指官员固定的俸禄，即三百贯。［18］损：减少。［19］掌：掌握，管理。［20］听：任由，任凭。［21］抵：抵押，指抵押等额实物之后拿钱去投资经营。［22］“复入”句：收回来的时候收取盈利数额的十分之二。赢，盈利。［23］羡钱：赋税盈余的钱款。［24］铢粒：形容极少。铢，古代计重单位，旧制一两的二十四分之一。［25］囊书襆（fú）被：以囊装书、用袱包裹被子衣服，指携带赴京考试所需的行装。［26］优游：从容不迫的样子。［27］“先荐”句：现试行先发放（钱粮）给今年参加科举回来的人。荐送，发放（钱粮）。［28］贡额：分派给各地的考试名额。［29］“激昂”句：勇于参加太学考试的人都有多少不一的重赏。激昂，亦作“激卬”，奋发振作，激怒昂扬。璧水，太学。宋吴自牧《梦粱录·学校》：“古者天子有学，谓之‘成均’，又谓之‘上庠’，亦谓之‘璧水’，所以养育作成天下之士类。”厚给，重赏。差，多少不一。［30］策名飞捷：科举考试报捷。策名，指科举及第。捷，报捷。［31］犒：犒劳。［32］区条画目：规划好操作细则。区画，规划。条目，项目，细则。［33］纤悉曲尽：细致详尽。纤悉，细致。曲尽，细致地将奥妙之处详尽表达出来。［34］裹粮：携带（远行需要的）粮食。［35］西笑：西望京城长安而笑，向往帝都，指入仕、做官。出自汉桓谭《新论·祛蔽》：“人闻长安乐，则出门西向而笑；知肉味美，则对屠门而大嚼。”［36］温故知新：温习以往学过的东西，获得新的体会。《论语·为政》：“温故而知新，可以为师矣。”［37］皇皇焉：惶惶然，惶惑不安。［38］办装：置办正装。［39］前修：前贤，前辈。［40］惠：惠政。

今译

淳祐元年（1241），当今皇上颁下举办进士试选用人才的诏书，在经义、词赋方面表现优异的举人，都可以参加考试。等待三年一考的压抑突然释放，县令何先生喜县人之所喜，给赶考举子优厚的待遇，比起以往惯例来要更加优渥，以教化本地民众。某一天，他升堂讲学，对学子说：“我不才，好在学制沿革已久，我也每天与增城学子打交道，学习风气淳厚古朴，和畅温润，体现了崔与之先生的遗风余韵，值得尊敬。汉朝制度是这样的：学子学习古代圣贤的治国之术，进京考试，县里如数供给食用，拟长期维持学生的生计，亟需像支付官员固定俸禄一样略加减少，而以县学职务的方式进行管理，任由百姓持有所有经费，拿出来合理经营，收入部分收取十分之二，三年积累下来就能得到盈余若干了。新的贡士每人发五十贯，再和从州府获得的款项合在一起，这个补贴数额就大概使士子家里不会损失多少，仅仅是用家里的钱买行装，那五十贯足以从容应付往来费用了。现在把钱粮发给这批考试回来的人，可惜限于原先名额太少，还要激励就读太学的增城学子，凡是赶考都给予多少不一的重赏。科举考试报捷到来，额外给予一定的犒劳。规划操作细则，细致详尽。学子欢欣地互相转告说：“现在就怕学业不精，哪里怕赶考经费不够啊！”从此向着京城而笑，一心一意读书，再也没有以往那种惶惶然唯恐办理行装时钱款不足的困窘了。这样一来，必将有清名高节像前贤那样的人不断涌现，这一惠政怎么会小啊！

凡力振[1]人之匮缺，必艰难险阻备尝之人也。君虽身[2]诗书之泽，未尝口齑盐[3]之味，而拳拳[4]为寒酸[5]地，若深计[6]其子孙于无穷，是真知斯文之为重，发于良心善性，油然不可御[7]。天资过人远甚，倘益[8]之问学，充拓其功用，将大可观。琴堂主人[9]奋由[10]布衣，屝屦[11]相望，贡士库乃自君创始。他治状[12]未暇论，只此一事，已无忝特笔[13]矣。

注释

[1]振：通“赈”，赈济，救济。 [2]身：亲身承受。[3]齑（jī）盐：腌菜和盐，指生活清苦。齑，蔬菜切碎后腌渍的腌菜。 [4]拳拳：诚挚。 [5]寒酸：穷困，贫穷。 [6]深计：深入且周密地谋划。 [7]御：压抑，压制住。 [8]益：增加。[9]琴堂主人：增城县令何籍的雅号。 [10]奋由：激奋，激励。[11]屝屦：草鞋，指行走。 [12]治状：治理的情况。状，状态。[13]忝特笔：不好意思特别记录。忝，谦辞，表示辱没他人，自己心中有愧。

今译

凡是愿意努力去赈济别人匮乏的人，一定是尝尽艰难险阻的人。何君虽然是身受儒家诗书的涵育，未曾亲口尝过腌菜的味道，但诚恳地为（增城）这个贫穷的地方着想，就像想方设法令自己子孙获得长久发展一样，这真是真正理解儒家文化的重要性，发自良心善意，油然而出不可压抑。一个人在天赋上远远超过别人，倘若再加上好问好学，扩充他的能力造诣，必将大为可观。琴堂主人激励布衣学子，赴京赶考的很多，贡士库就是由他始创的。其他的治理情况没时间论说了，只这一件事，就知道无须再多特别的书写了。

余又怪[1]近世士大夫，欲盖其厉[2]民之迹，必厚于内交[3]士。谓游谈聚议[4]，足以好丑[5]我；浓墨大字[6]，足以轻重[7]我也，则礼貌[8]焉、赠遗[9]焉，惟恐少失欢[10]。盖蠢且弱[11]之莫予毒也[12]，则渔猎椎剥[13]，苟可以自丰殖[14]，无所不至。不知一得罪于百姓，已得罪于名教[15]，虽日畀[16]之千金，安能遏乡校[17]议政者之喙[18]？彼是非之心，转移于小濡沫[19]，是贱丈夫箪食豆羹见于色者[20]，乌得[21]为士乎？

注释

[1]怪：感到奇怪。 [2]厉：严酷对待。 [3]内交：交结。内，通“纳”。 [4]游谈聚议：聚在一起夸夸其谈。游谈，漫无目的地闲扯。聚议，聚在一起谈论。 [5]好丑：赞美或诋毁。 [6]浓墨大字：白纸黑字写出来。 [7]轻重：轻视或重视。 [8]礼貌：礼貌待人。 [9]赠遗：赠送礼品。 [10]失欢：失去欢心，失和。 [11]蠢且弱：变得蠢笨、怯弱。 [12]莫予毒也：谁也不能伤害到我、威胁到我，表示目空一切，为所欲为。典出《左传·僖公二十八年》：“晋侯闻之而后喜可知也，曰：‘莫余毒也已！’”予，我。毒，危害。 [13]渔猎椎剥：残酷剥削（百姓）。渔猎，掠夺。椎剥，残酷剥削。 [14]丰殖：聚集财富。

［15］名教：指儒教。［16］畀（bì）：给。［17］乡校：周朝设在乡里的学校，也是人们公开议论国政的地方。后指县学一类基层学校。［18］喙：嘴巴，指自由议论。［19］濡沫：“相濡以沫”之省，典出《庄子·天运》：“泉涸，鱼相与处于陆，相呴以湿，相濡以沫。”比喻处在同一困境，相互救助。［20］“贱丈夫”句：让出一小筐饭、一碗汤，脸上就显得不高兴的贪鄙男子。贱丈夫，贪鄙的男子。典出《孟子·公孙丑下》：“有贱丈夫焉，必求龙断而登之，以左右望而罔市利。”赵岐注：“贱丈夫，贪人可贱者也。”箪食，以箪盛装饭食。豆羹，用豆盛汤。豆，古代盛肉、汤的器皿，形似高脚盘。见（xiàn）于色，喜怒显露在脸色上。见，现，表现出来。典出《孟子·尽心下》：“好名之人，能让千乘之国；苟非其人，箪食豆羹见于色。”［21］乌得：怎么能够，怎可。

今译

我又对近来的士大夫们感到奇怪，他们想要遮掩严酷对待百姓的行为，必定深交士子。说士子们聚在一起，夸夸其谈，足以美化我或丑化我；写成诗文，足以鄙视我或重视我，就表现出礼貌、送礼物，唯恐稍微失去士子的欢心。大概是把士子变得蠢笨、怯弱，自己就可以为所欲为、鱼肉盘剥百姓了。假使可以自己敛积财富，没有什么事做不出来，不知道一旦得罪于百姓，就已得罪于儒教了，即便是每日给士人千金，又怎能堵上乡校议政的人的嘴巴呢？他们那种是非之心，转移到了小恩小惠上，这就是孟子所说的那种让出一小筐饭、一碗汤就会显出不高兴脸色的贪鄙男子，怎么可能称得上“士”呢？

增城，斗绝一隅[1]，学者尽在庠序，乡居[2]惟石滩为士区[3]。至于深山穷谷，家牛犊[4]、人耒耜[5]，寥寥弦诵声[6]，利于士，信[7]美矣。必充周[8]于民，而后其泽溥[9]。君盍[10]推所以膏润[11]后进者，施之田里，毋苛取[12]，毋曲决[13]，孰为之利必兴，孰为之害必除，则四民均受抚字[14]，赐虽古鲁[15]，卓何以加？君名籍，月湖尚书[16]其祖也。月湖在石城送人赴省[17]，有“道在功名小”之句，此意又超然利禄[18]之表，试与友朋味[19]之。五年上巳日，郡人[20]李昴英记。

注释

[1]斗绝一隅：在一个偏僻的地方。典出《魏书·焉耆国传》：“焉耆为国，斗绝一隅。”斗绝，因地势陡峭险峻而与外界隔绝。隅，角落。 [2]乡居：在乡下居住。 [3]士区：士子、读书人集中的区域。 [4]牛犊：泛指耕牛。犊，小牛。 [5]耒耜（lěisì）：古代一种形状近似犁的翻土农具，常统称农具。 [6]弦诵声：指授业、诵读之事。《礼记·文王世子》：“春诵夏弦。”汉郑玄注：“诵，谓歌乐也；弦，谓以丝播诗。”言古代授《诗》、学《诗》时，一般而言，配弦乐而歌为弦歌，无乐而朗读者为诵，合称“弦诵”。 [7]信：真实。 [8]充周：充足。 [9]泽溥（pǔ）：恩泽，恩惠。 [10]盍：何不。 [11]膏润：指使草木滋润生长的雨露和养料，喻对人的恩惠。 [12]苛取：严苛征税，指剥削。苛，苛刻，残酷。 [13]曲决：不按法律规定而随

意判案。［14］“四民”句：老百姓都受到照顾。四民，旧指士、农、工、商。抚字，对百姓的安抚体恤。［15］古鲁：拟声词，通“咕噜”，小声说话，喻极其微小。［16］月湖尚书：指何观。何观，抚州崇仁人，字同叔，号月湖。宋高宗绍兴二十四年（1154）与杨万里、范成大成同榜进士。宋孝宗朝以知萍乡县政绩迁国子监主簿，旋迁监察御史、右正言。疏谏宋光宗朝太上皇，语颇峻直，以忤韩侂胄，被劾奉祠。起知夔州兼本路安抚使，立循环通济仓以济民。嘉定初召为刑部侍郎，寻权工部尚书，出知泉州。卒年八十一。有诗名，有《月湖诗集》。［17］赴省：赶考。省，省试，即进士第考试。［18］利禄：财利爵禄。［19］味：品味，咀嚼。［20］郡人：本郡的人，本地人。按：宋代无郡，有州府。

今译

增城，是一个极其偏僻的地方。学子全都在学校里，我家乡石滩就是读书人聚集的地方。至于在大山深处、偏远山谷，家家放牛，人人耕作，不过仅有稀稀落落几声读书声，何君做这样有利于学子的事，实在太美了！必须先充足供给百姓，然后给予他们恩惠。何君你何不把你给予年轻学子的恩惠，推广施予普通百姓，不严苛征税，不枉情判案，哪些有利的必须兴办，哪些有害的必须革除，那么百姓都受到抚育，赏赐即便极小，却是高明之至！何君名“籍”，是月湖尚书何观的孙子。月湖尚书在江西石城送人进京赶考的诗中，有“道在功名小”的句子，这一诗句的寓意又是超越了财利爵禄的，试试与同道朋友一起仔细品味吧。淳祐五年（1245）上巳日，本州人李昴英作记。

罗浮飞云顶开路记

解题

本文选自《文溪存稿》卷二，作于宋理宗淳祐五年（1245）十月。这年秋天，惠州知州赵汝驭奉皇帝的命令祭祀朱明洞天，便索性邀上一众好友，尽情游览罗浮山，登上顶峰飞云顶，观看旭日东升的磅礴，领略“一览众山小”的气势，可谓兴尽而来，兴尽而归。但大家也不约而同指出了一个小小的遗憾：罗浮山长期以来没有一条成形的登山路径，如要登山，或是请修炼者引路，或是攀登者自己探索，迟早会出现唐代韩愈登山“玩失踪”的惊险事件。于是，赵汝驭捐出薪金，请道士施工，终于打通了一条山道，既保证了登山安全，又将赵汝驭一行所见“胜景”纳入“游览图”，令人大饱眼福。本文开篇就点明，在这里不再唠叨什么修仙炼丹了，要将笔墨放在描述开路过程上，故沿途所见的瑰异景致以及沿着景观展开的视线转换，就构成了谋篇布局的骨骼，更成就了构思灵动、想象飞扬、视野开阔的写作风格。本文通篇丽字飞动，馨香在骨，清警绝人，妙质清新，潇洒出尘，呈现出理学家特有的“光风霁月”之美。罗浮山，由罗山与浮山合抱而成。传说浮山原是蓬莱三仙岛之一，尧帝时从东海浮来，与本在此地的罗山合为一体，成为罗浮山。罗浮山被“史圣”司马迁称为“百粤群山之祖”，后来更是荣登中国十大道教名山之列。飞云顶，又名飞云峰，是罗浮山最高峰，海拔1296米，地势险峻，极难攀爬。峰顶不大，但花木繁盛，云雾缭绕，极宜观日出。赵汝驭，号雪庐，浙江永嘉（今浙江温州）人。宋理宗淳祐三年（1243）权知惠州军州事。在任期间，他兴利除害，安定社会，重视文教，在西湖旁建东坡祠；将州治文惠堂改建为延相堂；建聚贤堂，祀12位惠州先贤。为方便游人登山游览，他捐钱米资助道士开辟登山道路，并创建了一系列设施，如飞云顶的见日庵、梅花村的仙春亭、伏虎岩下的横翠亭、朝真石上的拂松亭等。他著有《罗浮山游记》及《石楼》《可赋庵》《见日庵》《云峰庵》等诗。另有书“蓬莱”刻石。记，记文，叙述性散文文体。

岭以南之山长[1]罗浮，一岛浮海来沓[2]于罗。传疑昉[3]汉地志[4]，窍[5]通句曲、茅山[6]。闻之老隐[7]，岂尽诬[8]？负抱[9]大，标韵[10]高，若张、崔[11]人品，以越产[12]重天下，伟矣！始隐桃椎子[13]，又葛稚川[14]，巢[15]其间日以夥[16]，蜕解枯寂之流[17]，不书。

注释

[1]长：第一。 [2]沓：重叠，指本就在此地的罗山与漂来的浮山合为一体。 [3]昉：始于。 [4]汉地志：汉代的地理志。 [5]窍：洞穴。 [6]句曲、茅山：句曲，属今江苏句容。茅山，山名，在今江苏句容。相传汉茅盈、茅固、茅衷兄弟修道于此，故称“茅山”。为道家第八洞天。 [7]老隐：年长的隐者。 [8]诬：不实之词。 [9]负抱：抱负，背负怀抱（的理想）。 [10]标韵：韵致，风韵。 [11]张、崔：张九龄、崔与之。 [12]越产：南粤本土出产（的人物或物品）。 [13]桃椎子：指朱桃椎。《大唐新语》及《旧唐书》等书记载，朱桃椎，隋

唐之际蜀人，据说曾任隋末国子监祭酒，性淡泊，不久隐居不出。曾有高官强迫他出任官吏，他不说一句，脱衣逃入山中，夏天赤裸，冬天盖树皮。他编织草鞋换米为食。他编的草鞋环结促密，柔软耐穿，人争蹑之。他将草鞋放在路上，人们把米放下，拿走草鞋，他晚上再来取米，始终不肯见人。宋徽宗赐号“妙通真人”。按，本文误认隋末朱桃椎即修行于“朱明洞”的汉代朱真人。朱明洞，是罗浮山的核心景点，秦安期生曾在此寻长生不老药，汉朱真人在此设朝斗坛，炼太清神丹，因此得名。东晋葛洪在此炼成九转金丹。［14］葛稚川：葛洪（283—363），字稚川，号抱朴子，东晋句容（今江苏句容）人。因镇压农民起义有功，被封为“伏波将军”。听说南粤适宜修行、炼丹，他主动申请出知勾漏县（在今广西北流），行至罗浮山，认定其为“神仙洞府”，便隐居于此，炼丹、讲道、著述俱集大成。［15］巢：巢居，指修炼。［16］夥（huǒ）：多。［17］蜕（tuì）解枯寂之流：指修炼者。蜕解，蝉、蛇等动物脱皮生长或是鸟类换毛，后指尸解、升天、化仙。枯寂，指修炼的孤寂、枯燥。流，一类人。

今译

五岭以南，罗浮山为诸山之首，一座浮山岛漂来，与罗山重叠在一起，而对罗浮山的记载，大约始于汉代的地理志，洞府与句容茅山相通。（这是）听年老隐者说的，怎会失实？怀抱阂大，韵致高远，就像是张九龄、崔与之的高尚人格，这都是南粤本地所涌现的景致和人物，太伟大了！开始在此隐居的是朱桃椎，然后就是葛洪，他们隐居山间日子极长，这些孤独修行的一类人，在此就不写了。

所至有佳泉怪石，奇植瑞羽[1]。忽如雪片棼员[2]，散飞林谷，蝶也。忽如天孙断织[3]，大练[4]下垂，瀑也。忽如垂云掩日，阴亘[5]数十里，乔木[6]也。山行者，沿人迹所易及，已应接弗暇[7]。飞云顶兀[8]四千丈，十步九折，其下陵[9]深，壑[10]暗无底，足茧心悸[11]，辄尼兴中画[12]，故至者鲜[13]。天子赐赵侯[14]履[15]于惠，得护名山，衔命醮祭[16]已，亟领客排丛薄[17]，陟崒巉[18]。或屏轩朱楯曲木[19]，仰攀千岁藤[20]，延缘[21]毅往。俄身在山巅，飘飘然坐鹏背[22]，御长风[23]，宇宙茫茫，八极一视[24]，某州某山，仿佛可指点。云气猝[25]起衣袖，莫认对面[26]。侯竦然[27]曰："真灵境也！触石肤寸，不崇朝而雨遍[28]，嘻其是欤。路之不治，来无以栖[29]，为地主[30]羞之。"默识[31]所经行地势，折旋归[32]，而指画授其属[33]，相险易[34]，取便捷，补陷阙[35]，隘夷峭曲直[36]，设横木栉比[37]，级而上，迎辖脂[38]，纳屐[39]齿，乘月冲雨[40]俱可诣[41]。每历[42]一峰，望之壁立[43]，层蹑[44]徐以进，不觉其为峻，遂成通途[45]。

注释

[1]奇植瑞羽：奇特的植物和神奇的鸟类。植，植物。瑞羽，凤凰，泛指神奇的鸟类。 [2]棼（fén）员：纷乱地落下。棼，纷乱，扰乱。员，通"陨"，落下。 [3]天孙断织：织女刚刚织

完锦帛。天孙，织女，神话中的善编织云雾的女神，封号“天孙娘娘”。断，了结，完成。［4］大练：粗帛。［5］亘：横铺开来。［6］乔木：树身高大的树木。［7］应接弗暇：应接不暇，指沿途景物繁丽，眼睛应付不过来。弗，不。［8］兀：突兀。［9］陵：隆起处。［10］壑（hè）：山沟、山坑。［11］足茧心悸：行走艰辛，心惊肉跳。足茧，亦作“足趼”，走得脚底长茧子，言行走艰辛。［12］尼兴中画：阻止游兴，中断出游计划。尼，止，阻。兴，游兴。中画，中止，中断。［13］鲜：少。［14］侯：对州府长官的尊称。后世的州府，约相当于周朝侯国（即五等爵位中第二级的侯爵的封国）的面积，故知州府者多尊称为“侯”。［15］履：履任，任职。［16］衔命醮（jiào）祭：尊奉天子之命设坛祭祀。衔命，奉命。醮祭，设坛祭祀。醮，向神灵祈祷的仪式。［17］排丛薄：推开草丛。排，推开。丛薄，茂密的草丛。［18］陟崒巉（zhì zú chán）：攀登山峰。陟，沿着山势往上走。崒，山峰高耸险峻的样子。巉，山势高峻、陡峭。［19］屏轩朱楮（zhī）曲木：（暂且拿起）房屋的红色木础构件（当作拐杖）。屏轩，指房屋，当是山上某个破败的屋子。楮，房柱下的木础，支撑物。曲木，弯曲的木构件。［20］千岁藤：千年紫藤。紫藤，攀援缠绕性的落叶藤本植物，茎左旋且粗壮，可抓紧助力攀援。［21］延缘：缓慢移行。［22］鹏背：大鹏的背。典出《庄子·逍遥游》：“鹏之背，不知其几千里也。怒而飞，其翼若垂天之云。”后人多以之喻高耸入云的大山。［23］长风：大风，远风。［24］八极一视：一眼望尽四面八方极远之地。八极，四面八方最远处。［25］猝：突然。［26］莫认对面：看不见对面的人或物。［27］竦（sǒng）然：惊恐貌。竦，通“悚”。［28］“触石”句：云雾逐渐集合，不一会儿就下雨洒遍天下。典出《公羊传·僖公三十一年》："触石而出，肤寸而合，不崇朝而遍雨乎天下者，唯泰山尔。"清阮福《肤寸而合解》："所谓'肤寸而合'者，如云出山，散而不合，则不得雨。"肤寸，古代长度单位，一指宽度为"寸"，四寸为"肤"，形容极短小。崇朝，从天亮到吃早餐这一极短的时间段。崇，通"终"。 [29] 栖：栖息，栖止。 [30] 地主：当地主人。 [31] 默识：暗暗记住。 [32] 折旋归：折返。折，回头。旋归，回归。 [33] 指画授其属：指指画画交代给下属。授，授给，给予。 [34] 相险易：视乎艰险或容易行走（的具体情况）。 [35] 陷阙：塌陷豁口。陷，缺陷。阙，豁口，空隙。 [36] 隘夷峭曲直：（遇到）陡峭弯曲的路段。隘，关口，危险地段。夷峭，平坦和陡峭，此处偏指陡峭。曲直，弯曲和直线，此处偏指弯曲。 [37] 栉（zhì）比：像梳齿一样密密排列。栉，木梳子。比，排列。 [38] 辖脂：脂车，驾车。辖为车轴两头之键，涂抹脂油，以利车轮转动。 [39] 屐：木屐，指步行。 [40] 冲雨：冒雨。冲，正面对着。 [41] 诣（yì）：到达。 [42] 历：翻越。 [43] 望之壁立：回头望去就像墙壁那样耸立。 [44] 层蹑："攀层蹑级"之省，攀爬重重高山。层，层层叠叠的高山。蹑，拾级上下。 [45] 通途：平坦易行的路。

今译

所到之处有美好的清泉和奇怪造型的山石、奇特的植物和绚丽的鸟类，忽然间有如雪片纷纷飘落，飞散到树林和山谷，这是蝴蝶啊；忽然间犹如织女织完锦帛，白白的帛下垂，这是瀑布啊；忽然间如同乌云蔽日，阴翳横亘数十里，这是乔木啊，山行的人沿着前人所能抵达景点的足痕观赏，就已经目不暇接了。飞云顶，（在南粤大地上）突然耸立四千丈，十步九折，它下面是深深的山谷，如巨坑一样幽暗，深不见底，行走艰辛，心惊肉跳，就扫了游兴，中止了游览计划，所以，能登顶的人极少。当今天子命赵汝驭任惠州知州，得以护佑名山，奉天子命设坛祭祀一完，急急领着客人推开草丛，登上险峻的山峰。有的人拿着建筑物的木构件当拐杖，攀着千年紫藤向上爬，慢慢地却毅然决然地前移。不一会儿就站在山顶了，感到飘飘然如坐在大鹏背上，驾驭远风飞行，置身茫茫宇宙，一眼望到四面八方的尽头，某个州、某座山，仿佛可以清晰指点出来。云气突然从衣袖间升起，连对面的人都看不见了。赵知州惊叫道："真是一个灵通之境啊！《左传》里描述的云雾逐渐集合，不一会儿就下雨洒遍天下的情景，嘻嘻，大概就是这样的吧！路不修建好，来了也没休息的地方，我作为本地主人感到很羞愧。"（他）暗暗记住所经过地段的地势，回来就对下属指指画画交代清楚，判断地形的险易，选择便当直捷的路径，在塌陷坑洼处修桥补路，遇见险峻弯曲的关口，架设横木，踩着密密排列的横木，拾级而上，无论是驾车，还是步行，乘着月色或冒雨都可以达到。每每翻越一座山峰，回头望去如同墙壁一样陡峭，攀登重重山峰，缓缓前进，感觉不到险峻，就成了通途。

亭于冲要[1]五，少憩[2]亦占胜概[3]。平麓[4]曰"屐云"，峒户[5]曰"仙春"。邝仙石[6]之前，千玉树[7]横斜，明葩异馥[8]，仙种[9]非人世有，曰"梅花村"，路中分处，度短涧，小石室砑其傍，蔚苍周遭[10]，曰"横翠"。过朝真石[11]，石矶砥焉横出[12]，俯见大小石楼[13]，碗盂覆万阜[14]，曰"拂松"。最上峰筑庵五间，宿好事者，俟[15]鸡一鸣，观烛海，曰"见日"。费于俸，材于山，工于庸[16]，作

此山，千年未有事，刻期[17]而成。胜士朋来于于[18]，纶巾羽服跰蹉[19]，若遨[20]仙山中，人谓创见。戴白[21]席地饮瓦盆[22]，村髫[23]拍手歌熙然[24]，无怀大庭[25]氏俗，太守与众乐也。此路既开辟，人人有飞云分[26]，无复蓬莱弱水[27]叹。彼县壶叟[28]，仅引长房入壶中[29]，狭[30]矣。且计及久远，别庵[31]于“见日”左，延山老王宁素[32]以居，买田岁得五十缗入，食其徒，使好看客，时时省[33]道。路坏必葺，非若驾箸之梯[34]，掷巾之桥[35]，神幻顷刻而已。今世版图中，名山之大者，几适[36]境内有之，而曰无与治殿最，姑舍是[37]可乎？

注释

[1]冲要：处于多条道路的会合点，地理位置重要。 [2]憩(qì)：小睡，指休息。 [3]胜概：美景，胜境。概，景致。 [4]平麓：山麓一片平坦的开阔地。宋赵汝驭《罗浮山行记》：“山之麓有门，曰‘屐云’，表飞云之屐如从足下也。” [5]峒户：洞口。宋赵汝驭《罗浮山行记》：“向所谓洞口，有亭曰‘仙春’，迩青远白，佳趣现前。”峒，同“洞”。 [6]邝仙石：位于玉女峰东北白水寨东偏南的石洞。传说邝仙人在此修行，人称其所坐大石为“邝仙石”。 [7]玉树：传说中的仙树。 [8]明葩异馥：艳丽的花草、奇特的香气。葩，花。馥，香气。 [9]仙种：仙界花草的品种。 [10]蔚苍周遭：四周的花木茂盛、苍翠。蔚，草木盛貌。苍，翠色。周遭，周围。 [11]朝真石：位于云峰岩之

东，拱立岩际，内向如朝真状。赵汝驭建拂松亭于此，《罗浮山行记》："向所谓葑之罅，有亭曰'拂松'，镜石琴风，景象轩豁。" ［12］砥焉横出：像是磨砺平了之后全部显露出来。砥，用石头磨砺。横出：全部显露出来。 ［13］大小石楼：分别位于玉鹅峰西南5公里和7.5公里处，皆孤峰高峻，重檐四注，有如楼阁。 ［14］碗盂（yú）覆万阜（fù）：像碗盆一样覆盖住了成千上万的山峰。盂，盆状的盛器。覆，盖。阜，山包。 ［15］俟：等到。 ［16］庸：通"佣"，受雇者。 ［17］刻期：严格规定的期限之内。 ［18］胜士朋来于于：佳士登顶从容自得。胜士，佳士，有才识的人。朋来，喜庆，吉祥。典出《周易·复》："朋来无咎。"于于，自得貌。典出《庄子·应帝王》："泰氏其卧徐徐，其觉于于。"唐成玄英注："于于，自得之貌。" ［19］纶（guān）巾羽服跰跹（bèng xiān）：头巾、衣服迎风起舞，形容态度潇洒从容。纶巾，配有青丝绶的头巾。羽服，仙人或道士的衣服。跰跹，翩跹，轻快地跳舞。 ［20］遨：遨游。 ［21］戴白：头上长满白发。指老人。典出《汉书·严助传》："戴白之老不见兵革。" ［22］瓦盆：粗泥烧制的陶盆。 ［23］村髫（tiáo）：村童。髫，小孩子下垂的头发。 ［24］歌熙然：唱歌声调杂乱不齐。熙然，喧闹纷杂的样子。 ［25］大庭：相传在容成氏、大庭氏、轩辕氏、神农氏的时代，人人自得自足，互不交往，过着宁静安康的生活。 ［26］分：缘分，指得以游览、亲近（飞云顶）。 ［27］蓬莱弱水："蓬莱隔弱水"之省，原指仙界、凡间因弱水相隔而不相通。蓬莱，传说中的海中仙山。弱水，传说中隔开仙界与凡间的水道，因浮不起鸿毛，船只自然无法渡过。喻两地相隔，音信不通，无从会面。 ［28］壶叟：又称"壶公"，指隐者。 ［29］长房入壶中：传说东汉费长房某日在酒楼饮酒解闷，偶见街上有一老翁，悬药葫芦售药，街上行人散去，老翁就钻进葫芦。费长房买上酒肉，恭敬拜见老翁。老翁知其来意，领着他钻入葫芦。葫芦内别有洞天，朱栏画栋，富丽堂皇，奇花异草，宛若仙山琼阁。费长房随老翁学方术十余日。临行前，老翁送他一根竹杖，骑上如飞。待到家中，家人都无比讶异，以为他已死十多年。费长房开始行医，治百病，驱瘟疫，令人起死回生。壶，药葫芦。［30］狭：狭隘。［31］别庵：另建一个庵庐。别，另外。庵，动词，建造庵房。［32］王宁素：南宋中期隐居罗浮山的道士。《钦定古今图书集成》第二百八十五卷《博物汇编·神异典·方士部》“王宁素”条：“按《罗浮山志》：王宁素，临安人，号宝谷，为冲虚道士。常居桃源洞圆庵，趺坐，不茹荤，不迹户外二十三年。惠守赵汝驭尝请其住见日庵，手植杉于庵前。……后坐化去，庵竟废。又有梁真素，亦冲虚道士也，道行峻洁，有诗名，一时名士咸与之友，二人盖有道者也。”［33］省：查看。［34］驾箸之梯：唐张读《宣室志》记周生以绳扎筷子为梯，登天摘月。李昴英《重九游郁孤台和座客韵》亦云：“乘风巾可桥，取月箸可梯。”［35］掷巾之桥：晚唐五代高彦休《唐阙史》记，崔生入山，遇仙女，得隐身符，后遭官家追捕，仙女掷巾成桥，崔生过桥，桥随即幻灭不见。［36］几适：恰好，正巧。［37］姑舍是：姑且舍去此山。姑，姑且，暂且。

今译

赵知州在道路要冲处建了五个亭子，即便稍稍休息一下也能见到美景：（第一个亭在）山麓一片平坦的开阔地，名叫“屐云”；（第二个亭在）洞口，名叫“仙春”；（第三个亭在）邝仙石前面，上千棵仙树横斜眼前，明亮的花朵、奇特的香气，仙界花草种类绝不是人世间的，有个名字叫“梅花村”，路中分之后，越过一个小涧，看见一间小石屋不规则坐落在旁边，四周一片苍翠，叫“横翠”；（第四个亭在）过了朝真石，一个像是被磨砺平了的大石矶全部显露出来，可以俯瞰大、小石楼，目光也如饭碗、盆盂一样覆盖千万座山丘，叫“拂松”亭。（第五个亭在）最高峰上修筑了五间庵舍，留宿喜欢游览的人，等到雄鸡一啼，就可以观看日光满满照亮海面，叫“见日”。修建费用来自薪俸，在山上就地取材，雇佣工人，做了这座山千年来没有做过的事情，在严格的期限内完成。佳士登顶从容自得，衣巾迎风飞扬，就像是遨游在仙山中，人们都说这是创见。老人席地而坐，用瓦盆饮酒，小童拍手唱歌，声浪喧乱，没人怀念上古大庭氏的风俗，这是因为赵知州与百姓同乐啊！这条路已开辟成功，人们都拥有了与飞云顶亲近的缘分，再也没有蓬莱隔弱水的哀叹了。别地的隐者，只知道讲费长房入壶中的传说，真是眼界太狭隘了。而且从长远打算，要在“见日”亭左边旁另起庵房，请来此山长老王宁素来居住，买田耕种每年可有五十缗钱入账，足以养活他的徒弟，派遣眼光好的人，时时检查路况，坏了必定及时修好，不会像神话里的筷子架梯摘月、头巾化桥那样，顷刻间神秘变幻消失而已。今天中国版图中，大的名山，恰巧各地都有，但说不参与建造神殿的最显著的例子，姑且舍去此山可以吗?

侯了公家事[1]，则整[2]寓趣佳山水，则暇改观丰湖[3]，祠先贤十二[4]，睎高趋正[5]，真有古心[6]。三践朱明洞[7]，抉幽搜隐[8]收之，吟篇[9]略尽，风骨[10]不凡，超然立尘表[11]，宜胸中丘壑[12]如此。昌黎好奇[13]，登华山绝峰，不能返，县令百计[14]取之，乃得下。使先有令如侯，凿通线路，岂误翁[15]至此哉！余半生梦罗浮，是岁再游，逍遥乎登临，谁之赐欤？侯名汝驭，雪庐其自号云。淳祐五年十

月，南海李昴英记并书。

注释

［1］了公家事：完成了今天的公事。宋黄庭坚《登快阁》：“痴儿了却公家事。”了，完成。公家事，公事，公务。［2］整：“整暇”之省，严谨而又从容不迫。典出《左传·成公十六年》：“日臣之使于楚也，子重问晋国之勇，臣对曰：‘好以众整。’曰：‘又何如？’臣对曰：‘好以暇。’”［3］改观丰湖：改造丰湖。改观，改造，整理。丰湖，又称“西湖”，在今惠州市中心，水域面积很大，为当地胜景。［4］祠先贤十二：（在惠州银岗岭）建聚贤堂，以祭祀本地十二位先贤。［5］睎（xī）高趋正：追求高标，走向正途。睎，仰望，希求。［6］古心：不同凡俗的古人的思想。［7］三践朱明洞：多次考察朱明洞。三，多次。践，游览，实地考察。朱明洞，位于罗浮山冲虚观旁，为罗浮山十八洞天之首，周边有白莲湖、会仙桥、洗药池、炼丹炉、飞来石等，亦被视为道教第七洞天、第三十四福地。［8］抉幽搜隐：抉发、阐明幽隐（的精微）。抉、搜，搜寻出来。幽隐，被遮蔽（的精义）。［9］吟篇：诗篇。［10］风骨：通常用于形容书法、绘画、作文创作的风格，指刚正的气概，有个性，有力量。［11］超然立尘表：为人超越凡俗。超然，超凡脱俗，高超出众。尘表，人品超世绝俗。［12］丘壑：幽僻的山峰与河谷，比喻深远的意境。［13］昌黎好奇：韩愈喜欢奇险（的事物）。昌黎，是韩愈籍贯，人称“韩昌黎”。［14］百计：千方百计，很多法子。［15］翁：老人家，指韩愈。

今译

赵知州完成公事之后，就严谨而从容地将自己的雅趣寄托在美丽的山水之间，改造丰湖，建聚贤堂以祭祀本地十二位先贤，追随古人高标，走向正途，真是有一整套不同凡俗的古典思想。多次游览朱明洞，发抉幽隐精微，差不多都收在诗篇之中了，（诗作）刚正的气概不同凡响，超世绝俗，胸中悠远的意趣应该就是这样的。当年韩愈喜好奇趣，登上华山最高峰后，无法下来，县令千方百计，最终接他下来。假使先前县令就跟赵知州一样，凿通线路，岂会耽误老先生到这一步呢！我半生都在梦游罗浮，今年再度游览，逍遥自在地登临，是谁赏赐的大好机会啊？知州名字叫汝驭，雪庐是他的雅号。淳祐五年（1245）十月，南海李昴英作记文并书写。

延伸阅读

宋李昴英《罗浮峒长宝谷王宁素送药瓢》："久矣深山炼鹤形，闻呼峒长又逃名。断崖怪木人稀迹，乱石奔泉涧有声。剑定神通收古匣，棋聊供玩戏纹枰。药瓢解赠宁无意？重到孤庵论养生。"（李昴英撰，杨芷华点校《文溪存稿》，暨南大学出版社，1994年，第169页）

广州新创备安库记

解题

本文选自《文溪存稿》卷一，作于宋理宗淳祐六年（1246）正月。方大琮出任广州地方长官，刚到广州履新时，就基于自己家在福建海滨的种种生活经历以及长期任职浙江的经历，深知一旦出现天灾人祸，必然是民不聊生，乃至饥民掠人为食。而生于斯长于斯的李昴英，同样出于经验认定广州濒南海，台风、海潮、雷暴、酷晒等自然因素一定会对广府人民的生活造成极大的负面影响。但是，历代统治者一方面以极其厌恶的心态对待“化外之地”的岭南，另一方面则贪得无厌地榨取民脂民膏，对自然灾害的频发无动于衷，一副听之任之的姿态，故应变举措接近于无，支援民众生活的资金更是有限。方大琮下车伊始，就谋划将政府各种结余归并在一处，以期在关键时刻用在刀刃上。大约经过四五年的准备，结余的三十万贯钱，分别存储于甲、乙、丙三库，通称“备安库”。淳祐五年夏天，广州遭遇台风正面侵袭，损失巨大，八千多户人家浸泡在四五尺深的水中；腊月初，广州又下起了极为罕见的大雪，接连三天，雪花飞舞，地面堆积厚达一尺，冻死多人。方大琮紧急调用“备安库”现金赈济百姓，救人无数。

汉以来使粤岭[1]，自陆大夫[2]始，携二千金去而人不非，入南[3]者遂以黩货[4]为当然。刺史[5]一经城门，例四千万，传闻可愕[6]。千余年间，廉牧[7]率载史牒[8]，寥寥晨星[9]。中人[10]以上自拔于污俗[11]者，岂特近世少哉！吾州全盛，巨舶衔尾笼[12]江，望之如蜃楼屃赑[13]，殊蛮穷岛[14]之珍，浪运风督凑于步[15]。豪贾四方至，各以其土所宜贸[16]，民以饶侈[17]，使家赋额[18]足以周兵额[19]而羡[20]，故用溢[21]而储实。迩来[22]唐儿罕到狮国[23]，编户[24]以财雄[25]。惟桀贼[26]频啸[27]，重屯娄赘[28]，多乎战，劳乎戍，人人得累资级[29]，给倍无艺[30]，竭其有共亿[31]而州骤贫。余三十年所目击，公私气象[32]，由丰美[33]入狭啬[34]，岁甚一岁也。江湖瑶峒[35]错落，巢险苞蘖[36]，出草[37]无时，裹盐[38]啸群[39]千百，所过寻衅起剽敚[40]，艚寇[41]驶风涛出没，飘忽难孰何[42]。水火旱螟[43]，不可谓无备，宜豫万一。大调度，诸台[44]力屈，富困无可指[45]，殆哉！

注释

[1]粤岭：南粤，岭峤，指广东。 [2]陆大夫：汉初陆贾曾两次出使南越国，据说每次都获赠丰厚，以至退休之后依然过着富足的日子。 [3]南：南粤，指广东。 [4]黩（dú）货：贪财。货，财物。 [5]刺史：古代州郡行政长官，又称“牧”或“太守”。据说早在南朝，就传开了“广州刺史经城门，一过便得三千万”的说法。 [6]愕：惊愕，吃惊。 [7]廉牧：廉洁的州牧。牧，州府一级地方长官。 [8]史牒：史书。 [9]寥寥晨星：寥若晨星。 [10]中人：清廉程度中等的刺史。 [11]污俗：贪污。

[12] 笼：罩住，笼罩。 [13] 蜃楼赑屃（xì bì）：海船楼层很高，就像海市蜃楼，而海船扁平状又像是蠵龟。这里从两个角度形容舰船外形。蜃楼，海市蜃楼。赑屃，即赑屃，传说中龙生九子之一，一种像龟的动物，善负重。 [14] 殊蛮穷岛：极远方。殊，极。蛮，古代对于少数民族、域外之人的称呼。穷，极边远。 [15] "浪运"句：大浪运输，大风督趱，都聚集到广州港口。督，督趱，督催赶行。凑，凑拢，汇聚。步，同"埠"，码头。 [16] 所宜贸：适宜用来贸易的物品。 [17] 饶侈：富饶奢侈。 [18] 赋额：法定的赋税额度。 [19] 周兵额：完成军费额度。 [20] 羡：有盈余。 [21] 用溢：支出超出预算。溢，超出。 [22] 迩来：近来。 [23] 狮国：狮子国，特指今斯里兰卡，又泛指南洋诸国。 [24] 编户：居住内地、编入户籍档案、固定缴纳赋役的人，又叫"省民"。 [25] 雄：称雄，雄厚。 [26] 桀贼：凶暴的蟊贼。 [27] 啸：撮口作尖锐的叫声，指啸集，互相招呼，聚集成群作乱。 [28] 重屯娄赘：兵屯重叠把守。重屯，重兵把守的屯防。娄赘，重重叠叠。娄，通"屡"。 [29] 累资级：累资补秩，不断提升资历和级别。累，累加。资，资历。级，级别。辛弃疾《美芹十论》："战胜犹有累资补秩之望，故安之而不辞。" [30] 艺：准数，限度。 [31] 共亿：供给。共，通"供"。 [32] 气象：气度，格局。 [33] 丰美：有风度、优美。 [34] 狭啬：格局狭隘且吝啬。 [35] 瑶峒：宋人对居住溪峒、不缴纳赋役的少数民族的统称。峒，通"洞"，指四周高、中间底的小型盆地，瑶民多居，故宋人多以"溪峒"来代指瑶民。 [36] 苞蘖（niè）：亦作"苞孽"，喻残余的凶残邪恶势力。 [37] 出草：本为盛行于东亚少数民族的猎头仪式，泛指打劫、攻击他人。 [38] 裹盐：指盐贩子。 [39] 啸群：互相招

呼，聚集成群。［40］寻衅起剽敚（duó）：故意搞事端，强行抢掠。寻衅，寻衅滋事，挑起事端。剽，剽掠。敚，夺取。［41］艚寇：海盗。艚，运粮草等货物的船。［42］孰何：谁何，诘问之辞。［43］螟（míng）：一种蛀食水稻的害虫。［44］台：对各政府部门、对方个人的尊称。［45］指：指望，指靠。

今译

汉代以来出使广东的官员，从汉初陆贾开始，携带二千金离去，没人非议，以后来广东任职的官员就以贪财为理所当然。刺史一经过城门，照例是四千万，这一说法确实可怕。千百年间，牧守全都入册，而清廉的却寥若晨星。廉洁程度中等以上、自己能超然于贪污之上者，岂止是近世以来特别少啊！我们广州全盛时，巨舰首尾衔接，远远望去，就如海市蜃楼，又像是一只只蠵龟趴着，极远处的蛮人、海岛的珍贵货物，乘风浪纷纷运到广州港口。商人富豪从四方前来，各自带来了自己地方上最适宜贸易的物品，广州百姓因此富裕起来，（每年）仅仅是征收每家额定赋税就足以完成军费额度而有所盈余，所以政府即便超额支出，储蓄依然充实。近来中国人很少去狮子国等外国贸易，在编户籍的百姓依然以财富称雄。但是盗贼频频啸集，重兵把守屯防，重重叠叠，战事极多，戍防辛劳，每个士兵都能添资历、升等级，给予的经济补助没有设限，州府竭尽所有供给，一下子就贫困下来了。我三十年来亲眼所见，公家和私人的格局气度，从有美好风度转入狭隘吝啬，一年比一年厉害。江湖间瑶峒错落分布，险峻的巢穴藏着残忍的暴力，打劫时间没有规律性。盐贩子结伙成群，成千上万，所到之处寻衅闹事，抢劫掠夺。海盗驾船出没于风涛间，飘忽不定，谁都无可奈何。水灾、火灾、旱灾、虫灾，虽不能说没有预防，但确实应该预防万一发生，可是这种大规模的调度，各部门财力都远远不够，富家、贫家更不能指靠，太危险了！

柱史[1]方公十乘[2]来自莆[3]，刘公克庄[4]谓公曰："日[5]将漕[6]于南，帅唐公璘[7]每言郡计[8]岁缺六万，尝摄事[9]，稽其籍[10]，大约欠四万，然办未易也。"公曰："州不难，则夫人可自见[11]，焉用我辈为[12]？"既至，教化焉，古其治狱讼[13]焉，时其视余力[14]焉。治其赋而垢玩、淄蠹[15]迎刃去，未尝严趣苛敛[16]。民信之，租不逋[17]；商乐之，税不慢。财用之充，政事之以自衣食[18]其军外，凡不急无益费，一切省。鸠所余，就百役[19]而又有余，比及[20]四年，得钱以缗计者三十万。别[21]藏之，为甲、乙、丙库，库十万，曰："猝一方警遽[22]甚，无他镪[23]可支，取诸此。"名曰"备安"，所以备非常、安远氓[24]也。听民以物抵质[25]，而微取其息，官民相资，生生无穷。异时号"健敏手"科润屋[26]，卖吏家，无虚月，犹不足。公只据赋常[27]，锱铢与公之。天家[28]以公宜南人，难其代[29]，许借留[30]，又将再考[31]，而后得遂，所储安有他谬巧[32]哉！士大夫职思其忧[33]，已可书，公切切焉[34]，去职之后之思，岂誉之沽所至？力行好事，盖初必然。

注释

［1］柱史：宋人对御史、郎官的总称，指方大琮来粤前的官职。方大琮，字德润，号铁庵，福建莆田（今福建莆田）人。宋宁宗开禧元年（1205）省试第三及第。宋理宗淳祐二年（1242），方大琮任广东经略使，多有惠政，宋理宗破例安排其第二个任期。可他未能完成第二个任期，于淳祐七年（1247）病卒。 ［2］十乘：首领所乘车的规格。《诗经·小雅·六月》："元戎十乘，以先启行。" ［3］莆：福建莆田，方大琮的家乡。 ［4］刘公克庄：刘克庄（1187—1269），字潜夫，号后村居士，福建莆田（今福建莆田）人。以祖荫任靖安主簿，后游幕江、浙、闽等地，官至龙图阁学士。淳祐六年（1246），宋理宗以其"文名久著，史学尤精"赐同进士出身。其诗文作品数量丰富，内容多样，多言时政、民生，风格遒劲，时称"大家"。著有《后村集》。 ［5］日：不日，很快。 ［6］漕：出任转运使兼市舶使。 ［7］唐公璘：唐璘（1195—1264），字伯玉，福建古田（今福建古田）人。嘉定十年（1217）进士。历吴县尉、淮东运司催辖纲运官、知广州兼广东经略安抚使等。为官正直，机智务实，时称"诤臣"。在粤任上，梅州寇作，唐璘恩威并施，很快平息下来。 ［8］郡计：全郡财政。［9］摄事：任职处理政事，指宋理宗嘉熙三年（1239）刘克庄任广东转运使兼市舶使。在粤两年，"奉给例券"，刘克庄皆却不受，又"买田二百亩，以赡仕于南而以丧归者"，对身受不幸、经济陷入困境的清廉官员给予一定的经济资助，故"南人刻石纪之"。［10］籍：户籍档案等。 ［11］自见：自行出现。见，通"现"，出现，显现。 ［12］"焉用"句：哪里还用得着我啊？焉，疑问代词。为，与"焉"相应和，组成固定句式，表达疑问或感叹。

[13] 古其治狱讼：用上古三代圣人的方法治理刑事案件。古，用作动词，复古，用古时候的办法。 [14] 时其视余力：时不时地审视多余的财力。时，时常，时不时。 [15] 垢玩、淄（zī）蠹：泛指泼皮无赖、僧道等人。垢玩，污浊荒怠，指泼皮混混。淄蠹，和尚、尼姑、道士等。淄，同“缁”，黑色僧衣。 [16] 严趣苛敛：严苛、急猛地收税。趣，小跑，指动作急快猛。敛，收税。 [17] 逋：逃税。 [18] 衣食：供给衣服、粮食。 [19] 役：出劳力为官方做事。 [20] 比及：等到。 [21] 别：分别。 [22] 遽（jù）：发动，兴起。 [23] 镪（qiǎng）：成串的钱。 [24] 氓：流民。 [25] 抵质：抵押。 [26] 科润屋：专门装饰好房屋。科，专门。 [27] 赋常：正常的赋税额度。 [28] 天家：天子，朝廷。 [29] 代：任满由其他人取代。 [30] 借留：某方百姓要求政绩卓著、深得民心的官吏留下继续任职。 [31] 考：考铨，古代吏部考试，量人授官。 [32] 谬巧：诈术与巧计。 [33] 职思其忧：理当怀有忧患意识，表示对本职工作的敬畏。出《诗经·唐风·蟋蟀》：“无已大康，职思其忧。”职，常。忧，忧患。 [34] 切切焉：恳切的样子。

今译

方公来自福建莆田，刘克庄对方公说：“你很快就去任广东转运使，原广东经略安抚使唐璘常说郡财政每年缺口达六万贯。我也曾任广东转运使兼市舶使，查考了户籍，大约少四万贯，但办好很不容易啊。”方公说：“如果广州的事不难办，那些想去广州的人就会自动出现，哪里用得着我们？”到任后，对百姓进行教化，用上古圣人的方法审判案件，时不时审视多余的财力。办理赋税时，即便是泼皮、僧道迎头撞上刀刃，也不曾特别严苛征收。百姓信任，租税不逃掉；商户高兴，税收不迟交，在充实财政方面，政务中除供给军队衣服、粮食之外，凡不紧急的、无益的所有一切都省下来。聚集所有的余钱，支付了上百项工役，居然还有余额，等到第四个年头，积累下三十万贯，分别收藏起来，各为甲、乙、丙三库，每库藏十万贯，说：“万一哪一个地方突然发生警讯，没其他现钱可以使用，就从这儿支取。”取名“备安”，用来预备应对非常情况、安抚流民。听任百姓用物品来抵押，仅取一点点利息，官民相互帮助，孳生不绝。从前那些号称“健敏手”的人专门修饰一下房子，就卖给官吏之家，几乎每个月都有，还不满足。方公仅仅是依据固定的赋税额度，一分一厘都交给公家。天子认为方公适合治理南粤人，很难找出替代他的官员，准许留任，又通过考铨，而后得以开始第二任，这说明储备怎会有诈呢！士大夫时常保有一份忧患之思，这就值得大书一笔了，方公恳切地思考去职之后的事情，岂是沽名钓誉者所能做到的？努力行好事，大概是由初心决定的。

乙巳夏五晦[1]，狂飓[2]怒突，遏夜潮[3]不得退，复驾[4]昼潮，沓[5]之西、北江[6]，淫潦[7]适暴至，濒海室庐[8]倏[9]在四、五尺湍浸[10]中，凡八千余家灾也。公充犹己溺之[11]之心，巡拊赒赈[12]，为钱缗若干。腊[13]初，大雪三日，积盈尺，银城瑶林[14]，群犬狺狺[15]，炎方[16]昔所未见瑞[17]也。公充犹己寒之之心，城表窭民[18]与诸营健儿[19]，给有差[20]，为钱缗若干，皆库所获利。毫芒[21]之积，效亦速矣。虑患[22]之深，智也；流惠[23]之长，仁也。所学稍出肤寸已如此。清献崔公晚岁，却奉祠之廪[24]，

帅乡部[25]亦不受俸，镪逾二万、米斛[26]二千有奇，留州家[27]。无何[28]，问之仓库氏[29]，则乌有矣。人一身所须几何？贪夫满意囊匮[30]，将遗云仍[31]，曾不足以供骏[32]子孙一笑用。清白留芳，厥后必昌[33]，穹秩备禄[34]，其来莫御，积之于官者，其家之无尽藏[35]也。贤者规，来者随，由三十万推广之，而百万千万，可坐而至也。纵无所增益，能爱护，俾勿坏，尚不失为中人。若夫括羡赢辇[36]献之，巧名色羽化之[37]，惟己贵富是规，使邦人缓急[38]失所凭而受其害，则中人以下，亦不肯为也。直[39]小人，不畏天命者耳，独为君子，实公所耻。淳祐六年正月。

注释

［1］乙巳夏五晦：乙巳年夏五月的最后一天。乙巳，即宋理宗淳祐四年，岁在乙巳，即公元1244年。夏五，“夏五月”之省。晦，农历每月最后一天。［2］飓：飓风，夏季洋面刮起的巨大风暴。［3］夜潮：夜间潮水的涨落，也叫“汐”。［4］驾：驱使。［5］沓：波浪奔腾。［6］西、北江：西江、北江。西江在广东省西部，于广东佛山三水思贤滘与北江汇流，是珠江的主干流，全长2075千米。北江在广东省北部，长468千米。［7］淫潦：积水成灾。［8］室庐：房屋。［9］倏：忽然，突然。［10］湍浸：浸在湍急的水流中。［11］犹己溺之：儒者以拯救苍生为己任。典出《孟子·离娄下》：“禹思天下有溺者，犹己溺之也。”大意是说，大禹一想到天下有被淹的人，就好像是自己使他们被淹

一样难受。 [12]巡拊（fǔ）赒（zhōu）赈：慰问、赈济。拊，同“抚”，安抚。赒，周济。 [13]腊：腊月，农历十二月。 [14]银城瑶林：银色的城，披雪的林木。瑶，琼瑶，比喻似玉的雪。 [15]狺狺（yín）：犬吠声，喧嚷。 [16]炎方：炎热的南方，指广州。 [17]瑞：瑞雪。 [18]窭（jù）民：贫民。窭，贫困。 [19]健儿：指军人。 [20]有差：有多有少，不完全一致。 [21]毫芒：毫毛尖，形容极微小。 [22]虑患：忧虑祸患。典出《荀子·大略》：“先患虑患谓之豫，豫则祸不生。” [23]流惠：布施恩惠。 [24]奉祠之廪：即祠禄之官。宋代为安置老病大臣及高级闲员而设，坐食俸禄，并不管事，故称“祠禄之官”。 [25]帅乡部：率领本乡兵丁。 [26]斛（hú）：古代量器，方形，口小底大，容量为十斗。 [27]州家：口语，州府。宋人喜欢将皇上、官方称作“家”。 [28]无何：没多久。 [29]仓库氏：仓库管理者。 [30]囊匮（guì）：袋囊和柜子，指贪官的钱袋子。 [31]云仍：亦作“云礽”，远孙，指子孙后代。仍孙，孙之子。云孙，仍孙之子。 [32]骙（ái）：痴傻。 [33]厥后必昌：后代必定发达。厥后，后代。 [34]穹秩备禄：高爵厚禄。穹，极高。秩，高爵位。备禄，福禄全齐。 [35]无尽藏：佛教语，广大无边，功用无限。 [36]括羡赢辇：搜刮多余的钱一车车地送。括，搜求，搜括。羡，多余。赢，赢利，指经营。辇，运货的车。 [37]“巧名色”句：巧立名目，据为已有。名色，名目。羽化，道教用语，死亡，指巧妙地化公为私，贪污。 [38]缓急：危急、变故。 [39]直：只不过。

今译

乙巳年夏五月的最后一天，狂暴的飓风突然袭来，阻止夜潮无法退去，又驱使日潮打来，西江、北江一时间波浪奔腾，洪水猛烈奔袭。濒海人家顷刻间浸在四五尺深的激流中，共八千户人家受灾。方公心里充满了“犹己溺之”之情，巡视安抚，给予赈济，用去若干现钱。腊月初，广州突降大雪三天，积雪超过一尺，整个广州就像是银色的城、琼瑶之林，成群的狗狂吠，真是南方前所未见的大雪。方公充满了“犹己寒之”之心，为城里的贫民和军营的军人，发放了数量不一的补助，用去若干现钱，这些钱都是备安库获得的利息。微小的积累，效果也是很快的。深深担心忧患，是智慧；长久布施恩惠，是仁心。平生学习到的本领稍微表现出一点点，就已产生这样好的效果。清献崔与之公晚年推辞祠禄，率领本地兵丁抵御摧锋军也不接受俸禄，将超过两万贯现钱、两千多斛米，留给了广州府衙门。没过多久，追问仓库官员，钱粮却不见了。人一生所需到底要多少呢？贪官要装满口袋、柜子才满意，还要传给子孙后代，竟然不够痴傻子孙一笑用光。清白之名流芳后世，后代子孙一定发达起来；高官厚禄，来势不可抵挡，为官府积蓄，就是他家的无尽宝藏。贤人谋划，后来者追随，由三十万推广开来，到百万、千万，很容易做到。纵然没有增加，能够爱护好，不使它损失，还不失为中等之人了。像是搜刮余额一车车送给长官，巧立名目化公为私、占为己有，只是谋划自己的富贵，使得本地人遭遇变故，失去凭依，深受伤害，即便是中等以下之人，也不肯做。只有小人不敬畏天命做一个所谓“君子”，这实在是方公认为可耻的！淳祐六年（1246）正月。

题菊坡《水调歌头》后

解题

本文选自《文溪存稿》卷四，作于宋理宗淳祐六年（1246）三月。这一年二月，李昴英前往京城，路途漫漫，浮想联翩。屈指算来，恩师崔与之逝世已有七年了。崔与之逝世于宋理宗嘉熙三年（1239）年底，谥“清献”，故李昴英敬称崔与之为“清献崔公”。旅途中，李昴英不禁想起了恩师晚年的一个重要片段，即恩师填了一阕号称辛派代表作的《水调歌头》，此词也免不了一个“归隐梅岭”的结尾。毕竟崔与之致仕时已经69岁，只能在市区择地筑楼，未能得偿所愿，但偶尔能出游白云山的蒲涧。这与洛阳耆英会诗酒悠游相比，也算一个小小的补偿吧。文末提出将张九龄放入蒲涧清献祠同祀，意在凸显唐宋粤籍丞相之间内在精神的传承，具有建构南粤精神史的创辟意义。题后，写在书籍、字画等后面的一段短小文字，纸短情长，往往韵味隽永。菊坡，崔与之的雅号。《水调歌头》，词牌名，系截取大曲《水调》的首章另倚新声而成，属中吕调。崔与之此词，影响极大，既被视为辛派代表作，更被誉为“粤词之祖”，奠定了粤词雄直的风格趋向。

清献崔公[1]剑阁[2]赋长短句[3]，卷卷[4]爱君忧国，遑恤[5]身计，此意类《出师表》[6]。雅趣[7]欲结茅[8]庾岭[9]边，一琴一鹤。由湘桂[10]归南海，竟不得践“绿阴青子”约[11]。然幅巾藜杖[12]，徜徉[13]老圃寒花[14]间十有六年，晏岁[15]之乐，不减洛中耆英[16]也。好事者[17]揭[18]此词山中，惜非公手迹[19]。某[20]敬以所藏本，授[21]横浦校官赖君栋使刻之。文献张公[22]始凿岭路[23]，而未有祠[24]，著公同龛[25]为宜。此则地主[26]事，非过客所得专[27]也。淳祐六年三月既望[28]，门人[29]李昴英。

注释

［1］清献崔公：指崔与之。　［2］剑阁：在四川广元西南，守剑门天险。崔与之镇守四川期间，登临剑阁，创作这首《水调歌头》。嘉定十年（1217），金军进犯四川，连破大散关、成州、凤州、兴元府、洋州，四川制置使董居谊弃职潜逃，溃卒张福、莫简等反叛，攻入利州。朝廷急调安丙为四川宣抚使、崔与之为焕章阁待制知成都府兼成都路安抚使，平息兵变。安丙在任上去世，朝廷任命崔与之为四川路安抚制置使，统率四川全军。　［3］长短句：指词。词的句子长短不一，故有“长短句”之称。　［4］卷卷：同“惓惓”或“拳拳”，恳切，诚挚。　［5］遑恤：哪有闲工夫担心。遑，闲暇。恤，忧虑。　［6］类《出师表》：与《出师表》类似。类，类似。《出师表》，蜀汉诸葛亮撰，其中“鞠躬尽瘁，死而后已”一句，感人至深。　［7］雅趣：高雅的志趣，指愿望、夙愿。　［8］结茅：结茅庐，指修建隐居者的简易房子。　［9］庾岭：即大庾岭，特指大庾岭的梅岭，唐相张九龄曾开辟梅关，成就赣、粤间通途。［10］湘桂：湖南、广西，指崔与之经由湖南、广西回到广州。［11］践“绿阴青子”约：实现《水调歌头》“梅岭绿阴青子”的约定。践约，实现约定、诺言。崔与之《水调歌头》有“梅岭绿阴青

子”句，表达归隐家乡的向往。［12］幅巾藜杖：隐者的装扮。幅巾，又称“巾帻”或“帕头”，指以整幅帛巾裹束头部。一般是裁取一幅长、宽各三尺的丝帛，从额往后包住头发，并将巾角系紧。余幅则自然垂下，垂至肩或后背。王公贵族多用细绢，称“缣巾”；庶人多戴葛布，称“葛巾”。藜杖，用藜的老茎制作的手杖，轻而结实，便于老者使用。［13］徜徉：安闲、自在、适意地缓步而行。［14］老圃寒花：老旧花圃里的菊花。宋赵以夫《惜黄花》：“众芳凋谢。堪爱处、老圃寒花幽野。照眼如画。”圃，花圃、园圃。寒花，秋天的花，多指菊花。［15］晏（yàn）岁：晚年，暮年。［16］洛中耆英：北宋王安石变法期间，富弼、文彦博、司马光等人纷纷回到洛阳赋闲，仿唐代白居易“九老会”形式诗酒相乐，谓之“洛阳耆英会”。耆英，老年人。［17］好事者：多管闲事的人。［18］揭：张挂起来。［19］手迹：亲手写的字。［20］某：“我”的谦称。［21］授：交给。［22］文献张公：唐丞相张九龄谥“文献”，故敬称之。［23］凿岭路：唐开元四年（716）冬，张九龄奉命开凿大庾岭路，成为最重要的南岭通途，凡人口迁移、军队调动、商旅往来、使节访问等，大多需经此路。凿，开凿。岭，梅岭。［24］祠：（祭祀张九龄的）专祠。［25］龛：敬放牌位的小阁子。［26］地主：本地主人。［27］专：专门办理。［28］既望：农历十六。望，望日，农历每月十五。［29］门人：门下弟子，亲传学生。

今译

清献崔公在剑阁赋长短句，全都是诚挚的忧国忧君之情，哪里有空计较自己身家得失呀？这类似于诸葛亮的《出师表》。他的高雅志趣乃是在梅岭结一间茅屋，一琴一鹤相伴。经由湖南、广西回到广州后，竟然没法实现“梅岭绿阴青子”的夙愿。但头戴幅巾，手持藜杖，信步在老圃菊花之间十六年，晚景的乐处不比前代洛阳耆英会诸老少。有一个多管闲事的人把这首词挂在山中，可惜不是菊坡先生的手书。我怀着崇敬之情把我的藏本，交给横浦校官赖栋，让他刻出来。文献张公凿通大庾岭，但迄今没有专祠，把他的牌位与崔公摆放在同一个龛阁内，这是我作为本地主人应该做的事，不是匆匆过客所能完成的。淳祐六年（1246）三月十六，弟子李昴英。

延伸阅读

宋崔与之《水调歌头》：“万里云间戍，立马剑门关。乱山极目无际，直北是长安。人苦百年涂炭，鬼泣三边锋镝，天道久应还。手写留屯奏，炯炯照心丹。　　对青灯，搔白发，漏声残。老来勋业未就，妨却一身闲。蒲涧清泉白石，梅岭绿阴青子，怪我旧盟寒。烽火平安夜，归梦到家山。”（唐圭璋编著《全宋词》，中华书局，1999年，第4册，第2835页）

梁守中《崔与之〈水调歌头·题剑阁〉赏析》：“南宋名臣崔与之，宁宗嘉定十二年至十五年间（1219—1222）出任成都知府兼成都府路安抚使时，曾登临剑阁，写下这首词。这时淮河、秦岭以北的大片土地，早已沦于金人之手。词人立马剑门，北望中原，不胜浩叹。这首词上阕写作者决心抗敌守边、报效国家的一片丹心，下阕抒发老来功业未就的感慨。全词豪放劲健，充满家国之思，风格属辛弃疾一派。”［唐圭璋等著《唐宋词鉴赏辞典》（“南宋·辽·金”卷），上海辞书出版社，2016年版，第1776页］

论史丞相疏

解题

本文选自《文溪存稿》卷八，作于宋理宗淳祐六年（1246）秋。这年六月，李昴英以吏部右侍郎的身份赴阙，来到阔别已久的京城，不久，便担任经筵讲官。十月，他升任右正言，开始梳理久久压抑心中的各种课题，向宋理宗进言，指出了一系列迫切而尖锐的问题，如早立太子、罢去平庸相臣、明正奸臣之罪、宫人不得干政、不拘一格选拔人才等，看似火力全开，但靶标异常明晰，那就是要一举扳倒大奸臣史嵩之。史嵩之，字子由，浙江鄞县（今浙江宁波）人，素喜事功之学，以经营荆、襄起家，盘踞相位九年之久，专断独行，淳祐四年（1244）因遭父丧，不得不暂时离职，可暗地里奔走以谋求“夺情起复”，又不断言事，竟主张与南侵频仍的蒙古军和议，朝野舆论大哗，由此引出轰动一时的“君子与小人之争”。李昴英坚决站在反对派的立场上，果断出击，接连上奏，同时联络朝臣，轮番进奏，言辞剀切。宋理宗先是不予理睬，在众论的压力下，慢慢改变立场，最终下令免去史嵩之的丞相与宫官任命，让其提前退休回家，彻底击碎了其卷土重来的黄粱美梦。本文从《春秋》所记郑庄公母子关系入手，分析一个政治家的“恶评”因何而起，即由“不孝于亲”到“不利于国”，乃是“小人行径”的必然逻辑，力劝宋理宗汲取宋哲宗起用章惇而元祐诸臣遭报复的历史教训，削去史嵩之官爵，远放边裔，杜绝后患。疏，进献给皇帝的奏章，特重条分缕析地论述事理。文后的“帖黄”，则是上奏数日后追加的一则摘要。宋人上奏状往往加上一则札子，写在另一张纸上，贴在奏章之后，其目的是摘举要旨，以清眉目，提请皇上关注。

臣末学陋闻[1]，误蒙睿知[2]，擢联翠幄[3]，获执麟经[4]。日昨[5]进讲至“鲁隐公二年郑人伐卫”[6]。因考寤生之无三[7]，其恶根于城颍[8]之置母，以为世之大不忠，皆大不孝者为之。夫子[9]无其位，故诛奸臣于直笔[10]；陛下操必罚[11]之柄，昭惩恶[12]之公，倘不孝于亲，且将不利于国者幸免焉，此岂圣人作《经》[13]有望于后之明天子[14]之意哉?

注释

［1］末学陋闻：自谦之词，才学低下、学识肤浅。末学，学无根底。陋闻，见识短浅。 ［2］睿知：见识卓越。典出《礼记·中庸》：“唯天下至圣，为能聪明睿知，足以有临也。”此处指圣上知遇之恩。 ［3］擢（zhuó）联翠幄：提拔为经筵讲官。擢，拔擢，提拔。联，联袂。经筵讲官系多人担任，另有侍班、展书、侍仪、供事、赞礼等人员，“联”字颇能表现出经筵盛况。翠幄，翠色帷幔，特指皇帝御前经筵。宋代经筵是专为皇帝讲论经史而特设的御前讲席，以勋臣充任讲官，每年二月初至端午节、八月初至冬至节为讲期，逢单日入侍，轮流讲读。这是一种特殊的帝王教育制度，其目的是革君心、正君心，讲官可在讲论过程中进谏，对皇权产生一定的制衡作用。 ［4］麟经：指《春秋》。据说，鲁哀公十四年（前481），有人猎获麒麟，孔子听闻，以为不祥，书《春秋》至此辍笔，故《春秋》亦称“麟经”。李昴英自幼学《春秋》经义，科举考试也以《春秋》经义获隽，早就享有“《春秋》专家”的名声。 ［5］日昨：前天。 ［6］“鲁隐公”句：鲁隐公二年（前721），郑庄公讨伐卫国，是为“称小霸”之始。郑庄公在“克段于鄢”之后，国力大

增，又以周平王卿士的名义，讨伐“不听话”的诸侯，还不时冒犯周天子，最终称霸于诸侯。 [7] 寤（wù）生之无三：寤生并没有所谓的“三不孝”。寤生，郑庄公（前757—前701），姬姓，郑氏，因出生时遭遇某种难产（即“寤生”）而名“寤生”，东周郑国第三代国君。三，三不孝。《孟子·离娄下》：“不孝有三。”赵歧注：“于礼有不孝者三事，谓阿意屈从，陷亲不义，一不孝也；家贫亲老，不为禄仕，二不孝也；不娶无子，绝先祖祀，三不孝也。” [8] 城颍：今河南临颍西北。郑庄公非常恼恨母后武姜偏爱、纵容共叔段不断僭越的行为，在“克段于鄢”后便将母亲逐出国都，软禁在城颍，发誓说：“不及黄泉，无相见也。” [9] 夫子，孔夫子，即孔子。[10] 诛奸臣于直笔：出唐刘知几《史通》：“盖史之为用也，记功司过，彰善瘅恶……但古来唯闻以直笔见诛，不闻以曲词获罪。”谓以秉笔直书的历史记录诛杀奸臣。诛，杀，此处作“谴责”解释。直笔，秉笔直书。 [11] 必罚：“赏信必罚”之省，典出《韩非子·外储说右上》：“信赏必罚，其足以战。”意思是有功的一定奖赏，有罪过的一定惩罚，形容赏罚分明。 [12] 惩恶：“惩恶扬善”之省，典出《周易·大有》：“君子以遏恶扬善，顺天休命。”意思是惩罚恶势力，宣扬善良。 [13] 圣人作《经》：孔圣人写作《春秋》。圣人，孔子在历代被统治者尊为圣人、至圣、至圣先师、大成至圣文宣王等。《经》，《春秋》，又称《春秋经》，为古代“六经”之一。 [14] 明天子：明君，圣明的皇帝。

今译

臣才疏学浅，承蒙圣上知晓与错爱，提拔为经筵讲官，获得讲解《春秋》的待遇。前天进讲，讲到“鲁隐公二年郑人伐卫”一段，于是详考寤生行迹，并没有所谓的“三不孝”的表现，他之所以遭受恶评，其根源在于把母后安置到了城颍，孔子认为人世上的大不忠，都是大不孝的人所为。孔子没有政治上的地位，所以秉笔直书谴责奸臣。陛下您掌握赏信必罚的大权，彰显惩恶扬善的公正，倘若让不孝顺父母且不利于国家的人能够幸免于责罚，这难道是孔子写作《春秋》并寄希望于后来明君的本意吗？

臣曩[1]在岭海[2]间，竦聆[3]陛下雷发英断[4]，山拔巨奸[5]。至于穷陬僻区[6]之人，莫不欢呼鼓舞，日以俟，谓之“渡崖”，确之徙新[7]也。逾年而止闻二三邪党[8]之贬，羽翼[9]虽剪，元恶[10]未除，天下已共疑而切议[11]矣。臣今夏造[12]朝，首乞明正[13]渠魁[14]之罪，圣意尚需迟而欠决[15]。容德天涵[16]，或以其未终丧[17]，姑有待焉。今服阕[18]近在于旬日[19]，而官刑未举于司败[20]，人言籍籍[21]，通国皇惑[22]，臣而隐默[23]，言责谓何？

注释

[1]曩（nǎng）：以往。　[2]岭海：指南粤。　[3]竦（sǒng）聆：恭敬地聆听。　[4]雷发英断：如雷霆击发一般英明果断。雷发，天子如雷霆般击发，典出汉贾山《至言》：“雷霆之所击，无不摧折者；万钧之所压，无不糜灭者。”形容力量迅猛。　[5]山拔巨奸：以拔山的力量清除掉大奸臣。山拔，典出秦末项羽《垓下歌》“力拔山兮气盖世”，形容力量巨大。　[6]穷陬（zōu）僻区：穷乡僻壤。穷，偏远。陬，山脚。　[7]确之徙新：确确实实是趋新。　[8]邪党：邪恶的党羽，指史嵩之的党羽。　[9]羽翼：次

要人物。［10］元恶：罪魁祸首，指史嵩之。［11］切议：恳切地议论。［12］造：到。［13］明正：公开治罪。正，治罪，正法。［14］渠魁：罪魁祸首，大匪首。［15］需迟而欠决：迟疑且没有决断，委婉地批评宋理宗过于优柔寡断。［16］容德天涵：如上天容得下一切那样的宽容之德。容德，宽容的德行，典出《尚书·立政》“率惟谋从容德”，意思是君主凡谋事一定要体现宽容之德。［17］终丧：服丧满三年。［18］服阕：古代丧服制度，父母死后，服丧三年期满释服。阕（què），终了，期满。［19］旬日：十天或几天，形容迫在眉睫。［20］司败：官名，即司寇，泛指司法机关。［21］人言籍籍：议论纷纷。籍籍，杂乱的样子。［22］皇惑：惶恐疑惑。皇，通“惶”，惶恐。［23］隐默：沉默不语。

今译

我以前在南粤，恭敬地听到陛下如春雷击发一样作出英明的决断，用拔山的力量清除大奸臣，以至于那些穷乡僻壤的人，也无不欢呼鼓舞，天天等待，说这是“渡崖”，这确实是趋新啊。过了一年，只听说两三个奸人贬谪，次要人物即使剪除了，罪魁祸首却没除去，天下人都已怀疑且发出恳切的议论了。我今年夏天到朝廷，第一件事就是恳请公开治这个大匪首的罪，圣上的意思还很迟疑，没有决断。这一像上天涵容一切的宽容之德，有的人以为是他服丧没有期满，姑且等等吧。现在史嵩之服阕完毕的日子就近在这几天了，但司法机构却没对他启动官司刑罚，人们议论纷纷，全国惶恐疑惑，我作为臣子的反而沉默不语，那我这谏官的责任到底是什么呢?

臣窃观[1]昔之所谓"四凶"[2]者，非如后世大奸剧恶[3]之甚也，投畀魑魅[4]，舜岂少恩[5]？盖小人衷险裒狡[6]，乘间[7]辄发，一旦得志，则君子必被[8]其祸，生民必罹[9]其毒，有不胜穷者，操之已蹙[10]，盛古[11]且然。嵩之谲诈[12]贪婪，狠愎[13]残忍，罪浮[14]于"四凶"。前后白简[15]之所擢数[16]，皂囊[17]之所鸣攻[18]，既详且悉[19]，臣不敢更渎天听[20]。大抵其挟虏要君如秦桧[21]，其嫉贤妒能如李林甫[22]，其阴害忤己者如卢杞[23]，其藉权宠厚赀积如郑注[24]，其与近习盘结如元载[25]，其秽行丑声如杨国忠[26]，其匿丧不持服如李定[27]，其怀宰相不足为之心如宗楚客[28]。人臣有一于此，皆宜在诛绝之科[29]，况身兼众恶乎？

注释

[1] 窃观：偷偷地看，指私底下想。 [2] 四凶：传说舜帝流放到四方边境的四个凶神——梼杌、混沌、穷奇、饕餮。 [3] 大奸剧恶：大奸臣、大恶人。剧，极端，巨大。 [4] 投畀魑魅（chī mèi）：流放在四方边远之地。投畀，投给，投食。魑魅，古代传说中的山神、精怪，指四方边境。 [5] 少恩：少了恩泽，指用法严苛。 [6] 衷险裒（póu）狡：阴险狡诈。衷，内心。险，阴险。裒，多。狡，狡诈。 [7] 乘间：找机会，钻空子。 [8] 被：蒙受。 [9] 罹：遭受（不幸）。 [10] 蹙（cù）：格局狭小，拘束。 [11] 盛古：远古政治最盛兴的时代，指舜帝时代。 [12] 谲诈（jué zhà）：谲诡狡诈。 [13] 狠愎（bì）：凶狠且刚愎。愎，刚愎自

用，极端固执。［14］浮：高于，超过。［15］白简：古代大臣用于弹劾官员的奏章。［16］擢数：多得难以数清。［17］皂囊：黑绸口袋。古代群臣上章奏，事涉秘密，则以皂囊封之，故以皂囊指密封的奏章。［18］鸣攻：猛烈抨击。《论语·先进》：“非吾徒也。小子鸣鼓而攻之可也。”［19］悉：详尽。［20］渎天听：亵渎皇帝的听闻。渎，亵渎。天听，上天或天子的听闻。［21］挟虏要君如秦桧：像秦桧那样依靠敌虏以胁迫君主。挟，倚仗外力或抓住人的弱点，强迫对方服从。秦桧，字会之，南宋初年奸相，投降派的代表人物。［22］嫉贤妒能如李林甫：像李林甫那样嫉贤妒能。李林甫，出身唐朝宗室郇王房。开元二十三年（735）以礼部尚书之职拜相，加授同中书门下三品，为相十九年，大权独握，蔽塞言路，排斥贤才，朝纲紊乱，重用安禄山使其势力坐大，被认为是使唐朝由盛转衰的关键人物之一。逝后被杨国忠诬告谋反，削官改葬，抄没家产，子孙流放。［23］阴害忤己者如卢杞：像卢杞那样陷害违逆自己的人。阴，暗地里。忤己者，违背自己意愿的人，指杨炎、颜真卿等人。卢杞，字子良，滑州灵昌人（今河南滑县西南）。唐建中二年（781）授御史大夫、京畿观察使，拜门下侍郎、同平章事，建中四年（783）贬为新州司马。卢杞迎合圣意，嫉妒贤能，党同伐异，滥增苛捐杂税，民愤极大。［24］藉权宠厚赀（zī）积如郑注：像郑注一样借助皇上的宠幸疯狂积累财富。赀积，积聚财物。郑注，绛州翼城（今山西翼城东）人。出身微贱，诡谲狡险，以医术游江湖，为襄阳节度使李愬、监军王守澄所赏识。唐元和十五年（820）入京，交结朝臣，出任昭义节度副使，权势熏灼。大和八年（834）治愈唐文宗风疾，拜太仆卿、御史大夫，大和九年（835）迁工部尚书、翰林侍讲学士。联合宰相李训策划“甘露之变”，事败被杀。［25］与近习盘结如元载：像元载一样勾结皇帝的宠信。

近习，君主身边的宠信，指权宦李辅国等。盘结，勾结。元载，字公辅，凤翔岐山（今陕西岐山）人。出身寒微，好读书，性敏惠，精道学。唐玄宗天宝元年（742）中进士，唐代宗时以李辅国之荐，拜中书侍郎、同平章事，封许昌县子。又协助铲除李辅国、鱼朝恩，深得宠信，进封颍川郡公。独揽朝政，排除异己，专营私产，起华屋。后被赐死。　［26］秽行丑声如杨国忠：像杨国忠那样有着污秽淫乱的坏名声。秽行，污秽淫乱的行止。丑声，坏名声。杨国忠，杨贵妃族兄，因得唐玄宗宠信，飞黄腾达，李林甫死后，任检校右相兼管文部，兼四十余职，封卫国公。任相期间，专权误国，败坏朝纲，倾轧安禄山，引发“安史之乱”。马嵬驿兵变时，为乱兵所杀。［27］匿丧不持服如李定：像李定一样隐瞒母丧，不穿孝服。匿丧不持服，《宋史》载，李定任泾县主簿时，闻庶母仇氏死，匿不为服，反而谎称父亲年老，求归侍养。李定，字资深，扬州（今江苏扬州）人。少从王安石学，元丰初，为同知谏院，知制诰，权御史中丞，劾苏轼以诗文攻击时政，怨谤君父，逮捕苏轼至御史台问狱，酿成“乌台诗案”。司马光执政后，遭贬逐。　［28］怀宰相不足为之心如宗楚客：像宗楚客一样不满足于当宰相。怀宰相不足为之心，言宗楚客三次任相，依附韦后、武三思，悄然滋生逆谋之心，曾对其党羽说：“我初在卑位，尤爱宰相职权；及为宰相，又想当天子，哪怕南面称寡一日，便心满意足了。”宗楚客，字叔敖，蒲州河东（今山西永济）人。母为武则天同族姐妹。举进士出身。武则天执政时，累迁户部侍郎。坐罪流放岭南，岁余召还。唐神功元年（697）升任宰相，不久得罪权贵，贬播州司马，长安四年（704）复相。唐中宗复位后，拜中书令，封郢国公，又巴结韦皇后、武三思，参与迫害太子李重俊的阴谋。景龙四年（710），李隆基发动政变，伏诛。　［29］诛绝之科：诛杀的刑罚。诛绝，诛灭，灭绝，不留一人。科，刑罚，刑规。

今译

臣私下里想，舜帝时代的所谓“四凶”，并不如后世大奸臣大坏蛋那么厉害，流放去边疆，舜帝哪里是用法严苛啊？大概小人阴险狡诈，找到空子就会跳出来，一旦得志猖狂，那么，君子必然遭受他的祸害，百姓必然遭到他的毒手，一定是没有尽头的，想惩处似乎也没什么办法，舜帝时代就已经这样了。史嵩之诡诈贪婪，刚愎残忍，罪行大于“四凶”。前前后后弹劾他的奏章极多，黑绸囊里密奏的抨击，又详细又全面，臣实在不敢再一次亵渎皇上的听闻。大抵说来，他像秦桧那样依靠敌虏以胁迫君主，像李林甫那样嫉贤妒能，像卢杞那样陷害违逆自己的人，像郑注一样借助皇上的宠幸疯狂积累财富，像元载一样勾结皇帝的宠信，像杨国忠那样污秽淫乱，像李定一样隐瞒母丧不守孝，像宗楚客一样不满足于当宰相。臣子只要占其中一样，都是要诛杀的刑罚，况且他身上兼有多种恶行！

去位[1]家居日，常啮齿[2]握拳，书空[3]击地，愤愤然规[4]复出以快[5]报复。私布驶传[6]于道路，多设狡窟[7]于京都，赂贵近[8]以觇伺[9]人主之言动[10]，结浮士[11]以刺探中朝[12]之议论。群不逞[13]为之耳目、为之爪距[14]者，在在[15]布满也。鸱枭[16]乘暗，鼷鼯[17]睨[18]昏，磨虎狼之牙，喷蛇蜮[19]之沫，意欲何为哉？鄙夫[20]患失，无所不至[21]。万一通神[22]计行，回天[23]力到，必将惩前日之轻失，积邪心而动，于恶无所不为矣。此天下之巨蠹[24]，潜伏而未发，而曰此不复然[25]灰耳，可惧哉！

注释

[1]去位：离开丞相位。 [2]啮（niè）齿：咬牙切齿，极端愤怒。 [3]书空：用手指在空气中画书字形，发泄心中愤懑。[4]规：规划。 [5]快：恣意，快意。 [6]私布驶传：私自安排（信息）传递。 [7]狡窟：指藏身地点。 [8]贵近：权贵和皇帝身边的人。 [9]觇伺（chān sì）：窥视，偷偷察看。 [10]言动：言行举止，指（皇上的）近况。 [11]浮士：轻浮、奔竞的朝士。 [12]中朝：朝廷。 [13]群不逞：指心怀不满而聚众捣乱的人。典出《左传·襄公十年》："聚群不逞之人。"不逞，欲望得不到满足。 [14]爪距：雄鸡的后爪，锐利而有力，喻爪牙。 [15]在在：到处都是。 [16]鸱枭（chī xiāo）：通作"鸱鸮"，一种猛禽，头大嘴短，飞行迅猛，以鼠、兔等为食。 [17]鼷鼯（xī wú）：鼠类。鼷，小家鼠。鼯，大飞鼠。 [18]睨（nì）：斜眼看。 [19]蜮（yù）：传说中躲在水中含沙射人的害虫，喻暗中害人的阴险人物。[20]鄙夫：人品鄙陋、见识浅薄的人。 [21]无所不至：没什么不做，指坏事做尽。 [22]通神：通神灵，通天，形容能力极大。[23]回天：原指正确言论，极有影响，后喻挽回严重局势的力量。[24]巨蠹（dù）：大蛀虫，喻大奸大恶的人。 [25]复然：（死灰）重新燃烧，喻失势者重新得势。典出《史记·韩长孺传》："安国坐法抵罪，蒙狱吏田甲辱安国。安国曰：'死灰独不复然乎？'田甲曰：'然即溺之。'居无何，梁内史缺，汉使使者拜安国为梁内史，起徒中为二千石，田甲亡走。"然，通"燃"，燃烧。

今译

（史嵩之）离开丞相位家居，平日里咬牙切齿，愤怒地握紧拳头，手一会儿对天空划字形，一会儿捶打地面，愤愤然规划复相位后如何痛快地实施报复。（他）在道路上私下安排快速传递信息的人，在京城经营几处窝点，贿赂权贵及皇上身边的人，以窥探皇上的最新言行动态，勾结轻浮的朝士以刺探朝廷的讨论内容。让心怀不满而捣乱的人成为他的耳目，成为他的爪牙，布满朝廷内外。鸱鸮趁黑暗行事，鼷鼯在黄昏中窥视，磨尖虎狼的牙齿，喷出蛇蜮的毒液，想要干什么呀？见识浅薄的人患得患失，坏事做尽，万一通神灵的计谋成功，挽回局势的力量来到，一定会惩戒他此前所犯的过失，所以他更要令邪心膨胀，伺机而动，在作恶上无所不为了。这是个天底下的大蛀虫，潜伏着暂时没有发作，但如果说这不过是不会复燃的死灰罢了，那才真是可怕啊！

又况国本[1]渐定，正要保持坚决，为宗社[2]计；人望[3]稍聚，正要协比联固[4]，为世道[5]计；岁事少稔[6]，正要涵润[7]苏息[8]，为生民计。小人之根未去，宗社之危安、世道之升降、生民之休戚[9]关焉，利害晓然而未即加罚，或谓陛下外示宽洪[10]之恩意，中寓羁縻[11]之微权，卒有缓急，或堪倚仗，又臣之所未喻也。盖自陛下收揽大柄，亲决万机以来，区画[12]边防，亦未尝失事机[13]。人才，陛下之人才；兵财，陛下之兵财；自有而用之。若大臣降心相从[14]，商量恰好，天下事岂难办集[15]。彼小人者，于谋身则周密，于谋国则挂漏[16]，已试明验[17]，大略可睹矣。

注释

［1］国本：国家的根本，指立国的基本。［2］宗社：宗庙和社稷，指国家。［3］人望：声望，威望。［4］协比联固：协作，同心协力。［5］世道：社会风气。［6］稔（rěn）：庄稼成熟，收成好。［7］涵润：滋润。［8］苏息：休养生息。［9］休戚：喜乐与忧虑，幸福与祸患，泛指好事和坏事。［10］宽洪：宽宏大量。［11］羁縻（jī mí）：笼络控制。［12］区画：筹划，统筹安排。［13］事机：恰当的行事时机。［14］降心相从：委屈自己的意愿去遵从别人。典出《左传·隐公十一年》："唯我郑国之有请谒焉，如旧婚媾，其能降以相从也。"［15］办集：征集齐备，指办成。［16］挂漏："挂一漏万"之省，指疏忽遗漏极多。［17］明验：明显的验证。

今译

更何况国家根本渐渐稳定下来了，正要保持坚定的决策，这是为国家社稷着想；威望稍微聚集起来了，正要通力合作，这是为世道人心着想；这年头收成不好，正要让百姓休养生息，这是为百姓着想。可是，小人的根本未能清除，国家社稷的安危、世道人心的上升与沉沦、百姓的喜与忧，都与之密切相关。利害关系人们都如此明了，却不及时加以处罚，有人说是陛下对外传达宽宏大量的恩惠，其中蕴含笼络控制的微妙权术，最终还是有轻重缓急的考量，或者值得依赖使用，则是我不能理解的了。大概自陛下收揽下所有大权、亲自决断所有决策以来，规划边防事宜，也没有坐失良机。人才，是陛下的人才；兵财，是陛下的兵财，自己拥有，自己使用，若有大臣愿意委屈自己一点去遵从君主，有商有量极其融洽，天下大事怎会难以办成？那些小人，对于自己谋私利是很周密的，对于为国家谋事就出极多错漏了，之前已经试过并证明，大致情形可以看清了。

臣侧闻[1]陛下有“对越高庙神灵”之诗，有“奸邪终摈斥”之句，则知定见[2]不惑，定力[3]不移，决不至来外邪[4]以坏局面。然化弦更张[5]，亦既久矣，而大纲领犹未正，大机括[6]犹未定，此一事颠末[7]未备，恐无以垂汗青[8]、诏[9]后世。陛下亦尝思及此乎？章惇[10]才免父丧，便提举洞霄宫[11]；俄而[12]得政，遂啸凶俦[13]，毒善类[14]，为国厉阶[15]。往辙可鉴[16]，臣愚[17]欲望陛下俯从舆议[18]，独运精刚[19]，亟烦宸札[20]，寝[21]嵩之服阕与宫观之命[22]，仍削官爵，远窜荒裔[23]，使群阴[24]扫迹，众正伸气。于以安人心，于以寿国脉[25]，天下幸甚。取进止[26]。

注释

［1］侧闻：从旁边听到。下文所说的这两句诗，均无完篇流传下来，篇名亦不详。［2］定见：确定的观点。［3］定力：坚定不移的意志力。［4］来外邪：招徕外来的邪恶力量。来，通“徕”，招徕。［5］化弦更张：改弦更张。化，变动。［6］机括：弩上发箭器的机件，喻治事的权柄。［7］颠末：始末，本末。颠，通“巅”，开端。［8］垂汗青：垂名青史。垂，垂名，流芳。汗青，指青史、史书。［9］诏：昭示，指示。［10］章惇：字子厚，北宋建州浦城（今福建浦城）人。宋哲宗元祐八年

(1093)拜相执政，严刑峻法，控制言论，贬斥旧党，流放苏轼等一众名臣。 [11]提举洞霄宫：宋朝祠禄官号，用于安置去位的宰相。提举，管理。洞霄宫，著名道教宫观，位于浙江余杭大涤山、天柱山之间，故又称“大涤洞天”“天柱观”，与北京白云观、山西永乐宫、成都青羊宫齐名。按：宋代提举宫观，乃祠禄之官。 [12]俄而：不久。 [13]啸凶侪：啸集凶恶的同党。侪，同类，同党。 [14]善类：好人。 [15]厉阶：指祸端来由。厉，害。 [16]往辙可鉴：前车可鉴，喻此前的失败，可作为后来的教训。 [17]臣愚：谦称，愚臣。 [18]舆议：众议，舆论。 [19]精刚：(性格上)精粹刚健。 [20]宸札：皇上的手札。 [21]寝：停止。 [22]宫观之命：宋代对一定年龄且有一定官位的官吏给予提调宫观的待遇，虽是虚衔，但代表特殊的政治待遇。 [23]远窜荒裔：贬谪至边远荒芜之地。 [24]群阴：一群奸人宵小。阴，阴险。 [25]寿国脉：延长国家的命脉。宋陈亮《廷对策》：“正人心以立国本，活民命以寿国脉。”寿，增寿，延长寿命。 [26]取进止：古代奏疏文末所用的套语，犹言听候旨意以决定行止。

今译

臣听闻皇上有“对越高庙神灵”的诗作，有“奸邪终摈斥”的句子，就知道陛下有坚定见解，不会产生迷惑，有坚强意志力，不会改变，绝对不会招引外面的奸邪来破坏政局。可是改弦更张已进行很久了，但大纲领还没有端正过来，重大关键问题还没有确定下来，这一国是没处理好，恐怕就不可以留名青史、昭示后世了。陛下您可曾想过这一点吗？章惇才正式出父丧，就提举洞霄宫，不久当上丞相，于是啸集凶恶的同党，残害好人，成为国家祸害，章惇的教训应该汲取。愚臣希望陛下俯听顺从众议，独自运用精粹刚健的心智，急切烦请陛下颁示手札，立刻停止对史嵩之的除服和宫观命令，还要削去他的爵位，贬谪到边远荒芜之地，使得一伙小人绝迹，众人的正义得到伸张，用以安定人心，用以延续国家寿命，天下真是大幸啊！取进止。

贴黄论史丞相

臣昨论奏史嵩之奸恶罪状，皆国人之公言[1]。今既累日，未蒙付出[2]，欲乞陛下决行[3]宗社大计，早赐区处[4]。恭俟睿断[5]。

注释

[1]公言：公论。 [2]付出：批示下来。 [3]决行：果断决策。决，果断。 [4]区处：处理。 [5]睿断：特指皇上睿智决断。

今译

臣前几天论奏史嵩之的奸恶罪状，都是全国人的公论。到今天已经过了好几天，还没有承蒙皇上批示下来，恳请陛下果断决策国家大计，早日处理好。恭敬等候皇上睿智的决断。

延伸阅读

徐红、夏文登《史嵩之起复事件再探》："史嵩之在抗金、灭金、抗蒙过程中建立的军功，是其赖以入相的政治资本。在外部形势相对缓和之际，恰逢其父史弥忠去世，宋理宗次日即下诏起复史嵩之。由于此前朝臣对其评价不高和政见上有分歧，故而遭到朝臣与四学的强烈反对，指责其不孝与奸滑。而宋理宗自端平入洛之后，相当支持与信任史嵩之，次日起复史嵩之即全是宋理宗的意见，但随着朝臣与四学利用天理、人心对其进行劝阻，宋理宗的态度开始发生转变，最后这一事件以史嵩之解官持服告终。由此可见，除去在起复时间上的不妥外，南宋外部形势的缓和、内部矛盾的激化和宋理宗态度的转变，才是史嵩之起复失败的真正原因。"

（徐红、夏文登《史嵩之起复事件再探》，《中国文化研究》，2021年第2期）

重修《南海志》序

解题

本文选自《文溪存稿》卷三，作于宋理宗淳祐七年（1247）四月初一。李昴英所序的重修《南海志》，是广州历史上的第二部方志。此序阐述了一个重要观点：地方志决不能流于对山川风物、赋税兵额等客观对象的记录，应发掘更深层次的文化内蕴，亦即注重儒家人文传统的培植以及记录标志性的“领袖人物”的出现，才是方志撰作的核心命题。至于编撰凡例、实地采访、参酌考订之类，相形之下倒是属于技术性问题了。所以，此序笔墨一直围绕着“扶持世教”反复点染，一会儿以唐宋粤籍丞相的精神相通作为论述的切入点，一会儿正面谈到晚近粤地儒风的炽盛，一会儿从侧面表彰方大琮帅粤期间注重文教的宏大格局，可谓念兹在兹。宋代的广州府，人们常沿用“南海郡”的旧称，故常省称“南海”，下辖南海、番禺、增城、清远、怀集、东莞、新会、信安等县，慎勿与南海县混为一谈。我们从此序出发，旁引史书，便可以发现第一部广州地方志的若干修撰情形。《宋史》载，陈岘于宋宁宗嘉定元年（1208）知广州军州事，下车伊始，就着手修《南海志》。这是目前所知的第一部广州志。而方大琮于宋理宗淳祐二年（1242）帅广，凡六年。二人前后相距三十多年，“邱聚不修，且四十年矣”之语，乃取整数而言。李昴英明言此次修志乃是“重修”，非常准确。序，序言，一书之前的“序引”，可以是作者本人自撰，也可以请人撰作。要之，注重介绍、评论该书的思想内容和艺术特色，而于写作缘由、旨趣、撰作过程、特点等致力尤多，要言不烦，重点突出，颇多心会之语。

志[1]州之土地风气，莫先于表其产之良[2]，以矜式[3]生乎后之士，此一书大纲领也。唐贤相起炎方[4]者三，曰韶之张[5]，曰日南之姜[6]，最后得刘瞻[7]于湟[8]。是时闽聚[9]犹未有此，然皆奇拔[10]于支郡筦府[11]。以广名甚大[12]，山伟海巨，秀灵鸠凝[13]。又迟三四百载，菊坡翁始名在白麻[14]，卧龙蒲涧之阿[15]，勤[16]天使[17]走半万里莫能致[18]，古未有命[19]之相不屑者。高风全节，可兴[20]百世。是邦宜有纪载，以俟太史氏[21]，而久焉犹缺[22]。

注释

[1]志：纪录，用方志体裁记载下来。 [2]表其产之良：表述优良人物。表，表出，标出。产，产出，指本地人物。 [3]矜式：（将前代的人或作品）作为楷模、示范，以示尊重。 [4]炎方：炎热的南方，指广东。 [5]韶之张：韶关曲江的张九龄。 [6]日南之姜：姜公辅，字德文，又字拜廷，号继规，一说钦州遵化（今属广西灵山）人，一说爱州日南（今属越南）人。广德二年（764）进士。历秘书省校书郎、翰林学士、丞相，才高识广，刚毅正直，正色敢言。日南，即唐代日南郡，在今越南中北部。 [7]刘瞻：字几之，唐连州（古称湟川）人，祖籍彭城（今江苏徐州）。父刘景为大诗人刘禹锡入室弟子，为连州第一位考上进士的人。刘瞻在唐文宗太和初年考中进士，四年登博学宏词科，历翰林学士、河东节度使，唐僖宗时以刑部尚书同中书侍郎平章事。 [8]湟：湟川，即今广东连州。 [9]闽聚：指福建。当时福建尚未形成真正意义

上的州府，多是散落各地的聚落，故称“闽聚”。宋刘克庄《再和二首·其一》：“蜀珍乃肯临闽聚，韩富何尝笑孟穷。” [10] 奇拔：奇特出众，常用以形容人物的特点。 [11] 支郡筦府：次要的或以经济活动为主的郡府。支，旁支，次要。筦，六筦，西汉王莽设立的专门行政职能机构，以管理酒、盐、铁、铸钱、山泽税等六项经济来源，代指经济城镇。 [12] 以广名甚大：用“广”来命名此地，地域才见得出极其广阔。唐初岭南45州分属广州、桂州、容州、邕州、安南等5个都督府，故称“岭南五管”。唐高宗永徽六年（655），五府皆隶广州，其长官称“五府经略使”，由广州刺史兼任。唐肃宗至德元年（756），五府经略使升为岭南节度使，日见其大。 [13] 秀灵鸠凝：凝聚了天地间的灵气。秀灵，灵秀，指山的清秀、灵动、美丽。鸠凝，聚集、凝聚、聚合。 [14] 白麻：唐宋时期册立皇后、太子，任免丞相、将帅等军国大事，皆由翰林学士以白麻纸书写诏令，以示郑重其事。白麻，白麻纸，唐宋时期皇庭专用的高级纸张。此处代指征召崔与之就任丞相的诏书。 [15] 卧龙蒲涧之阿：隐居在白云山蒲涧旁的小山丘上。卧龙，隐居的有才干者，指崔与之。蒲涧，白云山东南麓的一个小山涧。阿，山阿，小山包。 [16] 勤：劳动（大驾），烦劳。 [17] 天使：皇帝的特使，代指宋理宗派来广州敦请崔与之就任丞相的使者。史载，在平定摧锋军哗变后，宋理宗先后六次派出使者敦促崔与之前去临安就任丞相一职，均被婉拒。 [18] 致：邀请来。 [19] 命：任命。 [20] 兴：感发，激励。 [21] 俟太史氏：等待史官（来记述）。俟，等待。太史氏，周代朝廷史官，指历史学家、修撰地方志的人。 [22] 缺：空白，没能记载下来。

今译

记录一个州的土地风气，没有比表述本地优良人物更重要的了，以此作为后人的榜样。这是一部书的最大纲领。唐代本地出现了三位贤相：一个是韶关曲江的张九龄；一个是日南的姜公辅，最后一个是湟川的刘瞻。这时福建多是聚落，还没有出现这样的贤人，但这些杰出人物出现在广东比较次要的或是以经济为主的州府，（到盛唐）以“广”命名这整块地区就显得出很大了，山高海阔，天地间灵秀终于聚集在一起了。又往后三四百年，崔与之老先生才出现在被任命为丞相的白麻纸上，他隐居在白云山蒲涧旁的小山丘上，数度劳烦皇帝专使行走五千多里路，也没能请动。自古以来没有对被任命为丞相而表示不屑的人。他高风亮节，可以激励千秋百代。这是此邦应该等待史官来记录的，但是久久依然是一个空白。

帅方公大琮[1]檄[2]张君雷震[3]，曰：“丘聚[4]不修，且四十年矣，郡文学[5]尔职，盍讨论、润色之？”乃视故府[6]，延问老成人[7]，分授以凡例[8]，使各以其见闻述，然后合而参订[9]、是正[10]焉。壅疏漏刜[11]，诞[12]去实存。又布之众，使疵瑕咸以为精当[13]乃已。南国一大典，获寓目[14]其成，何幸！余何敢涉笔[15]其间乎？

注释

[1] 帅方公大琮：帅，特指宋代经略使，全面主持本地军事、政治工作，可说是一地的统帅。公，对会话或书写对方的尊称。

[2] 檄：下文件晓谕，下命令。 [3] 张君雷震：张雷震，时南海郡文学，主持重修《南海志》。 [4] 丘聚：书籍，指地方志。丘，“三坟九丘”的省称，代指古代典籍。 [5] 郡文学：主持各郡教育的人。汉武帝敕令天下郡国皆立学校官，称“郡文学”，专司所辖地域的教育行政。 [6] 故府：指老城区。 [7] 延问老成人：请教、询问德高望重的人。 [8] 凡例：一部书的编撰体例。 [9] 参订：参考、校正。 [10] 是正：纠正，订正。 [11] 壅疏漏袽（rú）：疏通主要内容，清除破碎杂物，指删除枝节、不必要的内容，将文字修改好。壅疏，疏塞决壅，对壅塞物加以疏通。袽，破衣服和烂棉絮。 [12] 诞：荒诞不经，不真实。 [13] 精当：精确恰当。 [14] 寓目：亲眼看见。 [15] 涉笔：动笔写作，指写序言。

今译

广帅方大琮下文命令张雷震说：“方志不修，已经四十年了，郡文学是你职责所在，何不加以讨论、修饰呢？”（张雷震）于是回旧城实地采访，请教、询问德高望重的人，分别交给他们编撰凡例，让他们各自将自己所见所闻讲述出来，然后合在一起加以参酌、订正，梳理主要内容，清除杂芜，删掉荒诞，保留真实。又公之于众，（经过大家讨论）使瑕疵转变为精确恰当，然后才定稿。南国这部大型典籍，我竟然能亲眼看见其编撰完成，太幸运了！我怎敢在书里加入自己的序言啊？

惟[1]广素[2]号富饶，年来浸[3]不逮[4]昔，而文风彪然[5]日以张[6]。虽蕉阜、桄林之墟[7]，蛎田、蟹窟之屿[8]，皆渠渠斋庐[9]，币[10]良师以玉[11]其子弟，弦歌[12]

琤[13]相闻，挟艺待试上都[14]者，数甚啬，每连联登名[15]，与中州[16]等。惜人士重于簦笈[17]远游，所以发其身[18]，止乡举[19]一途，故仕进[20]者鲜[21]。虽然，中[22]天地而立，为世所珍[23]，必有卓然殊于流俗[24]者，穷达[25]不论也。匹夫、匹妇[26]，以一行[27]称于乡，皆可书[28]。或高显通贵[29]，而泯沦[30]无闻。幢节[31]来南，前后凡几[32]？清名嬔政[33]，照图牒[34]有几人？使仕此而州志之，观其孰无强为善之心[35]哉？亦扶持世教[36]一助也。若曰山川之区[37]，兵赋之额[38]，鸟兽草木之名而已耳，焉用[39]志？

淳祐七年四月朔[40]，职方氏[41]李昴英序。

注释

［1］惟：句首语气词，表示感叹。［2］素：向来。［3］浸：越来越，渐渐。［4］逮：赶上。［5］彪然：有文采的样子。彪，虎身斑纹，指文采。［6］张：扩大，增强。［7］蕉阜、桄（guāng）林之墟：指田地旁的墟市。蕉，芭蕉。桄，桄榔。墟，墟市，乡下临时性的小集市。［8］蛎田、蟹窟之屿：指养殖牡蛎的水田和海上小岛。蛎，牡蛎。窟，洞穴。屿，水中小岛、小洲。［9］渠渠斋庐：成排的小小书斋。渠渠，直而小的通道。［10］币：动词，用钱聘请教师。［11］玉：玉成，成全，教育好。［12］弦歌：指礼乐教化、学习诵读。［13］琤（chēng）：象声词，玉石相碰的清脆声，代指弹琴声、诵读声。［14］上都：首都。［15］连联登名：科甲连登，亦称“连捷”，指连中举人、进士。［16］中州：指河南。

［17］簦笈（dēng jí）：撑着笠柄、背着书籍，远赴京城参加科举考试。簦，古代有柄的笠，类似伞。笈，本义书箱，指代书籍。［18］发其身：起家，成名。 ［19］乡举：乡贡、乡试中试。［20］仕进：入仕，做官。 ［21］鲜（xiǎn）：少。 ［22］中：（站）在……中央。 ［23］珍：珍视，看重。 ［24］卓然殊于流俗者：不同于世俗之人的卓越人物。卓然，卓越貌，突出貌。殊，不同。流俗，指世俗之人。 ［25］穷达：仕途上不通达的和显达的。穷，指仕途上不顺畅、不得意。达，做大官。 ［26］匹夫、匹妇：指普普通通的人。 ［27］一行：一个（好）行为。 ［28］书：书写，记入。 ［29］高显通贵：地位高、官位高、名气大。［30］泯沦：泯灭。泯，泯灭。沦，没落，消亡。 ［31］幢节：古代长官出行时的旌旗和符节。幢，旗杆，代指官旗。节，与官衔相应的符节。 ［32］凡几：总共有几人。凡，总，共。 ［33］清名媺（měi）政：清廉美好的政声。清名，清美的声誉。媺，古“美”字，美好。 ［34］照图牒：书入地方志。照，记录。图，图谱、图册。牒，谱牒。 ［35］其孰无强为善之心：难道谁还没有行好事的心愿吗？其，表反问，难道。孰，谁，哪个。强，强力，努力。为善，行好事。 ［36］世教：名教，指此时的正统思想。 ［37］区：区域，地区。 ［38］兵赋之额：征兵、收税的确切数字。 ［39］焉用：怎用得着。 ［40］朔：农历每月初一。 ［41］职方氏：周代官名，掌天下地图与四方职贡，至宋代则为尚书省兵部四司之一，掌管州县废立、四夷归附及其安置、全国地图及各地详图以周知全国版图及各城池、堡寨、烽堠之数。李昴英此时闲居在家，朝廷仍封赣州知州、福建提刑、漳州知州等职，相当于赐了“职方氏”闲职，故署上这一头衔。

今译

广东向来号称富饶，近来越来越不如昔日了，但是，文风日日猛增。即便是田地旁的墟市、海上小岛，都有成排的小书斋，（许多人）用钱聘请老师以成就自己的子弟，诵读诗书声音到处都能听见，子弟们去首都准备参加科举考试的，数量虽很少，但每每连中举人、进士的人数却与中州相等。可惜人们畏惧负笈游学远方，而在起家的方法方面也仅止于考举人这一条，所以进入官场的人很少。即便是这样，站在天地中央顶天立地，被世人珍视，一定会有不同于世俗之人的卓越人物。至于他仕途的困蹇与通达，都可以不用计较。哪怕是最普通的男女，一旦有一个被乡人称道的好的行为，都可以写进志里。甚或是高官显贵，最后湮灭无闻；持节来到南粤的大官不知道有多少，以清美的政声留在地方志上的能有几人呢？假使这些人任职南粤而能在州志里记载下来，看看还有谁没有行好事的心愿呢？这也是促进儒家教化的一大帮助啊！假如有人说（地方志就是记录）山川区域大小、征兵赋税额度、鸟木虫鱼的名字，哪还用得着撰写地方志啊？

淳祐七年（1247）四月初一，职方氏李昴英作序。

延伸阅读

程潮《南宋廉直谏官——李昴英》：“为了弘扬地方文化，广州知府方大琮命州文学张雷震为主纂，重修《南海志》。李昴英为该《志》作序，阐述了作州志的重要性。他指出：为一个州的风土人情作‘志’，莫先于表彰州中产生的优良事物，以为后世之士尊重效法，这是作此州志的‘大纲领’。他特别强调州志的内容要体现人文精神，像崔与之不屑相位的高风亮节，南国彪然日张的求学文风，匹夫匹妇有一德行称于乡的，官员南来任职而有清名美政的，皆应入志。但没有必要将‘山川之区’‘兵赋之额’‘鸟兽草木之名’这些东西写入州志，因为这些事物体现不出人文精神。李昴英在这篇‘序’中，也提出了一些隐忧：一是广东素号富饶，然而近年来经济日不如昔；二是士人发身只有‘乡举’一途，故仕进者少。所以，他将州志看成是扶持世教、激励上进的一种方式。”（程潮著《南宋廉直谏官——李昴英》，广东人民出版社，2009年，第97页）

祭广帅右史方铁庵大琮公文

解题

本文选自《文溪存稿》卷十二，作于宋理宗淳祐七年（1247）冬。广帅右史方铁庵大琮，即方大琮，字德润，号铁庵，福建莆田（今福建莆田）人。李、方二人“十年缔交”，交谊甚厚。宋理宗嘉熙二年（1238），李昴英在沂王府教授任上转朝散郎，方大琮代宋理宗拟《除秘书郎兼沂靖惠王府李昴英转朝散郎制》，对李昴英给予了充分的肯定。次年，李昴英赴福建提刑任，方大琮作《送俊明李提举》诗三首，其中有“幸甚联台余五月，户庭微细事皆知”的句子，说明他们共事虽才五月有余，但相知甚深。宋理宗淳祐二年（1242），方大琮任广东经略使，多有惠政，宋理宗破例安排其第二个任期。淳祐七年（1247）卒于任上，不知何故，朝廷未能及时赐谥。李昴英等人一方面料理后事，另一方面向朝廷申请赐谥，在长达数年的坚持下，朝廷赐谥“忠惠”。个中曲折，李昴英在《请谥李韶、方大琮状》一文中作了全面而深入的表述。祭文，一种用于祭奠亡者的文体，多半在灵前或坟前举行拜祭仪式时诵读，文体庄重，词句典雅，多运四字句，自成韵律。

厥今人望，若晨星稀。公老[1]远播，天复夺之。岂惟广人[2]之悲，海内善类，盖莫不歔欷[3]也。呜呼！公之学，探圣门[4]之微；公之文，根理窟[5]而奇。静[6]者其性，而敬以持[7]。暄日霁风[8]，接物怡怡[9]。见义勇为，铁石不移。敢言动天，无愧拾遗[10]。使部其乡[11]，肯故人私[12]。盖海旗幢[13]，前谁五期[14]。精神筋力，毕竭于兹。器古乐成[15]，幅巾深衣[16]。乡饮[17]凡三，动[18]中礼仪。斋庐闳闳[19]，书阁[20]巍巍。玉女青衿[21]，贤哉帅师。牍[22]累千言，判[23]墨淋漓。两造[24]息争，晓之片辞。雪轸[25]尔寒，荒恤尔饥。手拊遐氓[26]，父母其慈。崇堂大榭[27]，辟圃东西[28]。杖屦婆娑[29]，民共敖嬉[30]。突兀军门[31]，雄视南维[32]。库曰“备安”，贮缗不赀[33]。为此州千年[34]计，而百废必治。子产[35]之仁，校人犹欺[36]；孝肃[37]之明，吏计[38]得施。人知公心，如玉无疵。大书连篇，几德政碑[39]。万人香火，在在生祠，盖信之久、德之深，不待其去而后思。诏徙洪都[40]，将以公归。素无病恼[41]，一卧不支[42]。语音朗然，易箦[43]之时。面貌如生，卒袭之尸[44]。所养[45]又可知也。某畴昔尝寮[46]，今巢一枝[47]。肺肝不隔[48]，真切相规。商评古今，竟日麈挥[49]。公不可作[50]，何所质疑？洒落涕俱，世少子期[51]。

注释

［1］公老：对对方的尊称，相当于“您老人家”。 ［2］广人：广东人。 ［3］歔欷：叹息。 ［4］圣门：孔圣人之门，指儒家。［5］理窟：儒家经典义理的奥秘之所在。 ［6］静：虚静，澹泊。典出《大学》：“知止而后有定，定而后能静，静而后能安，安而后能

虑，虑而后能得。”　[7]敬以持：笃于敬而坚持不变。敬，慎敬。持，维持，守住不变。守静、主敬、存诚，是儒家哲学的重要命题。[8]暄日霁风：暖和的日头、晴朗的风。　[9]接物怡怡：待人接物，始终能和颜悦色。接物，与人交往。怡怡，和颜悦色的样子。[10]拾遗：唐代谏官名，武则天时置左、右拾遗，分属门下省、中书省。宋改为左、右正言。方大琮曾任右正言一职。　[11]使部其乡：指方大琮任家乡福建的转运使一职。　[12]肯故人私：不肯为家乡故父老旧行方便，不肯照顾故人、亲朋。故人，指家乡的亲朋好友。私，照顾私情，开方便之门，走后门。　[13]盖海旗幢：旌旗飘飘，遮蔽大海。旗幢，旌旗。　[14]五期：指方大琮在福建任官甚久。　[15]器古乐成：恢复了古代的礼乐。据说方大琮在广州邀集众多学者进行专题研究，成功复原了周代礼乐文化，包括音乐、服饰、酒宴、礼仪等，均皆行之可观。　[16]幅巾深衣：（恢复了）古代服饰制度。深衣，汉人恢复上古时期衣服而设计的服饰，即上衣、下裳分别裁制，之后又上下缝合，用不同色彩的布料作为边饰（亦称“衣缘”或“纯”）。此一款式能“被体深邃”，即完全包裹身体，显得雍容典雅，故称“深衣”。　[17]乡饮：古代一种庆祝丰收、尊老敬老的宴乐活动。一般推选德高望重的长者数人为乡饮宾，与本地长官一起主持此项活动，特别讲究仪式感，敬酒、饮酒都有严格限制，不至于饮酒误事。　[18]动：指言行举止。　[19]斋庐闳闳：广州州学宿舍宏伟高大。闳闳，宏伟。　[20]书阁：藏书阁。　[21]玉女青衿：纯洁无邪的学子。玉女，通“玉人”，清纯，纯洁。[22]牍：公文。　[23]判：在判案方面作出的批示、批文、判文。李昴英曾将方大琮帅广期间的判文编成《方帅山判》一书，并作序，给予了充分肯定。　[24]两造：原告、被告两个方面的人。　[25]轸（zhěn）：悲悼，同情。　[26]手拊遐氓：亲自安抚从远方逃到广州的难民。［27］崇堂大榭：指方大琮建起元老壮猷之堂，礼遇长者，利于广人游览。李昴英曾专门撰作加以赞美，有“栋隆崇其鳌立，梁蝤蟉其虹跨。椽嶟嶟，瓦溅溅，欲飞动入霄汉”等似乎夸张的描述。崇，高大。榭，亭榭。［28］辟圃东西：指方大琮在元老壮猷之堂特别辟设的东园连天观阁和西园先月楼台。圃，园圃。［29］杖屦婆娑：老人家缓慢（地游览）。杖屦，手杖与鞋子，指对老人家的敬称。按古礼，五十岁以上的老人可扶杖；入室必脱鞋子放在户外，为尊敬长辈，长者可先入室，后脱鞋。婆娑，蹒跚、缓慢的样子。［30］民共敖嬉：老百姓一起游嬉。李昴英《元老壮猷之堂记》：“花时无禁，邦人群敖争先，帽桐之耋，骑竹之稚，韶妆缦裳之丽，遍绣台馆；秋千蹴鞠，娉嬉老榕高柳边，杂沓乎滁亭之游人也。”敖，同“遨”，遨游，游戏。［31］突兀军门：军营的大门，指衙门。［32］南维：南方。维，地维，古代神话中的维系大地四角的巨绳。［33］贮缗（mín）不赀：贮藏无数的金钱。［34］千年：未来（的发展）。［35］子产：春秋郑国的丞相，年轻的时候曾师从孔子。传说郑国人常聚集在乡校，议论执政的人，郑国大夫然明对子产说：“把乡校关了，如何？”子产认为，人们早晚事情忙完了到那里相聚游玩，议论执政好坏，他们认为好的，我们就推行；他们讨厌的，我们就改正。这是我们的老师，为什么要毁掉它？孔子听后，评论道：“以是观之，人谓子产不仁，吾不信也。”［36］欺：指批评。［37］孝肃：包公。包公逝世之后，谥“孝肃”。［38］吏计：官员的考核。［39］德政碑：古代各地百姓给本地有德政、有治声的长官树立的歌功颂德的石碑。［40］洪都：今江西南昌。［41］病恼：疾病。［42］不支：不起，指去世。［43］易箦（zé）：更换席子，指逝世。箦，席子。《礼记·檀弓上》记载，曾子临终时，认为席褥乃是季孙所赐，是大夫专用，自己从没当过大夫，不合礼制，坚持命人换席，举扶更换后，反席未安而逝。后以“易箦”喻人之将死，逝世。［44］卒袭之尸：指遗体。袭尸，古代丧葬流程中重要的一环，指清洁尸体，穿上寿衣等项。［45］所养：修养，素养，教育出来的高尚品德。［46］某畴昔尝寮：我以往曾经做过（您的）僚属。畴昔，过去，以往。寮，同“僚”，下僚，部下。［47］巢一枝：一个人居住。典出《庄子·逍遥游》：“鹪鹩巢于深林，不过一枝。”［48］肺肝不隔：形容肝胆相照。［49］竟日麈（zhǔ）挥：整日里谈论。竟日，整天。麈挥，挥麈而谈。麈，鹿麂一类动物的尾巴，可制拂尘，故拂尘亦称为麈尾，简称麈。古人喜欢执麈尾清谈，后泛指闲居谈论。［50］作：起身，指起死回生。［51］子期：钟子期。传说他曾与伯牙论琴曲《高水流水》，深为契心，遂结为挚友。后人多以伯牙、子期指知音。

今译

今天，官员拥有好的人望的，寥若星辰，实在太少了。先生您声名远扬，可惜老天要夺走您。这岂止是广东人的悲痛，全中国有良知的人，大约没有不哽咽的。呜呼！先生您在学术上探索到了孔子儒家的精微之处；先生您的文章，植根于儒家经典义理的奥秘，因而显得很奇妙。虚静澹泊就是您的天性，您笃于慎敬，坚持不变。您就像暖和的日头、晴朗的风，在待人接物上始终是和颜悦色的。您见义勇为，如铁石一般坚定不移。您敢于进言，打动皇上，无愧于右正言的职责。您担任家乡福建的转运使一职，不肯照顾亲朋故人的私利。仪仗队旗帜飘飘，遮蔽大海，您在福建任官超过五任，此前谁也没有任职如此之久。全副心血精神，都倾注在了家乡福建。您在广州恢复了古代礼乐、服饰制度，乡饮严守不过三巡的礼节，进退举止都符合礼仪规范。广州州学宿舍宏伟高大，藏书阁高耸，学子们纯洁无邪，您真是一个贤能的长官兼好老师。您擅长写作公文，动辄上千言，判文上墨水淋漓未干，原告、被告两个方面的人，您仅用片言只语就说服了两方。遇到下雪，您就同情受冻的民众；遇到灾荒，您就救济百姓。您亲自安抚远方难民，表现出父母一般的慈爱。您建起了元老壮猷之堂，特辟了东园和西园。老人家从容缓慢地游览，老百姓一起游嬉。您建起高大的军门，豪迈地看着南方大地。您建起了备安库，贮藏无数金钱。为了广州未来发展打算，所有事业必须兴起。您有郑相子产的宽仁，乡校的人可以议论时政；您有包公的贤明，对官员的考核得以施行。人们知道您如同白玉，没有瑕疵，人们对您的功德大书特书，接近于德政碑了。千万百姓给您进奉香火，全都摆在生祠里。大概是您施行信义久了、德政深了，不用等到您离去而后才感念您。皇上下诏调任您去洪都，快要赴任的当儿，向来没有病痛的您，却一睡不起了。您说话的声音那么爽朗，逝世的时候，您的面容就像是活着时一样。清洁遗体，穿上寿衣，可以发现您的修养多么了不起。我以往曾做过您的下僚，现在却剩孤单一人。我们肝胆相照，声气相求，真心规劝。讨论古今人事，整日里谈论不休。先生您不可能起死回生，我将向谁当面提问呢？祭奠的酒洒落地面，我的泪水也随之滴下，世上少了一个真正的知音！

延伸阅读

宋李昴英《请谥李韶、方大琮状》：“昴英窃惟端平更化，当时言官，皆上亲擢，修名直节，翕然可称。今其存者，悉已显庸；其殁者，悉已节惠。独有内翰端明殿学士李公韶、右史宝谟阁学士方公大琮，节行立于朝，功德著于民，乃声实彰著，人所共知者……方公大琮居言路、侍右螭、兼词掖，不一二年，首疏明纲常，再疏正君心，斥旧珰之蛊媚，抑后宫之滥恩。建明国本，则乞立内学以重教养；爱惜时望，则力与给舍争辩是非。奴才守边者褫之，重名器也；揣摩得官者革之，息邪说也。其将漕福建，举行荒政，赈粜有方，宽弛盐政，与民均利。移帅岭隅，首尾五载，洁白自持，恩威并著。订正释奠礼，则取淳熙新仪，按其服器而一新之；举行乡饮酒礼，则沿中兴旧典，本之以《仪礼》而屡讲之。买田入濂溪书堂，节用创备安四库。增补军额，而盗贼不敢犯境；禁买南物，而蕃贾至为立祠。其英声茂实，内外如一。”（李昴英撰，杨芷华点校《文溪存稿》，暨南大学出版社，1994年，第108～109页）

韶石说送曲江赵广文

解题

本文选自《文溪存稿》卷十二，作于宋理宗淳祐八年（1248）二月初一。众所周知，韶关这一地名中的“韶”字，得名于境内的韶石山，而韶石山又得名于舜帝南巡时在韶石山所奏的韶乐。韶乐，孔子称为“尽善尽美”，是尧舜德政文化的道德核心和具体表征，垂范后世，形成了独特的音乐审美价值观。但是，韶关一地，僻处南粤，其政治象征意味一直未得到应有的阐扬。自隋朝始，虞韶文化的精神化、形象化与仪式化，成了朝廷的南粤政务工作核心命题之一，并成功地将韶石山打造成了朝拜舜帝的圣地，韶关也渐渐被模塑为人们心目中的圣地，或称“虞舜之邦”，或称“古虞名郡”，抑或称“百善之地”等，不一而足。唐宋时期，在韶石山附近的浈江边，陆续建起了望韶亭、韶亭、尽善亭等仰观韶石山的建筑物，营造了一种充满敬仰和尊崇等情绪的政治氛围，故唐韩愈《量移袁州张韶州端公以诗相贺因酬之》云：“暂欲系船韶石下，上宾虞舜整冠裾。”与此同时，虞韶文化的范围从韶石山扩延到韶州城北山岗，一是建起颇具规模的虞帝祠，二是因虞帝之名，将此山命名“皇冈山”。又将皇冈山一条小溪名曰“皇潭”、泉曰“虞泉”，于韶州北城建闻韶台，以表达“虞舜之邦”的客观存在。闻韶台，据说是以听闻从皇冈山虞帝祠传来的袅袅韶音而得名，宋建中靖国元年（1101），苏轼径自改名“九成台”，并自书千古名篇《九成台铭》。自此，九成台便成了虞韶文化的标志性建筑。而由官方公祀舜帝的活动则是在南宋嘉定年间（1208—1224）正式定型下来的。此文标题中的“曲江赵广文”，此时任韶州教授。他正身处弘扬韶文化活动的高潮期，意欲更加真切地复活韶乐，“模南海礼乐器，以文丁奠”，在皇冈山虞帝祠官方公祭舜帝仪式上演舞。对于这一构思，李昴英无疑是支持的，但立足于实事求是的朴素观念，认为神话传说固然可贵，仍需从现实出发，在金石丝竹的音乐之外求索真正的教育和真正的治道，可谓语重心长。韶石，山岩名，广东韶关曲江境内，传说舜游登此石，奏韶乐，因而得名。说，古代文体的一种，以解释性的文字说明某个道理。曲江赵广文，赵姓韶州州学教授，名号、生平不详。广文，古人对州学教授的称呼。

“韶”，尽善[1]之乐也，以名[2]州，嘉[3]矣。名之则昉[4]于唐初，去舜之时，如此其远[5]也。山有异状石，耆老[6]相传，尝于此九成[7]焉，故石之形肖[8]之，其说甚荒唐无稽。粤岭秦始通，南巡狩[9]故未必至此。然圣人声教之溥[10]，如日月所照，霜露所坠，粤当[11]舜之世，独不在舜之天地中[12]乎？甚矣，圣人之德，感人之深且久矣。后乎舜千有余岁，季札观乐[13]，三叹不已，夫子闻遗音，肉食焉而不味[14]。至于今，又千有余岁，而石其思，庙其依，常隐然[15]在人心。舜何以得此于州之人，州之人何以不能忘于舜也。孰谓州之人非其遗民[16]乎？则此石特人心感触之一机，不必致疑可也。教授赵君崇禋[17]，既模[18]南海礼乐器，以文丁奠[19]，且将乐于有虞氏之祠[20]，以实[21]是州之名，好古敏以求之者[22]也。舜何人也，有为者亦若是，此当求之于金石

丝竹[23]之外。赵君淑[24]诸生而古其心，必有道[25]矣。淳祐八年二月朔。

注释

[1]尽善：完美、没有一点缺陷的音乐。典出《论语·八佾》："子谓《韶》，'尽美矣，又尽善也'。谓《武》，'尽美矣，未尽善也'。" [2]名：命名。 [3]嘉：佳，好。 [4]昉（fǎng）：开始。 [5]如此其远：固定句式，感慨极其遥远。 [6]耆（qí）老：受人尊敬的老前辈。 [7]九成：即九阕。乐曲演奏完毕，称"成"。典出《尚书·益稷》："箫韶九成，凤皇来仪。"唐孔颖达疏："'成犹终也。'每曲一终，必变更奏，故经言'九成'，传言'九奏'，《周礼》谓之'九变'，其实一也。" [8]肖：外形近似。 [9]南巡狩：指舜帝南巡至韶石奏乐。 [10]声教之溥：教化的广泛。声教，声威教化。典出《尚书·禹贡》："东渐于海，西被于流沙，朔南暨声教，讫于四海。"溥，通"普"，普天之下。 [11]当：正处在。 [12]舜之天地中：指舜帝时代。 [13]季札观乐：《左传·襄公二十九年》记载，吴公子季札出使鲁国，观看鲁国人表演的周王室乐舞，边看边点评，显示了他对礼乐文明的精确理解，最后看舞《韶箾》，评论道："德至矣哉，大矣！如天之无不帱也，如地之无不载也。虽甚盛德，其蔑以加于此矣。观止矣！若有他乐，吾不敢请已。"发出"观止"的感叹。季札，吴王寿梦的幼子。寿梦薨，国人欲立季札，坚辞不受。他的采邑在延陵、州来二地，故史称"延陵季子"和"州来季子"。 [14]"夫子"句：《论语·述而》记载，孔子"在齐闻《韶》，

三月不知肉味，曰：‘不图为乐之至于斯也。’”遗，遗传下来。不味，不知道味道。［15］隐然：隐隐约约的样子。［16］遗民：改朝换代之后仍效忠于前一个朝代的人。［17］崇禋（yīn）：祀崇禋秩，祭祀。唐郊庙歌辞《朝日乐章·送神》：“五齐兼酌，百羞具陈。乐终广奏，礼毕崇禋。”［18］模：照样复制。［19］以文丁奠：以修饰祭奠活动。文，文饰，修饰。丁，盛大。奠，祭奠，祭祀。［20］有虞氏之祠：即虞帝祠。［21］实：证实。［22］敏以求之者：勤奋敏捷地去探求的人。典出《论语·述而》：“子曰：‘我非生而知之者，好古，敏以求之者也。’”［23］金石丝竹：指乐舞。金，指金属制的乐器。石，指石制的磬。丝，指弦类乐器。竹，指竹管类乐器。典出《庄子·骈拇》：“多于聪者，乱五声，淫六律，金石丝竹黄钟大吕之声非乎？而师旷是已。”［24］淑：教育好。［25］道：方法，解决之道。

今译

《韶乐》，按孔子的说法，是“尽善尽美”的乐，用“韶”给咱们州命名，实在是太美好了！这一命名是在唐初，上距舜帝的时代，已经太遥远了。山上有一块奇形怪状的石头，老前辈传说，舜帝曾在这儿完成乐曲的演奏，所以，石头的形状接近乐曲。这一说法很荒唐无稽。粤岭迟到秦朝才打通，所谓舜帝南巡未必到过这儿。但是，圣人教化的广泛，就如日月照耀，霜露滴落，为何南粤处在舜帝时代，却独独不在舜帝的教化地区呢？圣人的德行太伟大了，感人至深而且久远！舜帝之后千余年，吴公子季札在出使鲁国时观看周王室乐舞，赞叹不已；孔夫子听了《韶》，吃肉居然品不出肉食的美味。到今天，又过去了一千多年，但在石头上寄托思念，在祠庙里表达依恋，一直隐隐然就在人们心里。舜帝靠什么获得了咱们州的人民爱戴，咱们州的人又为什么不能忘怀舜帝？谁说咱们州的人不是舜帝的遗民呢？那么此韶石不过是人心感触的一个触发点，这一点不必怀疑。韶州教授赵君主持祭祀，既已复制了南海礼乐器，以更好完成盛大的祭典，而且将要在虞帝祠表演乐舞，以证实咱们州的州名，真是一个爱好古典文明且敏于治学的人啊！舜帝是一个多么伟大的人，后代的有为之人若希望自己如舜帝一样，那就要在乐舞之外去探求。赵君教好学生，且让学生的心趋古，一定是有一个好法子了。淳祐八年（1248）二月初一日。

延伸阅读

宋余靖《韶亭记》（节选）：“（韶石）山为州镇，厥名尤著。自秦开五岭，迄今千载。凭轼之使，泛舟之宾，大麓之下，往还如织。不知观瞩之地，以为山荣，岂守土者详近而略远哉！”（孙钦善等主编《全宋诗》，北京大学出版社，第27册，第46页）

跋《邓运判柞行实》

解题

本文选自《文溪存稿》卷四，作于宋理宗淳祐八年（1248）八月二十日。本文是为记录南宋名臣邓柞一生行实而作的跋文，篇幅虽短小，内容却极其丰富，内含了南宋初年的一段史实，通过对南宋初年一批政治人物的点评，反映了士人在那个金戈铁马、风云变幻的特殊年代里所持的立场、所坚持的底线。本文提到了两个细节：一是邓柞在广西平定叛乱，谋定而后动，立下赫赫战功；二是秦桧以高官厚禄引诱邓柞，想借他的手残害被南贬的逐臣，邓柞义正词严地拒绝了。然后，由此生发议论，立论高远，言辞豪迈。邓柞，字成材，福建沙县人，唐末名将邓光布的后裔。宋建炎二年（1128）戊申科进士，授左从事郎、江西建昌军（治所在今江西庐山南康镇）签判。金兵入寇，破洪州（今江西南昌），传檄建昌军，守欲降金，邓柞独坚持不可，斥曰："金使至，当杀之而焚其书，宁死不降。"柞不为屈，弃官归。李纲宣抚湖广，辟为僚属。复判静江，迁通判泉州、吉州。绍兴二十八年（1158）以荐召对，由通判吉州擢广南西路转运判官，迁知泉州，除直秘阁、广东经略马步军都总管。复起知隆兴府、江南西路安抚使。晚年以病请辞。酷嗜诗书，藏书万卷，至老手不释卷。著有《焦桐集》。运判，"转运判官"之省，指邓柞曾任广南西路转运判官。行实，传记文的一种，以平铺直叙传主的生平事迹为写作特色。

予闻耆老言桂漕[1]邓公平寇事，英气奥谋[2]，不在杜杞[3]下。老桧[4]欲啖以美官[5]，使摧残谪客[6]，则崖然[7]正色拒之。士志于立功，少定力，公则将之以学，故能不为势利所移。高庙[8]于上书布衣中，识拔[9]南方一杰，可谓无遗才[10]矣。淳祐八年八月二十日。

注释

［1］桂漕：指邓柞曾任广南西路转运判官。桂，广西的简称。漕，漕运，指转运使、转运判官之类的官职。［2］奥谋：深谋，擅长军事谋略。奥，深，擅长。［3］杜杞：字伟长，名臣杜镐之孙，曾平定区希范、蒙赶叛乱。后改两浙转运使，知庆州。［4］老桧：指秦桧。［5］啖以美官：指高官厚禄引诱。啖，引诱。［6］谪客：指被贬到两广的逐臣。［7］崖然：傲岸，严峻，刚正不阿。［8］高庙：指宋高宗。［9］识拔：识别并拔擢任用。［10］遗才：未被朝廷发现、任用的人才。

今译

我听到前辈谈起广南西路转运判官邓柞平定叛乱的事迹，英气勃发，谋略深沉，不在杜杞之下。秦桧想用高官厚禄引诱他，让他摧残被南贬的臣子，他傲岸严正地拒绝了秦桧。读书人立志要建功立业，少了一些定力，可邓公以治学来夯实建功立业的基础，所以能够不为权势、利禄所打动。（宋）高宗在上书的布衣学子中识别并拔擢这位南方的杰出人物，可以说是没有遗才了。淳祐八年（1248）八月二十日。

上郑丞相书

解题

本文选自《文溪存稿》卷十，依其题下自注“戊申九月乞免知赣州”，可知作于宋理宗淳祐八年（1248）九月，时李昴英在广州家居。上一年的十一月三日，朝廷给他下达了赣州知州的任命，他力辞；十二月二日，又下达了直秘阁、福建提刑的任命，他力辞；次年年初，又下达改任漳州知州之命，他仍力辞。临安行在至广州府路途遥远，朝廷信使跑一趟至少要耗费三个月的时间，这三道任命的发出，应该说是很密集了。朝廷三番五次发出任命，这背后的推手，第一个当然就是那位对他又爱又恨的宋理宗了，第二个是二度登上相位且爱才如命的郑清之，第三个则是鲠直清廉的翰林承旨学士赵汝腾。赵汝腾曾尖锐地批评宋理宗“有用君子之名，无用君子之实”，他眼里的当世“君子”便是“三老”（李韶、陈恺、徐清叟三人）和“八士”（李昴英、李伯玉等八人），他甚至将李昴英誉为“国之干将、莫邪”。由此可见，归隐家乡的李昴英，始终在他心里占有一定地位。李昴英按惯例依次上奏，辞免除赣州知府、福建提刑、漳州知府的状子。其中，在《辞免除福建提刑状》中，他特别诚恳地解释道，自己才疏学浅，个性耿直，不容于官场，自然也不可能造福于民了，最好的安排就是退处山林，加强个人的道德修养。紧接着，他又上书丞相郑清之，以亦公亦私的身份作了进一步的解释。郑清之，初名燮，字德源，又字文叔，别号安晚，庆元府鄞县（今浙江宁波）人。少从大儒楼昉学。嘉泰二年（1202）中进士。宋理宗年幼继嗣沂王时，便由权相史弥远交给郑清之教读，使其得少年老成、端庄寡言之体。宋宁宗临终时，郑清之协助史弥远拥立理宗，得任参知政事兼签书枢密院事、同知枢密院事等要职。绍定六年（1233），史弥远去世，郑清之接任右丞相兼枢密使，后改左丞相，封齐国公。他及时纠史弥远之偏，揽用诸能臣正人，将端平年间贤士如真德秀、魏了翁、李埴、洪咨夔等人并见进用，齐心协力辅佐年甫三十的宋理宗，一时间政通人和，时称“端平更化”，堪可比肩元祐之世。又发动“端平入洛”之役，企图收复三京，却被蒙军击败，不久罢相。淳祐七年（1247），再次出任丞相，并加太傅。卒，获赠尚书令、魏郡王，谥“忠定”。有《安晚集》。郑清之、崔与之私交甚笃，多诗文唱和，李昴英因之颇得郑氏青睐。上书，写给皇上、丞相或其他上级的函件，往往以冠冕堂皇的措辞，表达某种意见或感情。

昴英楷题既襞[1]，不敢琐碎[2]仪式，恐贻溷渎之谴[3]，首乞钧照[4]。昴英疏远[5]之踪，狂迂[6]之性，不识事体，沙斥[7]固宜。自归三径[8]，杜门扫轨[9]，诵习故书[10]，求以克去[11]气质之偏[12]，获逭谪徙[13]，已为万幸，安敢作荣进[14]梦？忽叨误渥[15]，予郡起家[16]。圣天子乾坤同量[17]，不弃蝼蚁[18]之微；庙堂包荒[19]，不遗葑菲[20]之贱。得之如惊，感深以愧，自合[21]奔走奉职[22]，少见尺寸，以赎往愆[23]。实缘[24]一春行役冲雨[25]，湿感风邪[26]，百疾交攻，精力全衰，偷安泉石[27]间，尚可以徐徐疗治，倘冒焉当繁剧之任[28]，必至败缺[29]，不惟身计之误，而误国之罪大矣！心之精微[30]，尽在免牍[31]，谨录副申呈[32]。五羊[33]去天[34]四千里，驶辈[35]一往返，动是三阅月[36]。而

虎城[37]重地，宜亟选长才[38]。所以不避诛殛[39]，缴回省札[40]者，盖欲一辞而遂所请，非特[41]为身计，实为公尔计也。欲望钧慈[42]为之密启于冕旒[43]之前，庶几小臣真切之悃[44]，获彻崇高之听[45]，收回成命，畀以丛祠[46]，使进退稍安，不得罪于物议[47]，其荣过于二千石[48]多矣。此身未填沟壑[49]，他日尚能蹈刀锯鼎镬[50]，以报国恩。干冒钧严[51]，不胜战惕之至[52]！

注释

[1] 楷题既襞（bì）：请辞免除的状子刚刚写完并折叠好。楷题，按规定，官方文书一定以正楷书写，以示郑重。既，已经。襞，折叠（衣裙、纸张等）。 [2] 琐碎：动词，烦琐。 [3] 恐贻溷渎（hùn dú）之谴：唯恐招来轻率侵扰的责备。贻，留下，给予。溷渎，侵扰，渎犯。谴，谴责，责备。 [4] 钧照：钧鉴，书信中敬请收件人阅知的敬辞，多用于尊长、上级。 [5] 疏远：不亲近、冷淡。 [6] 狂迂：疏狂迂腐。 [7] 沙斥：指逐出朝廷。沙，删汰，淘汰。《晋书·孙绰传》："沙之汰之，瓦石在后。"斥，贬斥。 [8] 三径：隐者院子里的小路。 [9] 杜门扫轨：关起门来扫掉车轮痕迹，喻隔绝人事，不与外人往来。 [10] 故书：古书，旧书。 [11] 克去：克服。 [12] 偏：偏狭，偏颇。 [13] 获逭（huàn）谪徙：获得了躲开贬责迁徙的侥幸。逭，避开，逃避。谪徙，因获罪而被罚迁徙远方。 [14] 荣进：升官，升职。 [15] 忽叨误渥：意想不到这么快又受到您的优待。忽，很快地。叨，承受，受他人恩惠时表示谢意的谦词。误，错误，谦辞，不该得

到的意思。渥，优待。［16］予郡起家：给家居的我以知州的待遇。郡，州郡。起家，对家居的人直接任命官职。［17］量：雅量，胸怀。［18］蝼蚁：蝼蛄、蚂蚁，喻力量弱小，无足轻重。［19］庙堂包荒：朝廷包容我这样荒唐的人物。庙堂，朝廷。包荒，原谅荒唐、荒谬的言行，言度量宽大。［20］葑（fēng）菲：谦辞，鄙陋之人或有一德可取。葑，芜菁。菲，萝卜。葑、菲的根茎叶均可食用，喻虽鄙陋而尚有一德可取。［21］合：理应，应该。［22］奉职：到职，履任。［23］赎往愆（qiān）：赎以前的罪过。赎，将功补过。愆，过错，罪过。［24］缘：由于。［25］冲雨：冒雨，淋雨。［26］湿感风邪：中医术语，又称“风寒湿邪”，因风、寒、湿、热等“外邪”侵袭人体，闭阻经络而导致气血运行不畅的病症。［27］泉石：指山水。［28］倘冒焉当繁剧之任：倘若贸然担当起地方长官繁重的事务。冒焉，贸然。繁剧，繁重、剧烈的工作。［29］败缺：错漏，失政。［30］精微：精诚。［31］牍：书牍，书信。［32］谨录副申呈：恭敬地抄录副本呈上（给您）。谨，敬语，恭敬。副，副本。申呈，呈上。［33］五羊：指广州。［34］天：天子，天子脚下。［35］驶辈：朝廷的信使。［36］三阅月：超过三个月。阅，经过。［37］虎城：军事意义重大的城池，指赣州。［38］长才：优异才干（的官员）。［39］诛殛（jí）：诛杀。［40］缴回省札：交回尚书省任命赣州知府的公文。省札，尚书省部文书。［41］特：仅仅。［42］钧慈：对帝王或丞相等长官的敬称，言其仁厚慈爱。多用于公文。［43］冕旒（miǎn liú）：中国古代帝王的一种礼冠。其旒系12根五彩丝绳组成，每旒长12寸，自然垂下，每旒贯12块五彩玉，按朱、白、苍、黄、玄五色顺次排列，每块玉相距各1寸。［44］悃：挚诚（的情感）。［45］崇高之听：皇上听见。

［46］畀以丛祠：给予祠禄官。宋代为年老、能力弱的官员专设祠禄官一类的闲职，享受一定级别的待遇和薪俸，使其在生活上有一定的保证。　［47］物议：非议。　［48］二千石：二千石薪俸的官位。　［49］沟壑：水沟。　［50］刀锯鼎镬：古代各种刑具，指各种酷刑。　［51］钧严：对皇上或尊长威严的敬称。　［52］不胜战惕之至：极其战战兢兢。“不胜……之至”，魏晋时期定型下来的固定句式，放在奏给皇帝的表文、写给上级信函的末端，表示信函收尾，更表达惶恐地等待回音的意思。

今译

昴英请辞免除的状子刚刚写完并折叠好，不敢再弄什么烦琐仪式，生怕招来轻率侵扰的责备，开篇就乞求您明鉴。昴英跟朝廷不够亲近，性子疏狂迂腐，不识政事大体，遭到贬斥是理所当然。自从回归旧家荒径，紧闭门户，隔绝人事，学习古书，以求克服性格上的偏颇，能免于贬谪迁徙，已经是万幸了，怎敢做升官的梦啊？没想到又这么快承蒙皇上和您错爱，给家居的我委以赣州知州的要职。可见皇上的雅量跟乾坤一样宽广，不舍弃像蝼蚁一样微小的人；朝廷能包容荒唐和错误，不贬斥像芫菁、萝卜一样卑贱的人。我得到这一任命，异常惊恐，深感惭愧，本该奔走上任就职，稍微作出哪怕一点点的贡献，算是对以往罪过的弥补。实在是因为春天出行时淋了雨，感染了风寒湿邪，多种疾病交相侵袭，精力衰竭，苟且偷安于山水田园之间，还可以慢慢治疗，倘若贸然承担起州郡长官的繁重工作，必定导致政务出现错漏，不仅仅耽误个人，而耽误国事的罪可就大了！我内心的精诚，全在免除公文往来的俗套，恭敬地抄录副本呈给您。五羊城距离天子脚下有四千里，朝廷信使一个往返，动不动就超过三个月。而像赣州这样的军政重地，应该选择优异的干才来负责。我之所以不怕被砍脑袋，交回任命公文，想大概请辞一次就会遂我所愿，并不是仅仅为我个人着想，实际上是为您着想啊。真心希望您替我秘密向皇上启奏，或许可以让小臣的挚诚能够上达皇上听闻，收回成命，给我一个祠禄官的待遇，不得罪人们公论，这一荣耀可比二千石的州郡长官多多了。万一我这个身体还能支撑日后还能再次受刑罚来报答国家的恩惠。冒犯您的尊严，我感到极度惶恐！

赠香山王公

解题

本文选自《文溪存稿》卷十二，依据文中“先君死后九年”一语可知，作于宋理宗淳祐九年（1249）。李昴英的老父亲李天棐卒于宋理宗嘉熙四年（1240）十二月，屈指算来正好9年，李昴英也已49岁了，而更不幸的是他的三弟奎英英年早逝，令人心碎。此时此刻，亡父挚友香山王公乘一叶扁舟翩然来访，李昴英感到一则以喜，一则以悲，喜的是多年未见的前辈依然身体健朗，情深谊厚，意态潇洒；悲的是亡父逝世已久，三弟又刚刚去世，实在是没有一副愉悦的心情来款待久违的前辈。王公表现出“理解之同情”的超然态度，一笑别过，从容离去。这寥寥数笔，活脱脱刻画出了一个潇洒出尘的隐者形象，令人过目不忘。香山，原广州辖下香山县，今为广东中山。王公，生平事迹不详，从行文看，此时已有69岁，当是一个逍遥自在的隐者。

先人[1]与香山王公为莫逆交[2]，余儿时撰杖屦侍左右，见其情好亲密如兄弟。先人下世[3]今九年，执友凋几尽[4]，独翁一个在。扁舟远远入城，叙契阔[5]。余适有季弟之戚[6]，不能款曲陪色[7]，笑而遽[8]辞归，使人感慨不忍别。翁六十有九，强健不少[9]衰，许[10]明年重来，必不渝[11]此盟也。

注释

［1］先君：对亡父的尊称。［2］莫逆交：莫逆之交，指非常要好、志同道合的朋友。典出《庄子·大宗师》：“（子祀、子兴、子犁、子来）四人相视而笑，莫逆于心，遂相与为友。”莫逆，没有抵触。交，交往，友谊。［3］下世：去世。［4］执友凋几尽：挚友差不多都去世了。执友，挚友，好友。凋，死亡。［5］契阔：离合，聚散。［6］季弟之戚：三弟去世的悲伤。三弟奎英生平事迹不详，以淳祐九年（1249）李昴英四十九岁推测，奎英卒年当在四十五岁左右。［7］款曲陪色：以谦卑的面色陪着叙旧，诉说衷肠。款曲，衷情。［8］遽：很快，立刻。［9］少：稍微。［10］许：许诺，约定。［11］渝：违反。

今译

亡父与香山王公是莫逆之交，我在还是小孩子的时候，（王公）拄着拐杖，穿着草鞋，我就随侍在他身边，见他们俩感情亲密，如同兄弟一般。亡父去世已经九年，挚友差不多都去世了，只有老先生一个人还在。他乘一叶扁舟打大老远来城里，叙说别后这些年的情形。我因三弟刚刚去世，心里哀痛，不能陪着他诉说衷肠，他笑了一笑，很快告别回家去了，使我很感慨，不忍心道别。老先生69岁了，强壮健朗，没有一点衰老的样子，约定明年再来，我一定不会违背这一盟誓的。

跋潜守《治狱好生方》

解题

本文选自《文溪存稿》卷五，作于宋理宗淳祐九年（1249）。广东转运使邱迪哲代理安抚使，保昌县尉陈知章代理广州通判，大概是急于做出亮眼的政绩，居然想在长期困扰官府的瑶民治理问题上寻找突破口。他们根本没有搜捕“瑶贼”，而是抓了上百号无辜平民，冠以“瑶贼”或“通瑶”之名，严刑拷打，任意处决，一时人心惶惶。他俩还要挟本地官员“站队”，党同伐异。好在广东还有一批正直的官员，如广东提举常平官赵汝暨、广东提刑官陈均、广东提辖李万、循州知州潜起等，不顾个人得失，从政务、司法等多个层面进行强有力的纠偏。李昴英义愤填膺，及时向朝廷报告“邱陈集团”的错误，同时去信批评邱迪哲所作所为。“邱陈集团”也展开了疯狂的报复，诬告弹劾，陈均因此丢官，李昴英也被革去直秘阁一职，但众人的抗争决心愈发高涨。李昴英深受陈均、潜起等富有正义感的官员的感染，尤其对挺身而出的潜起肃然起敬，写了好几个作品，如《题潜守〈黄连传〉》《跋潜守〈治狱好生方〉》等，在围绕“邱陈集团”而作的一组作品中，占很大的分量。潜守，潜起，号雪岩，江苏人，进士出身。“邱陈集团”事起，他远在循州（治所在今广东五华）担任地方官，却被陈均征召来广州主持复审工作。嗣后，任广东恩平郡守。他在广东为官，共计五年，爱民如子，政声极佳。他从真切的刑侦体验出发，创作了《黄连传》《治狱好生方》等作品，表达了热切的父母官情怀。潜起任满离开广东回家乡时，李昴英还写了《送恩平潜使君还里二首》，表达了依依不舍之情。治狱，管制好刑事案件。好生，敬重生命。

方，药方，良药。跋，跋文，写在原作后面的一段文字，表达某种感受和认识。

治狱好生方，雪岩潜起所制[1]也。方所主[2]者，一曰仁，其用[3]有三，曰：研之实[4]，辨之白[5]，决之早[6]。余始读之，意[7]其如世医，虽能处方，未必有真见定力[8]，能察脉投剂[9]也。南海值厄[10]，运漕邱迪哲摄帅[11]，尉陈知章摄倅[12]，以残虐为能[13]，以多杀为功[14]，时号“大小屠伯”。虎噬[15]蟒吞，俘平民为寇，累累血刀杌[16]。绣衣陈公均[17]久知君，檄之详讯[18]。凶人方煽威焰[19]，胁制同列[20]，或劝君引避可以免。君奋然[21]曰：“人命至[22]重，但平心睹是，己之祸福利害[23]，在所不论。”乃躬[24]审问，具得[25]情实，赖以更生[26]者十九，与唐眉山[27]序萧师颜明兴元狱非叛、活数十人事颇相类[28]。人始服君有活人手[29]，能用此方矣。既随试效[30]，不得不广传[31]。

注释

[1]制：创作，写作。 [2]主：主导，中心思想。 [3]用：效用，效果。 [4]研之实：研判事实。研，研判，研究。 [5]辨之白：辩白、申辩。 [6]决之早：及时作出（公正的）判决。决，判决。 [7]意：臆想，猜测。 [8]真见定力：真知灼见和处

变时掌控自己言行的意志力。［9］察脉投剂：把脉、下药。脉，脉搏，中医以把脉来诊断病情。剂，药剂，药方。［10］南海值厄：广州遭遇厄运。南海，广州的古称。厄，厄运，灾难，指邱、陈滥杀无辜。［11］运漕邱迪哲摄帅：广东转运使邱迪哲代理安抚使之职。宋代每路设一转运使，主管水陆运输，常称“运漕”。安抚使，宋朝派往各路主管灾伤、用兵的特遣专使，负责军务治安，有时也以知州、知府兼任，故称“帅”。摄，代理职务。［12］尉陈知章摄倅：保昌县尉陈知章代理广州通判之职。尉，县尉。倅，通判，即宋代州府主管司法、钱粮、水利的副长官，通常由皇帝亲自任命，与本地长官共同治州，直接向皇帝汇报，故对本地长官有监督之责。［13］以残虐为能：以残害虐待为自己最擅长的本领。残虐，残害虐待。能，能事，擅长的本领。［14］功：功绩，政绩。［15］噬：咬。［16］杌（wù）：木制小杌子，小板凳。刀杌，即行刑用的木制刀墩。杨芷华《文溪存稿》“校记”说：“杌，‘杌陧’，不安定，危也；‘梼杌’，传说中凶兽，或传说中远古‘四凶’之一。故疑‘杌’前脱‘梼’字”或‘杌’后脱‘陧’字。”可参。［17］绣衣陈公均：广东提刑陈均。陈均与潜起一起秉公执法，却受到邱、陈一伙的打击报复，遭诬去官。［18］檄之详讯：招来进行详尽的审讯。檄，以公文的方式招来。讯，审讯。［19］凶人方煽威焰：邱、陈一伙人正煽动嚣张气焰。凶人，凶狠的人，指邱、陈一伙人。威焰，掌权势的人的嚣张气焰。［20］胁制同列：强力胁迫同僚。胁制，强力胁迫、控制。同列，同事，同僚。［21］奋然：激愤。［22］至：最，极。［23］祸福利害：灾祸与福气，利益与害处。典出《史记·龟策列传》：“先知利害，察于祸福。”泛指利益攸关。［24］躬：亲自。［25］具得：全都了解。［26］更生：获救，获得新生。［27］唐眉山：

唐庚，字子西，眉州丹棱（今属四川）人。宋哲宗绍圣元年（1094）进士。宋徽宗大观年间为宗子博士。张商英荐其才，除提举京畿常平。商英罢相，庚亦坐贬，安置惠州。会赦，复官承议郎，提举上清太平宫。归蜀，道病卒，享年51岁。唐庚《送苗师颜序》说宋徽宗崇宁元年（1102）冬天，兴元军有个别士兵怨恨郡守费诜，竟诬告费诜谋反，由此兴起大狱，幸亏处理及时得当，这才平息下来。李昴英将“苗师颜”写作“萧师颜”，当是笔误。［28］类：类似，相近。［29］活人手：救活人的圣手、行家，多指医者、政治家。李昴英《送恩平潜使君还里二首》其二亦云：“五载南州屈重名，活人一段是归程。”这句中的“活人”，就是救活民众。［30］试效：产生效果。［31］广传：广泛传播开去。

今译

《治狱好生方》，是雪岩潜起写的。这个方子所倡导的，一言以蔽之，就是“仁”。“仁”的功用有三点：研判落到实处、申辩公正明晰、判决尽早完成。我开始读此方的时候，猜想他就像是家学相传的中医，即便能开出处方，未必有真知灼见和坚持己见的意志力、能够把准脉搏并准确投放药剂。近期广州遭遇厄运，广东转运使邱迪哲代理安抚使、县尉陈知章代理通判，以残酷虐待为最大的本领，以多杀人作为自己的政绩，人们称他俩为大、小“屠伯”。他俩像老虎一样撕咬、像蟒蛇一样吞食，抓来平民充当匪寇，很多人血染刀墩。广东提刑陈均很早就了解潜君，下公文请他来详细审讯。此时邱、陈一伙凶人正煽动嚣张气焰，强力胁迫同僚，有的人劝潜君暂且规避，可以躲开这个公事。潜君激愤地说：“人命最重要，但平心而论，自己的祸福利害关系，不应计较。”于是亲自审讯，查出了全部的实情，靠他获救的人占了十分之九，与当年唐庚《送苗师颜序》明确判定费诜并非叛乱，救活数十人一事相近似。人们这才信服潜君有救活人的手段，可以运用这个方子了。既然已经证明产生了良好效果，那就不得不把这方子广泛传播开去。

延伸阅读

李昴英《题潜守〈黄连传〉》："雪岩潜君起传黄连，以其味苦而能愈疾，犹言忠而能救缺遗也。然苦易厌，忠易疏，古今同一病。此佳传可药天下后世，岂但体物游笔力而已哉!

"予尝谓黄连最甘，举世莫晓，盖不适口顷刻耳。为身已安，非甘乎？物之甜人，其害有沉痼不可疗者，非苦乎？日昃不暇食，民亦劳止，终与民皆欢乐。玄宗末年，声色岂不大快意，卒不宴于蜀，明验可睹。夫君心苦、身苦、学苦、行苦，其性黄连，其气味黄连，宁自苦而欲遗世以至甘，故言尤苦。必有持是言进之上者，国脉庶其有瘳乎！

"唐博士《岭南贡蜜果》诗曰：'政恐无裨益，所出非和平。上林宁少此，下箸安可轻。'在惠阳作也，其忠爱深矣。《黄连传》，惠阳所著，二篇政堪作对。"（李昴英撰，杨芷华点校《文溪存稿》，暨南大学出版社，1994年，第56页）

赠怀集莫贡士

解题

本文选自《文溪存稿》卷十二，作于宋理宗淳祐十年（1250）夏五月。此时，作者归隐文溪之畔已有些日子了，正值扒龙舟的热闹时节，而怀集英俊后进莫瑞应登门造访，似乎有了某种“巧合”。所以，在面对荷花品酒的时候，他借怀集水晶设喻，勉励莫瑞应早日成长起来。通篇文字淡淡写来，情景相映，别有一番情调。怀集，广州府怀集县，现属广东肇庆，在广州西北一百多公里。莫瑞应，生卒年不详，怀集秀才。贡士，唐宋时期在州（府）、县科举考试（即所谓“乡贡”或“乡举”）中式者，通称“乡贡士”，简称“贡士”。

不见莫君瑞应八年，忽叩门访小隐[1]，留之，对荷花细酌[2]。因谈怀集产水晶石，莹明[3]特异，惜吾邑无能攻治[4]之者，列之几案[5]供拊玩[6]，清寒照人[7]，亦天成奇物也。余曰：“君亦犹是，夫一日遇良工具眼[8]，稍加琢磋[9]，即成美器矣！”时有龙舟跃至小溪，君喜甚，举大白满引[10]。淳祐十年夏五月朔。

注释

［1］小隐：作者谦称。此时作者归隐文溪之畔，在广州府城之

内，故谦称“小隐”。 ［2］细酌：慢慢喝酒。 ［3］莹明：洁莹透明。 ［4］攻治：加工，指雕刻工艺。 ［5］几案：泛指茶几、木案一类的家具。 ［6］拊玩：把玩，玩赏。 ［7］清寒照人：水晶清冷，光可鉴人。 ［8］具眼：内行眼光，行家手眼。 ［9］琢磋：雕琢加工。 ［10］举大白满引：举起酒杯斟满。大白，罚酒用的大酒杯。引，倾壶倒酒。

今译

不见莫瑞应君已有八年了，忽然他前来叩门拜访业已小隐的我，我留下他来，面对荷花细细品酒。于是聊到了怀集特产的水晶石，洁莹透明，可惜咱们家乡没有擅长加工它们的艺人。摆放水晶石在茶几、案头，供人玩赏，清冽有寒意，光可照人，也是一个天然的奇物啊！我说：“莫君你也差不多是这样的！一旦某天遇到真正的良工，独具慧眼，稍加琢磨，就可以成为美器了！”这时有一条龙舟飞速地冲进文溪，莫君大喜，举起酒杯满满斟上。淳祐十年（1250）夏五月初一。

革榷酤弊判

解题

本文选自《文溪存稿》卷十一，作于宋理宗宝祐元年（1253），李昴英时年53岁，正在江西宪使兼知赣州任上。上一年十一月，李昴英从家乡出发，十二月抵达赣州，旋即展开工作，尤以整顿政务、洗冤泽物、宣慰土著为务。李昴英读了手下草拟的长达18页的榷酤整治方案，心潮澎湃。他对弊端丛生的酒类专卖制度，有着清醒的认识：从历史的纵深度看，这一制度积弊极深，几乎无法从一个州府的层面革除；从现实利益的角度看，市井细民为追逐金钱利益，私自酿造、贩卖，而税收、关隘的士卒也会因私下里收受贿赂而网开一面。诸如此类的漏洞，严重干扰了国家财政，更令统治者颜面无存。在这篇判文中，他一一指点出来，吩咐手下有针对性地完成整治条例，重点突出，简明可行，行之久远。革，革除。榷酤（què gū），指官府专营卖酒。从商朝开始，“酒精问题”就长期困扰各阶层的人民及各级政府，一方面，酿酒消耗了大量的精粮，这与长期缺粮的现实形成了无法调和的矛盾；另一方面，饮酒、售酒又引发了弄虚作假、以次充好、酗酒、斗殴、仇杀、娼妓、逃税、贪污、侵占等一系列社会问题。历朝历代想了各种办法，都无法堵住这些漏洞，更谈不上根除。所以，历代朝廷最终倾向于设立酒类专卖制度，即建立官府主管部门，配备一定数量的管理、检查、税收人员，由政府绝对控制酒的生产与销售全过程。但这一制度实施下来，旧问题解决了，新问题紧接着涌现，防不胜防。南宋丞相魏了翁在其《古今考》中说：“民相与争利，则暴君、污吏必至榷酤。”实在是一针见血，给予李昴英以极大的启迪。弊，弊端，坏处。判，判词，公文的一种，由主管部门或长官对一个政策作出明确的决定，并言简意赅地提出处理意见及执行方法，以指导下一步的行动。

官酿[1]则弊积[2]于吏卒之侵欺[3]，难于遽革。以漓薄[4]强人饮而售其直[5]，官之取利奚安[6]？民之受害未艾[7]。税酒民甚便之，而所收难以豫计[8]，则郡计有不足之虑[9]。至于城外拍户[10]，尤要区处得宜。不然，则前日之耗于吏卒之蠹[11]者，所失犹少；而税酒之后，耗于奸民[12]之隐蔽者，所失更多。始谋要当谨重审详[13]，不宜草草。须是商量利害，到底为一定而不可易[14]之论，方可见之施行[15]。不然，则朝行夕改，徒为纷扰。观陈[16]事宜，共一十八纸，会计出入[17]之数，关防[18]内外之弊，讨论裨助[19]之策，亦可略备。今专请涂通判集两司佥厅[20]商议，取所陈切当[21]者次第[22]之，详为规画，立定[23]格式，庶几[24]经久可行而不可变。此非止为一时计，若行之而官民俱便，则闻于朝，乃百世之利也。切望同寅[25]留意，早有成说[26]。

注释

[1] 官酿：官方酿酒，指榷酤制度。酿，酿酒。 [2] 弊积：多年改革不了的弊端。 [3] 侵欺：侵占。 [4] 漓薄：酒稀薄，酒味淡。 [5] 售其直：卖出正常酒的价格。 [6] 奚安：如何安

心。［7］艾：止。［8］豫计：预计，预先估计。［9］“郡计”句：州郡财政状况怕有不敷使用的忧虑。计，财政。虑，忧虑。［10］拍户：宋人对兼卖茶水、饭食或并蓄娼妓的小酒铺的称呼，略带歧视的意味。［11］蠹：贪污，侵蚀。［12］奸民：狡诈的小商贩。［13］审详：详查，考虑周全。［14］一定而不可易：确定下来不可改动。［15］见之施行：付诸实施。［16］陈：进陈，陈说。［17］会计出入：会计计算收入与支出。［18］关防：用兵防守的关隘。［19］裨助：（对为政）有帮助，有益，补益。［20］两司佥厅：指州府一级特有的安抚司佥厅、提刑司佥厅，系设在州衙内的办事官。［21］切当：确切、恰当。［22］次第：排出先后次序。［23］立定：制定，确定。［24］庶几：差不多，大概。［25］同寅：同事，同僚。寅，对同官的敬称，后泛指同僚。［26］成说：确定的说法，指定案。

今译

在官方榷酤制度里，长久以来改革不了的吏卒侵占的弊端，很难一下子革除掉。拿酒味稀薄的次品酒，强迫人们饮用，却又卖出正常酒的价格，官府谋取利润如何安心啊？百姓受害没有止境。向饮酒者收税是很便利，但所收税款的数字很难预估，州府财政便有了不敷使用的忧虑。至于城外的拍户，尤其要恰当处理。不然，前面被士卒侵占的耗蚀，损失还要少一点；而在实施酒税之后，被奸民隐蔽手法弄出来的消耗，损失更多。开始谋划应当谨慎周密，不应草率。应该讨论各种利害关系，到最后形成一个固定的、不可更改的定案，才能付诸实施。不然就会朝令夕改，徒为扰民。看了你们陈说的事宜，共达十八页，统筹赋税收入、钱银支出等数字，关隘内外守备的利弊，讨论对为政有益的政策，同样也要周全。现在请涂通判召集两位司金厅长官一起商议，选择最迫切最合适的整治条例列出一个先后次序来，详细规划，确定格式，大概能长久施行下去，不可更改。这不是为一时一刻着想，如果施行开来，官民都感到方便，就奏闻朝廷，就是百世的便利了。真切希望各位同事留意，早点拿出定案。

谕峒长文

解题

本文选自《文溪存稿》卷十二，作于宋理宗宝祐元年（1253），李昴英时年53岁，在江西宪使兼知赣州任上。赣南地区丘陵遍布，地少人多，而土著人口尤多，风俗迥异，言语不通，所受教化程度非常有限，生产力水平相对低下。在管理方面，许多地方长官直接把他们当作“化外之民”的“瑶峒”，一味采取法律乃至武力镇压的手段。例如，《宋史》记名臣王居安担任福建长官时也是常行杀戮之策，居然获得了“（王）居安以书生，于兵事不学而能，必诛峒寇而降汀寇，皆非苟然者”的赞词。显然，这一简单粗暴的管治方法，必定会激化矛盾，酿成暴力冲突，最终走向“王化”的反面。《通鉴纪事本末》卷四十八《桂阳蛮猺之叛》载：“庆历三年九月丁丑，湖南转运言：桂阳监蛮猺内寇。蛮猺者，居山谷间，其山自衡州常宁县，属于桂阳，郴、连、贺、韶四州，环行千余里，蛮居其中，不事赋役，谓之猺人。”此次“猺峒叛乱”长达五年，波及面广，以桂阳为中心，北至潭州，东至衡阳，南至广东连州，西至广西贺州。作者从土人重视亲情、依赖族群的朴素感情出发，将儒家日常人伦的思想理论作为立论的基础，反复申论仁爱之心的重要性及其种种表现。本文首先以孔子弟子有若的话引出中心论点，即孝顺父母（“孝”）、尊重兄长（“悌”）的善良态度，是做人的根本，更是“为仁之本”，凸显了“仁”就是“人心”的体认。孔子提倡的“仁”，虽是儒家哲学思想的最高范畴，建构起整个道德思想体系，却又是日常伦理的基本道德准则，体现在实际生活的方方面面，“仁”根植于“孝”和“悌”，这也就回到土人的朴素情感上来，以“做人”引导“治民”，从而形成了独具地方特色的土著管治原则。全文从正面立论，重在道德训诫和感情引导，偶尔点缀一两个“梗化”的例子和国家常法的威慑力量，确定了“本立而道生”的规律性认识，为增强说服力，通篇用通俗易懂的口语言说，可以清晰地辨析出早期口语的特征，平易亲切，洋溢着浓浓的人情味。谕，公文的一种，上级表达对下级的劝谕或训诫。峒长，即峒民首领。南宋时期，瑶峒生活在政府有效管辖范围之外，给外界产生了瑶峒棋错杂处、叛服不常的错觉，故政府往往偏向施行武力镇压的粗暴手段。李昴英反其道而行之，试图采取儒者仁义之道进行管理，其出发点是值得肯定的。

有子[1]曰：“其为人也孝悌[2]，而好犯上[3]者，鲜[4]矣；不好犯上，而好作乱[5]者，未之有[6]也。”善事[7]父母为孝，善事兄长为悌，犯上是干犯[8]在上之人，作乱是为争斗悖逆[9]之事。盖人能孝其父母，敬其兄长，便识道理，知名分[10]，少有犯其上者。既不犯上，必不肯作乱。大凡[11]世间作犯上、作乱底[12]事，即是不孝顺父兄底人；若是孝顺父兄底人，便不肯做犯上、作乱底事。有子之言，最为亲切。然人虽至愚，未有不可化[13]者。监司[14]、郡守，才见有一二梗化[15]之人，便一切待以非类[16]，加以刑戮[17]。他既冥顽[18]无知，而长民者[19]又无以开谕训诲[20]之，使误入于恶者，终无自新[21]之路，良可悯也。今进尔父老于庭，谕以此言，尔其归告乡党[22]子弟，宜细思[23]父母所生我者，须当

孝顺；兄长同胞，而先我者，须当敬逊[24]；则此心和顺，自不为恶。汝等得与父母、兄弟、妻子同乐，官司[25]亦得与田里[26]相安，岂不甚美？其有暴狠不率[27]者，则是孟子所谓“禽兽”，而非有子所谓“人”也。国有常刑[28]，后悔无及。

注释

［1］有子：姓有，名若，孔子的学生。《论语》记载孔子学生言行时，一般称字，只有曾参、有若二人称“子”，人们据此认为曾、有二人应是孔门中极其重要的人物。此处所引有子之言，出自《论语·学而》。 ［2］孝悌：孝敬父母曰孝，尊重兄长曰悌。这是儒家提倡的两个基本道德规范。悌，弟弟对兄长的尊敬态度。 ［3］犯上：冒犯上级。犯，冒犯、干犯。上，在上位的人，包括长官、父母、兄长等。 ［4］鲜（xiǎn）：少。 ［5］作乱：造反，暴力反抗。 ［6］未之有也：即“未有之也”的倒装句型。在古汉语中，否定句的宾语若为代词，一般置于动词之前。 ［7］事：侍奉。［8］干犯：冒犯。 ［9］悖逆：违背正道，犯上作乱。 ［10］名分：名位与身分。 ［11］大凡：大要，大略。 ［12］底：口语词汇，的。 ［13］化：教化，（用儒家思想）进行教育。 ［14］监司：指地方长官。宋朝在中央与府、州、军、监之间设路级机构，其中有转运司、提点刑狱司、提举常平司等官职，除履行本职工作外，还兼监察本路各级地方官吏之责，故通称“监司”。 ［15］梗化：顽固不服从教化。梗，僵硬。 ［16］非类：非我族类。类，某类人。 ［17］刑戮：刑罚、杀戮。 ［18］冥顽：愚钝顽固。冥，

愚蠢，不懂事。［19］长民者：地方长官。［20］开谕训诲：上级对下级训谕、开导。谕，训导。诲，教诲。［21］自新：改过自新，重新做人。［22］乡党：乡里乡亲，乡族朋友。古时候按法规五百家编为一党，一万二千五百家编为一乡，合称“乡党”。后泛指老乡。［23］细思：仔细想想。［24］敬逊：谨敬谦逊。［25］官司：官府，官方管理部门。［26］田里：田间，乡间，指乡民。［27］暴狠不率：横暴凶狠，不服从政令法规。率，跟从。［28］常刑：固定的刑法。

今译

有子说：“孝顺父母、尊重兄长，而喜好触犯上级的人，很少见；不喜好触犯上级而喜好造反的人，是没有的。”孝顺父母是“孝”，尊重兄长是“悌”，“犯上”就是冒犯上位的人，“作乱”就是做违背正道、武力争斗的事。大概人能孝敬父母、尊重兄长，便能懂得为人的道理，知道名位和身份，极少有冒犯自己上位的人。既然不犯上，必定不肯作乱，大抵人世间做犯上、作乱事（的人），就是不孝顺父兄的人。若是孝顺父兄的人，便不肯做犯上、作乱的事。有子的话，是最亲切的。然而，人即使再愚蠢，也没有不可进行教化的。地方长官才见到一两个不从教化的人，就把所有的人当作非我族类来对待，加以刑罚、杀戮。他们这样一两个人既已愚蠢顽固，而长官又没有对他们进行开导训诫，使他们误入恶道，最终没有改过自新、重新做人的路子，真是太可悲了。今天把你们父老乡亲请来官府庭前，教谕这些话，你们回去转告给乡亲子弟们，应仔细想想，父母是生育我们的人，应当孝顺；兄长是比我早出生的同胞，应当敬重，心里就会和顺，自然不会作恶。你们能与父母、兄弟、妻儿同乐，官府也能与乡里乡亲相安无事，这不是很好吗？那些蛮暴不归教化的人，就是孟子所说的“禽兽”，而不是有子所说的“人”。国家有一定的刑法（来约束他们），后悔是来不及的。

延伸阅读

程潮《南宋廉直谏官——李昴英》：“李昴英来赣州前，当地长期受峒民骚乱的困扰。当时诸峒负险盘踞，而官府抚御无策，导致峒民合伙生事。宋儒为维护治安，提出了‘保伍之法’。李昴英在赣州时，严申保伍之法，使居民相互纠察，并告谕峒中酋长，各率子弟到官署接受训治，作《谕峒长文》，向峒长们解释大义。

…………

“这些酋长将李昴英的训文记录下来带回以后，便向各自家乡私相告谕。从此以后，赣州峒民革心向化。徐清叟将李昴英治理峒民的事迹上奏到朝廷，朝廷将这些训导峒长的文本颁示天下，以供各地效法。当年考核治绩，李昴英为全国第一，被升为直宝文阁（宝文阁，贴职，正七品）。地方百姓为感谢他所施德政，在赣城之东修‘生祠’，李昴英力辞。”（程潮著《南宋廉直谏官——李昴英》，广东人民出版社，2009年，第119～120页）

寿安院记

解题

本文选自《文溪存稿》卷二，作于宋理宗宝祐四年（1256），即刘震孙提举广东常平的最后一年。刘震孙，字长卿（李昴英在此文中尊称他为“长翁”），号朔斋，宋哲宗元祐年间名相刘挚的六世孙，曾任礼部侍郎、中书舍人。宝祐三年（1255）提举广东常平，在任两年，屡创新法，政绩赫然，尤其是建寿安院，收留、治疗那些贫病交加的人，最见其仁爱之心。寿安院在广州威远门内（今海珠北路），在本质上更多的是“赡”，而不是“医”，当然也不等同于近代意义上的“临终关怀医院”。李昴英特撰此记，称颂其功绩，颇可见出二人的相惜之情，更表达了一个较新的观念，即这里没有所谓的“瘴气”——因为南粤山宽海巨，岚雾散泄，毒气啊，病源啊，统统都容易消散，不会像人们误传的那样凝聚在一起产生什么瘴气。反倒是因为广东物产丰富，百姓特别好吃，病从口入，这才是真正的病因。这一解说，打破了南粤瘴疫之地的误传，在消除“南荒异域”怪诞想象的进步之路上，跨出了很大的一步。

天地之大德，生而已[1]，所以无终穷[2]，生意不息[3]而已。凡物囿形[4]，其数之自然[5]；惨舒[6]，其气之使然[7]。彭殇椿菌，固不容强齐[8]，亦各正性命[9]焉。大君位乎中[10]，妙赞化育[11]，分群有司代天工[12]，要使生意流布，充满覆载[13]间，无一物不得其所。国朝置福田院[14]，恤穷疾[15]，与天地同一好生[16]。常平仓专使领[17]，为凶荒疾疫[18]设，将以救民病，而或者反以政事病[19]民。今天子轸远方元元[20]，选物望[21]、民庸[22]兼者，畀右司刘公仓氏节[23]。公一意推广皇泽[24]，进耆老，诹[25]之曰："赋过重，痏[26]吾民欤？役不均，瘠[27]吾民欤？官吏饕[28]，朘[29]吾民欤？追呼数，恼吾民欤？豪断榷剥[30]，吾民郁[31]不吐欤？"闻一事系戚休[32]，亟罢行不终日。南人如解沉疴积痼[33]，豁然苏快[34]，无复愁嗟，公犹以为未[35]也。

注释

[1]"天地"句：天地最大的德行，就是对生命的涵育与尊重。《老子》："道生之，德畜之，物形之，势成之。是以万物莫不尊道而贵德。"德，古人认为万物遵循"道"的规律而呈现出来的自然属性。生，生命，生命体。 [2]终穷：终极。典出《庄子·大宗师》："相忘以生，无所终穷？" [3]生意不息：生生不息，不断地繁殖、生长。生意，生命力。息，停止。 [4]囿形：拘泥于（某种）形状。 [5]数之自然：法则的自然状态。数，法则，道理。[6]惨舒：指忧乐、宽严、盛衰等相对状态。 [7]气之使然：由物质自然属性决定。气，物质的自然属性。使然，使……变得这样，由……决定。 [8]彭殇椿菌，固不容强齐：长寿与短命，不必强求一致。彭，彭祖，指高寿。殇，未成年而死。典出《庄子·齐物

论》："莫寿于殇子，而彭祖为夭。"椿，传说中的大椿树，寿命极长。菌，朝菌，早晨长出来，当天死掉，生命短暂。典出《庄子·逍遥游》："朝菌不知晦朔，蟪蛄不知春秋"，"上古有大椿者，以八千岁为春，八千岁为秋"。不容，不必，无须。强，勉强，强行。齐，一致，等同。［9］正性命：正定自己的本性与命理。典出《周易·乾·彖传》："乾道变化，各正性命，保合大和，乃利贞。首出庶物，万国咸宁。"正，贞，守正。性命，本性，命运。［10］大君位乎中：君主深知自己应在最恰当的位置上。典出《周易·系辞上传》："易简，而天下之理得矣；天下之理得，而成位乎其中矣。"大意是说，若能具备乾坤的根本理念，就明白天地阴阳、人世一切变化之理；效法天地，就知自己责任之所在。大君，国君。中，恰当的位置。［11］妙赞化育：弥补天地化育、涵养的不足。典出《中庸》："唯天下至诚，为能尽其性；能尽其性，则能尽人之性；能尽人之性，则能尽物之性；能尽物之性，则可以赞天地之化育；可以赞天地之化育，则可以与天地参矣。"妙赞，协助。化育，天地对生命的涵养。［12］代天工：（给适当的人来）代上天行使职责。代，代理，代行。天工，天的职责。古人认为君主效法天意，建官制，代天行使职责。［13］覆载：覆盖与承载，言覆育包容。典出《礼记·中庸》："天之所覆，地之所载，日月所照，霜露所坠。凡有血气者，莫不尊亲。"喻帝王的恩德惠及天地之间。［14］福田院：唐宋时期专门收容孤老贫病人的慈善机构。［15］恤穷疾：抚恤患病的穷人。恤，抚恤。［16］好生：爱惜生命。［17］常平仓专使领：常平仓由皇帝派出的专门官员管理。常平仓，古代为调节粮价、备荒而设的粮仓，以价值规律调节粮食供应，稳定粮食市场。专使，皇帝派出专门的官员，常称"使者"。领，管领，管理。［18］凶荒疾疫：灾荒疾病。［19］病：伤害，妨碍。［20］轸远方元元：关怀远方的百姓。轸，轸念，关心。元元，黎元，指百姓。［21］物望：有人望、声望。［22］民庸：治民有效。庸，功效。［23］畀右司刘公仓氏节：任命刘公掌管广东常平仓。右司，官署，监管兵部、刑部、工部、案钞房等。仓氏，周代掌管仓库的官职。节，官员的符节。［24］皇泽：皇上的恩泽。泽，恩泽，恩惠。［25］诹（zōu）：商量。［26］痏（wěi）：挫伤。［27］瘠：动词，（使）贫瘠。［28］饕（tāo）：饕餮，贪吃，贪污。［29］朘（juān）：剥削。［30］豪断椎剥：豪强地主断了百姓生路。豪断，（地主）蛮横豪强（行径）。椎剥，残酷剥削。［31］郁：压抑在心中。［32］系戚休：休戚相关。戚休，亦作“休戚”。［33］“南人”句：南粤民众就像解除了顽疾（一样轻松）。沉疴（kē）积痼（gù），久治不愈的病。沉疴，拖了很久都没治好的疾病。典出《晋书·乐广传》：“（乐）广乃告其所以，客豁然意解，沈疴顿愈。”沉、积，时间拖得很久。疴、痼，久病。［34］豁然苏快：（病治好后）心情开朗愉悦。豁然，心情开朗。苏，治好病，病愈。快，轻快，愉快。［35］未：未必，未达到（要求）。

今译

天地宇宙极大，核心就在于对生命的涵育而已；之所以生命无穷无尽，就在于生生不息而已。所有的物质都会形成自己的外形，这是其自然法则决定的；忧乐、盛衰等对立状态，这是其天然属性决定的。寿命的长短，实在是无须强求一律，各自要看准自己生命的正常状态。君主处在天地间最恰当的位置，弥补天地化育的不足，分担了上天对众生的养育职责，要的是使生命广为繁衍，充满于天地之间，没有一个物质不在该在的位置上。我大宋设置福田院，抚恤贫病交加的人，与天地同样地爱惜生命。常平仓更由皇帝派出专门官员管理，是为自然灾害、罹患疾病等情况而设置的，用它来救助、治疗百姓的疾病，但有的人反而用这一政务工作来妨碍百姓。现在天子关心远方的黎民百姓，选择政声、民治皆优的官员，任命刘公掌管广东常平仓。刘公一心一意推广扩大皇上的恩惠，请来德高望重的老者，与他们商量说："赋税过重，难道不伤害咱们百姓？劳役不平均，难道不使咱们百姓变得更贫困？官吏贪污，难道不盘剥咱们百姓？不断地催租、逼徭役，难道不惹恼咱们百姓？豪强地主断了百姓生路，难道百姓心中的抑郁能不吐出来吗？"一旦听闻某一件事与百姓休戚相关，就急急取消，绝不过夜。南粤百姓就像是治好了久治不愈的疾病，心情开朗愉快，再也没有什么哀叹了，刘公却认为还未达到要求。

广，山宽海巨，岚雾散泄[1]，故无瘴[2]；土饶酿鲜[3]，细人恣属厌[4]，亦易疾[5]。鳏寡孤独之穷[6]，川浮陆负之贾[7]，驰书传檄之价[8]，才病于主家，旅馆则畏其累[9]己，迫遣之。往往转徙闾巷[10]，虽受病本轻，而不粒不剂[11]，且风且露，困顿久必僵[12]。厢逻[13]又视为奇货[14]，重诛求[15]于死所，为邦人害最大。公恻然[16]效东坡在杭蓄钱粮作病坊故事[17]，乃相爽垲址[18]于威远门之内，穹堂闳闳[19]，严祷祠香火[20]。千僧其左，医局其右，修廊渠渠[21]。对辟十室，可容十人，男东女西，界限有别。病无依者，以告随得入，诊必工，药必良，食必精，烹煎责两，童缁必恪[22]。日欲闻所苦重轻，课医之效。募夫妇愿俱庸者共凡役[23]，庖斯整[24]，湢斯洁，百尔器用色色具[25]。奄奄无聊赖之人，忽处广厦，适眠飧[26]，所需如意，顿使神醒气伸。居养所移半药力[27]，既康强[28]，则资之归。脱[29]不可疗，则敛瘗[30]如法。租收之田，赢取之库，所入足以当所出，画为成规，可行之悠久。外峙崇门，曰“寿安”，颜[31]其院，因人情所欲也。扶曳[32]来居无虚日，全活[33]甚众。

注释

[1]岚雾散泄：山海间雾气消散。岚，山林中的雾气。泄，泄漏，消散。 [2]瘴：瘴气，古人认为是南方山林中动植物腐烂后产生的有毒气体，湿热蒸郁，致人疾病，是瘴疠的病源。 [3]土饶醲（nóng）鲜：本土所产食材丰富而鲜美。饶，丰饶，丰富。醲鲜，味道鲜美（的食材）。 [4]细人恣属厌：百姓疯狂地吃。细人，平民。恣，恣意，随心所欲地。属厌，吃饱，典出《左传·昭公二十八年》：“愿以小人之腹为君子之心，属厌而已。”杜预注：“属，足也。言小人之腹饱，犹知厌足。君子之心亦宜然。” [5]疾：患病。 [6]鳏寡孤独之穷：泛指失去亲人的贫穷者。 [7]川浮陆负之贾（gǔ）：为生计而奔走各地的商人。 [8]驰书传檄之价：专门送递文书的人。驰，快速地（送递文书）。书，书信。檄，指官方文书。价，价傧，各级政府部门派遣传送书信或政事消息的人。 [9]累：连累，牵连。 [10]闾巷：指生活条件很差的陋巷。 [11]不粒不剂：没食物没药物。粒，米粒、麦粒等颗粒状的食物。剂，药剂。 [12]困顿久必僵：病情加剧，必然死亡。困顿，艰难窘迫。僵，僵硬，指死亡。 [13]厢逻：巡逻的士兵。 [14]奇货：可以卖出好价钱的东西，指难得的勒

索机会。［15］诛求：勒索。［16］恻然：悲伤，同情。［17］故事：以往的做法、惯例。［18］相爽垲（kǎi）址：看中了一个光线明亮、干燥的地方。相，看中。爽垲，明爽干燥。址，地址，选址。［19］穹堂闳闳：房屋高大。穹堂，屋顶、堂屋，指高大的房屋。闳闳，宏大。［20］严祷祠香火：虔诚地祈祷、进香火。严，虔诚。祷祠，祭祀，祈祷。香火，祭祀用的线香、蜡烛等。［21］渠渠：排列整齐。［22］童缁（zī）必恪（kè）：小和尚尽心尽力（办好）。缁，黑色衣服，指僧侣。恪，谨慎。［23］凡役：指院内杂务。［24］庖（páo）斯整：厨房整洁。庖，厨房。斯，语气词。［25］“百尔”句：各种餐饮器物样样都齐全。典出宋李觏《袁州州学记》：“生师有舍，庖廪有次。百尔器备，并手偕作。”色色，样样。［26］飧（sūn）：餐食，正餐。［27］居养所移半药力：居所、奉养变好确能改变人，药的效力又占了一半。居养所移，地位、环境变化能改变人。典出《孟子·尽心上》：“居移气，养移体。”居，地位。养，奉送。移，改变。［28］康强：恢复健康。［29］脱：假如，如果。［30］敛瘗（yì）：收殓尸体埋葬。瘗，掩埋尸骨，埋葬。［31］颜：匾额。［32］扶曳：搀扶着走，形容神态困顿。［33］全活：全都救活过来。

今译

广东山宽敞、海巨大，雾气容易消散，所以不易产生瘴气。本土物产丰富且鲜美无比，百姓肆意狂吃，也很容易生病。失去亲人、缺少照料的穷人，四处奔波的商人，送递文书的差人，这才刚刚在主人家患上病，旅馆就害怕连累自己，逼走他们。病人往往辗转于条件很差的陋巷，即使得的是很轻的病，但没食物、没药品，且风餐露宿，导致病情加剧，必然死亡。巡逻的士兵往往视为发财的机会，重重地勒索死亡地点的人，给本地人造成了最大的伤害。刘公感到悲痛同情，模仿苏东坡在杭州积累钱财建起病坊的先例，在威远门内找到一个宽敞干燥的地方，建起了高大的房屋，虔诚祈祷、进香火。僧房在左边，医院在右边，修起了整齐的房廊，面对面开辟了十间房间，可容纳十个病人，东边住男病人、西边住女病人，男女界限分得很严格。无依无靠的病人前来求医，可以随时入诊，治疗一定是最好的，药品一定是最好的，食物一定是最好的，精心烹煮，两个小和尚专心操持。（刘公）每天都希望听到患者病情的具体情形以及治疗的（好）效果。招募了一对共同佣工的夫妻承担所有的杂务，厨房整洁，浴室干净，各色餐具样样都有。无精打采、百无聊赖的人，忽然间能住进大厦，获得舒适的睡眠和饮食，所需一切都令人满意，顿时神清气爽，环境变好能让人更快好起来，其中，药的疗效占了一半。已经恢复健康的，资助他返家。如果没法治好，就按法令规定收敛入葬。租田的收入，库房的盈利，收入足以抵消开销，规划为成规，可以长久施行下去。外面竖起一座大门，写着“寿安”二字，作为院匾额，这是顺乎人情所希望的啊。每天都有人搀扶着入住，救活了很多人。

人病之者，既能厝之安[1]；天病之者，亦欲拯之生[2]。公之心，无愧于两间[3]，无负于吾君矣！夫人为三才[4]之一，仁，人心也，与天地心本不二。如果核中有仁[5]，生意在焉。恻隐其端[6]，不特[7]发见于孺子[8]将入井时，虽草木禽兽之微，萎瘁[9]不得宁[10]其生，亦悯焉动念[11]。病柏、病橘、病马、病鸱，杜诗、韩笔[12]且不遗，而况于民吾同胞[13]乎？苟其位、其力可以利众庶[14]，而呻吟叫呼在吾境，若不

闻，良心安在哉？公可以为仁人矣！盖元祐相国忠肃公[15]，其六世祖也。家学源流，有所自来。公名震孙，字长翁，渤海[16]人。

注释

[1] 厝之安：得以安葬。典出《孝经·丧亲》：“擗踊哭泣，哀以送之，卜其宅兆而安厝之。”厝，暂时停放灵柩以待葬或浅埋以待正式安葬。安，安葬。 [2] 拯之生：救活病人。拯，拯恤，救助。生，活着。《列子·周穆王》说故、为、得、丧、哀、乐、生、死这“八征”涵括了人生一切，皆具体可感，是君王必须做好的头等大事。 [3] 两间：指“人病之”和“天病之”二者之间。 [4] 三才：古人以天、地、人这三者为“三才”。 [5] 仁：果仁，果核。 [6] 恻隐其端：恻隐之心的开端。孟子说人皆有“四端之心”——恻隐之心、羞恶之心、辞让之心、是非之心，他打比方说“今人乍见孺子将入于井，皆有怵惕恻隐之心”，这一“恻隐之心”是一种自然而然的感情。 [7] 不特：不止。 [8] 孺子：小孩子。 [9] 萎瘁：神情委顿。 [10] 宁：安心顺命，获得最终的安宁。这也反映了宋张载《西铭》“存，吾顺事；没，吾宁也”的顺天安命思想。 [11] 悯焉动念：动了怜悯之心。悯焉，哀怜，同情。动念，动念头。 [12] 杜诗、韩笔：杜甫的诗、韩愈的散文。笔，不押韵的散文。 [13] 民吾同胞：仁者爱自己的同胞，也爱自然万物。典出宋张载《西铭》：“故天地之塞，吾其体；天地之帅，吾其性。民，吾同胞；物，吾与也。” [14] 众庶：众人，老百姓。 [15] 元祐相国忠肃公：宋哲宗元祐年间名相刘挚。刘挚，字莘老，永静军

东光县（今河北东光县）人。宋仁宗嘉祐四年（1059）中进士甲科，能力出众，政绩卓越，且刚直不阿，正气森然。宋哲宗元祐六年（1091），拜尚书右仆射，与左仆射吕大防一同执政，接连上疏高太后训导哲宗明君子与小人之辨，招致宋哲宗不满。吕大防指使御史杨畏弹劾刘挚，罢相，后被流放新州（今广东新兴），含怨病死。宋徽宗朝追谥“忠肃”，赠“元祐忠贤”。著有《忠肃集》。［16］渤海：刘氏祖籍永静军东光县，在渤海湾西侧，故言之。

今译

患病而死的人，已可以获得安葬；违天道而患病的人，也要救治。刘公的心，无愧于在这二者之间，不会辜负我们的君主。作为“三才”之一的人，“仁”就是人心，与天地之心本无两样。就像是果核里面的“仁”，生机就蕴藏在这里面。恻隐之心的开端，不只是出现在小孩子掉入水井的那一刻，即便是面对草木禽兽这样卑微的生命，干枯萎缩不能安详地度过一生，也不禁生出怜悯同情来。生病的柏树、橘树、马匹、鹗鸱，杜甫、韩愈都不会遗漏，更何况世上万物都是我们的同胞！如果在一定官位上、有了一定的政治力量，可以为百姓谋福利，但面对呻吟呼叫的病人在我治理辖区，就像没有听见，良心去哪儿了啊？刘公可以说就是仁人了。元祐丞相刘挚，是刘公的六世祖，家族的学术传承，有渊远的历史。刘公名叫震孙，字长翁，渤海人。

文溪诗选读

峡山诗并序

解题

本诗选自《文溪存稿》卷十七，作于宋宁宗嘉定十五年（1222）壬午十一月十五日，李昴英时年22岁。他刚刚遭遇进士科考试的失败，便借出游排解心中郁闷，这首小诗是游广东清远飞来峡有感而作的。位于清远的飞来峡，又名禺峡、中宿峡、清远峡，为北江中、下游的分界点，全长九千米。珠江水系干流的北江，自粤北迤逦而来，穿越其间，两岸陡峭，水流湍急，颇有“小三峡”的气势，是北江最险要处。这一带两岸有七十二峰夹岸对峙，青峰绕翠，沿途又有归猿洞、和光洞、观音岩、卧仙岩、凝碧湾、白泡潭、金锁潭等潆隐峡间，古迹甚多，有“风光誉南国，古迹遍峡山”之誉。传说梁武帝时，峡山山神（即黄帝二庶子太禺、仲阳）搬起舒州上元延祚寺，飞到清远飞来峡安置，这才有了现在的飞来寺。飞来峡又是古代南北交通的要道，古来多有名人雅士游览题咏，这也就是此诗所说的“多少英豪出此途”。作者原本是来此地徜徉山水、排遣心中郁闷的，岂料眼前磅礴雄浑的山势、裹挟着清风流向远方的湍流、依山傍水而建的寺庙和前贤留下的不朽诗篇，以及以前科举成功者飘然远去的身影，发生了奇妙的“化学反应”，激起了他内心那股绝不服输、誓与命运角逐到底的狠劲儿。因此，此诗并没有走山水风景诗创作的常见套路，而是超然于景观之上，着墨于内心的澎湃，以豪迈的诗句放飞高远的理想与信念，没有流露出一丝丝因科举考试失败而产生的挫折感和虚无感。

壬午仲冬[1]逾至三日，羊城进士[2]李昴英西游抵[3]峡山，舟距[4]寺而维[5]焉。是夕也，风壮浪号，驱声战激，蛟腾鼋[6]涌，与舟荡摩[7]，垂丙[8]而不宁枕。翌日既望[9]，摄衣[10]登寺，睹其灵迹[11]，森然昭布[12]，不我诬也。嗟乎，是胡为[13]而来哉！境奇物胜，千态万状，神爱而兹来，则士之假道[14]乎是者，亦必不凡矣。行将揄山之青、歃[15]水之绿，与山水俱甲天下，以实地灵人杰云。于是乎书。

山通一水径皇都[16]，多少英豪[17]出此途。

传我飞来元[18]羽翼，好风吹送过天衢[19]。

注释

[1]仲冬：冬季的第二个月，农历十一月。 [2]进士：古代科举考试中的一个级别，位于举人之上，中进士即可入仕授官。参加过进士试而未中者，亦可自称“进士”。此处作者自谓，表明文人身份而已。 [3]抵：到达。 [4]距：靠近。 [5]维：维系，指系牢船缆。 [6]鼋（yuán）：似鳖而大，背甲近圆形，暗绿色，腹面白色，且前肢外缘和蹼均呈白色，广泛分布于我国云南、广东、广西、福建、浙江等地河流之中。 [7]荡摩：激荡，摩擦。 [8]丙：天亮。 [9]既望：农历每月十六日。 [10]摄衣：提起衣襟（往上爬）。 [11]灵迹：神灵留下的痕迹，指神话传说之地。 [12]森然昭布：密密麻麻地公开展示。森然，密布。 [13]胡为：为何。 [14]假道：途经，路过。 [15]歃（shà）：饮。 [16]径皇都：径直通向京城。径，径直。皇都，京城。唐宋时期，岭南人入京，一般是循北江北上，至韶关弃舟登岸，

翻越梅关古道，进入江西，再顺水路经赣江、鄱阳湖、长江大运河进京，故用“径”字。［17］英豪：英雄豪杰，指科举上、仕途上成名的人物。［18］元：元气淋漓，充满生命力的样子。［19］天衢（qú）：天空寥廓。

今译

壬午年（1222）十一月十五日，羊城举人李昴英西游到了飞来峡，小船靠近飞来寺，牢牢系住。这天晚上，风儿劲吹，浪涛怒号，风儿所吹过之处都发出激战般的声音，又如同蛟龙、鼋鼍翻腾着与小船摩擦碰撞，一直到天明，都不能稳稳入睡。次日就是十六日，提起衣襟登上飞来寺，看见寺庙的种种神迹，密密麻麻地公开展示出来，真的没有欺骗我呀。哎呀，这座寺庙是怎么来到这儿的！这里环境奇绝、景物漂亮，千姿万状，神仙也喜爱来到这里，那么，途经此处的士子，也注定是不凡的了。我也很快就要手捧青山的青、啜一口江水的绿，感到与山水都甲于天下，实际上是由于人杰和地灵。于是，我写下了如下的诗句。

这一道北江穿行在山间，直通向京城，
多少成功者都是从这条水路走出去。
他们会传给我一双元气淋漓的翅膀，
借助好风必将飞上寥廓的天空。

游峡山和东坡韵

解题

本诗选自《文溪存稿》卷十三，作于广东清远飞来峡，跟前一首小诗是同时写作的，但观察与写作的切入点迥异。所谓“和东坡韵”，所和者乃是苏轼的《峡山寺》诗。东坡游此地作《峡山寺》诗，后人多有和韵之作。清远飞来峡的飞来寺，又称“峡山寺”，这两个名称并行于世，众人习以为常，故苏轼诗中所咏的对象是非常清晰的。飞来寺附近有一个和光洞，相传为安昌期归隐处。此诗通过叙写游览峡山的所见所闻，流露出李昴英对归隐山林的向往之情，与前作的锐意仕途判然有别，可以从中窥见作者内心的不同面向。因此，我们不妨用孟子所言“穷则独善其身，达则兼善天下”的表述来推测一二，或许李昴英此时此刻因首次科考失利而产生了某种不祥之感。万一真的无缘科第，那该怎么办呢？大可以用“平生癖幽壑”这样的话头来做自我说解吧。这首诗大有“少年老成”的味道，与前后二诗在风格、趣味上有所不同，恰可视为探究他的隐秘心理的一个有趣的样本。至少从他中年以后不甚介怀仕宦，乐游岭南山水的行为中，我们不应忽视他早年“平生癖幽壑”这一远因。

双虬[1]挟泓玉[2]，奥[3]入百转湾。

向[4]无长公[5]诗，草木今何颜？

此山二百年，偃蹇客[6]往还。

长风驾余舟，老人急开关[7]。
逢迎欠[8]高僧，喜有识面山。
平生癖[9]幽壑[10]，便合[11]茅三间。
君命[12]何敢留，归棹随赐还[13]。
惭愧和光翁[14]，笑指青童鬟。

注释

[1]双虬：形容两岸青山连绵高耸、蜿蜒而来的样子。虬，古代传说中有角的龙，指山石崎岖峥嵘。 [2]玉：比喻江水。 [3]奥：深。 [4]向：假如。 [5]长公：指苏东坡。“长公”是对人兄长的尊称。古代排行居长者称长公，东坡排行居长，人称苏长公。 [6]偃蹇客：潦倒落魄的旅人。 [7]开关：打开门。 [8]欠：没有。 [9]癖：嗜好。 [10]幽壑：深谷、深渊，借指山林。 [11]合：应该。 [12]君命：皇帝的命令。 [13]随赐还：随着赏赐回归乡里。此处用李白典。天宝三年（744），唐玄宗将李白“赐金放还”，后人遂代指受赐还乡。 [14]和光翁：指安昌期。安昌期，昭州恭城（今属广西）人。宋仁宗皇祐间进士。初为横州永定尉，以事罢官，遂不再出仕，独与小童游广东，放旷山林间。曾指小童对人曰：“勿轻此童，它日与吾偕隐。”宋英宗治平二年（1065），安昌期游峡山寺，谓僧曰：“久闻山中有和光洞，故来游。”遂与小童俱往，数日不返。僧疑为虎所食，遍寻不见。于洞前石壁上得诗曰：“蕙帐将辞去，猿猱不忍啼。琴书自为乐，朋友孰相携。丹灶非无药，青云别有梯。峡山余暂隐，人莫拟夷齐。”后署“前横州永定县尉安昌期笔”。世人遂称安昌期

为“和光翁”。其事见宋洪迈《夷坚志》甲志卷八。

今译

高耸连绵的两岸青山，挟带着一泓碧绿如玉的江水，转过千百道深湾。

如果没有苏东坡的诗句，世人怎能见识到飞来峡一草一木的真面目呢?

二百多年来，有多少潦倒落魄的旅人经此处南来北往。

远风推着我的小舟来到此处，老人急忙打开寺门。

迎接我的虽没有那得道高僧，但欣喜的是能亲眼见识这一座座青山。

我平生嗜好山水，便想在这儿应该有茅屋数间了。

纵有皇上的任命，又如何敢留连官场，遥想李白当年，归舟载着赏赐而还，是多么惬意啊。

一想到安昌期与小童一起归隐，同游和光洞，我此时此刻倒真产生惭愧之感了。

延伸阅读

宋苏轼《峡山寺》：“天开清远峡，地转凝碧湾。我行无迟速，摄衣步孱颜。山僧本幽独，乞食况未还。云碓水自舂，松门风为关。石泉解娱客，琴筑鸣空山。佳人剑翁孙，游戏暂人间。忽忆啸云侣，赋诗留玉环。林深不可见，雾雨霾髻鬟。”（孔凡礼点校《苏轼诗集》，中华书局，1982年，2063～2064页）

登峡山疾风甚雨

解题

本诗选自《文溪存稿》卷十五，作于广东清远飞来峡，与前二诗同时作。诗中描绘了作者登峡山途中遇到的疾风骤雨，奇丽奔放，气势撼人。飞来峡飞峙江边，壁立千尺，山势崎岖雄伟，江流有声，这对于生长在番禺平原地带的李昴英而言，无疑是震撼的。这一强烈感受，又因此时此刻猛然袭来的暴风骤雨加倍猛增，因此，他突然产生了一种错觉——飞来寺本就是这副“暴烈”面貌吧，如果将王羲之他们优雅从容的兰亭曲觞移到这儿，那将是一幅怎样的画面啊。全诗以气运笔，酣畅淋漓，而末句逆笔成趣，扩大了读者的想象空间，允称佳作。

长风吹裂碧云堆，卷取银河泻下来。
雨搅犀潭[1]千尺浪，烟遮龙窟[2]一声雷。
松翁偃盖[3]岩隈[4]立，猿女[5]穿萝洞里回。
旧事兰亭[6]好拈出，婆娑[7]溪曲共流杯[8]。

注释

[1] 犀潭：犀牛潭。相传昔日昆仑奴献犀牛，沉此，故名。又名金锁潭。 [2] 龙窟：即龙磨角石，在飞来峡口水中。 [3] 偃盖：形容松树枝叶横垂，张大如伞盖之状。 [4] 隈（wēi）：曲深处。

［5］猿女：雌猿。峡山有归猿洞。据唐代传奇《孙恪》言，唐代宗时，孙恪在洛阳纳袁氏女为妻，十余年后同至峡山寺中，袁氏化为雌猿逐伴而去。宋苏轼《峡山寺》原注："传奇所记孙恪袁氏事，即此寺。至今有人见白猿者。" ［6］兰亭：指浙江绍兴西南的兰亭。东晋永和九年（353）三月三日，王羲之等四十一人修禊于此，赋诗若干，王羲之作《兰亭集序》。 ［7］娑娑：流滴貌。 ［8］流杯：将杯盘置水上，顺水而下，饮者随意取饮。晋王羲之《兰亭集序》："又有清流激湍，映带左右，引以为流觞曲水，列坐其次。"

今译

大风吹裂了碧空中堆叠的云层，裹挟着银河倾泻下来。

暴雨搅动着犀牛潭，激起千尺高浪；烟雾遮蔽了神龙窟，忽听一声响雷。

松树树冠如盖，仿佛老翁手持伞盖站在岩边；雌猿穿过藤萝回到洞里，恍若传说中的猿女归来。

很应该效法当年兰亭曲觞的雅事，在溪流浮杯共饮。

雨行梅关二首

解题

本诗选自《文溪存稿》卷十七，作于宋理宗淳祐六年（1246）六月。淳祐六年春，李昴英受诏前往临安就职。他带着次子李守道、同郡友人张逢午往临安方向迤逦而行，一路上也曾偶尔游览名胜，如五月过南华寺，作诗五首；六月，雨中过梅关，作诗二首。梅关位于江西大余与广东南雄交界处的大庾岭上，因岭上梅树众多而得名，又称“梅岭”；因地处大庾岭，故又名“庾岭”。梅关北距大余县城约十千米，南距南雄府城约二十千米。有一条古道翻越大庾岭，沟通江西与广东，称“赣粤走廊”。古代中原通往岭南有三个走廊，分别是湘桂走廊、湘粤走廊和赣粤走廊，赣粤走廊即梅关古道。梅关古道，传说是唐代名相张九龄主持开通的，是目前全国保存得最为完整的古驿道，古道宽约六尺，路面整齐地铺着鹅卵石，道旁灌木丛繁茂青绿，两侧山崖树木葱茏，层峦叠翠，颇饶移步换景之胜。作者以清奇的笔调描绘梅关古道物候的奇瑰，从暑气已满的南粤大地猛地登上高近千米的梅岭，气温陡降，天地万物仿佛因寒冷而冻结，密布的乌云如同凝结不动的山水画屏。又因为岭上普降雨水，气温较为一致，花朵这时候倒是在同一时间绽放，好像是花神有意让花香陪伴前行。雨中漫行，花香四溢，别有一番情趣。作者充分运用拟人手法，将自己对于梅关古道、夏雨、花香的审美感受，都作了高度人性化的互动描写，笔触灵动柔美，情境摇曳生姿。

其一

浓岚[1]四合[2]冻云[3]痴[4]，水墨连屏[5]斗崛奇。
冲[6]雨此行风景别，满山翠滴水帘垂。

其二

通宵雨滴急催梅，枝北枝南晓尽开[7]。
多谢花神好[8]看客，随车十里雪香[9]来。

注释

[1]岚：山间的雾气。 [2]四合：四面围拢。 [3]冻云：严冬的阴云，指乌云密布。 [4]痴：持久不散，凝结，停止。 [5]连屏：屏风的一种，系由多扇组成，可以折叠闭合。也称“围屏”。 [6]冲：冒，迎着。 [7]“枝北”句：《白孔六帖·梅》载，“大庾岭上梅，南枝落，北枝开”。梅岭的梅花，因岭上南、北向气温相差大，一般是南枝先开，北枝后开。晓，天明。 [8]好：喜欢。 [9]雪香：指梅花的香气。

今译

其一

浓厚的山雾从四方聚拢而来，严冬的天空一直阴云堆积，
云雾笼罩的雨中山岭竟呈雄奇，如同连屏的水墨画。
此行冒雨，别有一番风景，

满山苍翠欲滴，山雨细密如同垂下的水帘。

其二

通宵的雨水急急地催促着梅花，
天明时分枝北枝南的花都开了。
多谢司花之神对看客的钟意，叫梅花一起开放，
使得我行车十里一路上都有梅香相随。

延伸阅读

唐宋之问《早发大庾岭》：“晨跻大庾险，驿鞍驰复息。雾露昼未开，浩途不可测。嵥起华夷界，信为造化力。歇鞍问徒旅，乡关在西北。出门怨别家，登岭恨辞国。自惟勖忠孝，斯罪懵所得。皇明颇照洗，廷议日纷惑。兄弟远沦居，妻子成异域。羽翮伤已毁，童幼怜未识。踌躕恋北顾，亭午晞雾色。春暖阴梅花，瘴回阳鸟翼。含沙缘涧聚，吻草依林植。适蛮悲疾首，怀巩泪沾臆。感谢鹓鹭朝，勤修魑魅职。生还倘非远，誓拟酬恩德。”（《全唐诗》卷五十一，清刻本）

唐宋之问《度大庾岭》：“度岭方辞国，停轺一望家。魂随南翥鸟，泪尽北枝花。山雨初含霁，江云欲变霞。但令归有日，不敢恨长沙。”（《全唐诗》卷五十二，清刻本）

云封寺二首

解题

本诗选自《文溪存稿》卷十七，作于宋理宗淳祐六年（1246）六月。云封寺，又名“挂角寺”，一本作“雪封寺”，误。云封寺位于江西大余县梅关古道旁，相传是为纪念六祖惠能而建的。《坛经》：“惠能辞违祖已，发足南行。两月中间，至大庾岭，逐后数百人至，欲夺衣钵。”古驿道旁至今遗留衣钵石、卓锡泉。岭南信众在衣钵石、卓锡泉旁建梅花院，立六祖塔。因其终年云雾缭绕，宋真宗大中祥符三年（1010）奉旨改名“云封禅寺”。朝廷为纪念张九龄开凿梅岭古道的功绩，在云封寺内设曲江祠（又称“文献公祠”），供奉张九龄像，终年祭祀不绝。传说，祠内还珍藏张九龄《千秋金鉴录》写本，弥足珍贵。自此以后，云封寺渐渐成为纪念张九龄的专祠。另外，民间关于云封寺的传说也很多。其中有一则是说，在梁武帝时峡山山神（即黄帝二庶子太禺、仲阳）将舒州上元延祚寺迁移至清远飞来峡，可在南迁时，一角挂于梅关，化为挂角寺。又有一则传说，在南唐的时候，江西大余县丫山灵岩古寺的开山祖师来到广东翁源化缘，一员外施舍百间房屋。祖师用神通将其运回大余，行在空中，却见一弟子在梅山修行，尚无安身之处，当即以神杖敲落一间，安在此处，即成寺院，遂名“挂角寺”。清代大学者杭世骏曾主讲广州越秀书院，途经云封寺，作《庾岭云封寺》曰：“一角谁移海外踪，飞来仍挂最高峰。云头试想山僧问，写下白云封几重？”此诗就用了“挂角”的传说，颇有趣味。李昴英行到云封寺，自然是从容游赏，细细品味一番。其《云封寺二首》用极其鲜明的“他者”眼光和语气来描绘他初到梅关的感受：从张九龄主持开通梅关古道，到六祖惠能创立“中国化”的禅宗；梅关作为江西与广东省界的“显性界限”，从深层次划分了广东人体感上的“南”与“北”，即梅关古道上的树荫清凉，昭示南方暑气全消，北方凉意沁人肌肤；梅关潺潺流水，又显示广东水量丰沛，行人不会出现北方人常遇见的干渴，再也不用提起“望梅止渴”的趣事。其二末句反用典故，幽默诙谐，文雅纡徐，纯是宋诗作派。

其一

凿通危石张文献[1]，勘破禅关卢祖师[2]。
奇事已堪[3]夸北客，梅花先暖亦南枝。

其二

征舆[4]六月度梅关，大地清凉树影斑[5]。
行客不须梅止渴[6]，流泉到耳冷潺潺。

注释

［1］“凿通”句：唐代名相张九龄主持开凿了梅岭驿道。文献，张九龄的谥号。张九龄是韶州曲江（今广东韶关）人，唐朝开元时名相，在他的主持下，工匠们在梅岭群山开凿山石，修驿道，立雄关，植松梅，梅岭便成为“迢迢古道通南北，巍巍雄关壮五岭，梅花万树诗千韵”之地，得“盛、奇、雅”三绝之名。危，高耸而险峻。

［2］“勘破”句：指六祖惠能参破文字禅，创立禅宗。勘破，佛教用语，参透，参破（佛理）。卢祖师，六祖惠能，俗姓卢，唐僧人，生在岭南新州（今广东省新兴县）。中国禅宗杰出大师，为第六代祖。在曹溪南华寺大倡顿悟法门，主张不立文字，直指人心，见性成佛，取代烦琐的义学，形成影响久远的南宗禅，最终成为中国禅宗的主流。［3］堪：可以，足以。［4］征舆：外出远行之人所乘的轿子。［5］斑：指树投下的影子。［6］“行客”句：出梅关古联“梅止行人渴，关防暴客来”，反用“望梅止渴”的典故，颇见奇趣。行客，旅客，经过此地的游客。

今译

其一

凿开山石修建驿道的有名相张九龄，
顿悟法门创立禅宗的有高僧卢祖师。
这些岭南奇事已经足以向北方的人们夸耀，
（况且）梅花也是南边的树枝先开花的。

其二

旅途的车马在六月经过梅关，
大地清凉，树影斑斑。
旅客不需要梅子解渴，
泉水潺潺的声音传到耳中令人感到清凉。

送子先贤归南海

解题

本诗选自《文溪存稿》卷十五，作于宋理宗宝祐元年（1253），李昴英时年53岁，在江西宪使兼知赣州任上。李守道，字先贤，又字尚翁，号涧泉。娶崔与之女。曾就学国子，但一直未能考取功名，李昴英几年后作的《送次儿解试》一诗，就提及守道四度出入科场的情形，按诗中自注的说法是："国子监中者一，台谏及者三。"他最后以父荫官文林郎，赐紫金鱼袋。宋度宗咸淳四年（1268），赴任福州，行至广东海丰县北新街，不幸病逝，年仅四十岁。宋理宗淳祐六年（1246）二月，李昴英就任京官，就是带着守道上路的。广东英德南山摩崖石刻有其留题："番禺李昴英携儿守道、友张逢午来游。淳祐六年二月十八日。"淳祐十年（1250）二月，李昴英意外获得崔与之为太学生时的手稿，喜题跋文一则，末言："持此授儿子守道；守道亦就试，且婿菊坡之门，公手泽宜归之。"这次赴赣州任职，他也将守道带在身边。之所以这样做，就是为了在官事之余，辅导儿子的学习功课，以便儿子应对科试，谋取功名。在守道离开赣州回家准备参加科举考试之时，李昴英特赋诗壮行，在诗中表达了对于儿子科举成功的殷切期望，同时希望儿子在学问上不断追求，有所成就。此诗以极其平实的语气表达叮嘱、祝福、期待等，抒发了一个老父亲对儿子的深沉的爱与关怀。最后，他叫儿子回家后吩咐仆人将钓鱼矶擦干净，等待他随时辞官归家，蓑衣斗笠一钓翁，了却平生。这一"未来的想象"，并非不满于官场、厌倦宦情，而是用来鼓励儿子的。因为儿子科举成功，才能入仕为官，养亲娱老，自己才能颐养天年，优游林下。此诗直面科举社会中个人选择与前途的“唯一性”困境，指出应以咬紧牙关、奋勇向前的勇猛精神，去打通人生的坦途。这对于读者而言，具有一定的启迪意义。

束书[1]相伴到江西，我尚濡留[2]子遽[3]归。
轮角[4]难生催别斝[5]，刀头[6]欲折为斑衣[7]。
功名有分[8]须如意，学问无穷更造微[9]。
若到家林[10]遇奴辈[11]，先教拂拭钓鱼矶[12]。

注释

[1]束书：背起书本。 [2]濡（rú）留：滞留。 [3]遽：匆匆忙忙。 [4]轮角：亦作“稜角”，本指物体的边角或尖角，喻锋芒，显露出来的才干。 [5]斝（jiǎ）：古代青铜制的酒器，圆口，无流，三足，用以温酒。后指酒杯。 [6]刀头：《汉书·李陵传》载，李陵兵败投降匈奴，汉廷派遣任立政等三人前去谈判，试图说服匈奴放回李陵，可匈奴不让他们单独见面。“立政等见（李）陵，未得私语，即目视陵，而数数自循其刀环，握其足，阴谕之，言可归还也。”“环”与“还”同音，后以“刀环”为“还乡”的隐语。汉无名氏东府诗“藁砧今何在？山上复有山。何当大刀头？破镜飞上天”。 [7]斑衣：彩衣，传说中老莱子七十岁仍穿彩衣娱亲，代指孝养父母。 [8]功名有分：指科举考试能考上。功名，科举功名。有分，有缘分。 [9]造微：达到精妙的程度，一般指学问、工艺等方面。 [10]家林：自家的园林，指自已家。 [11]奴辈：

家里的佣人。［12］矶：水边突出的岩石，极方便钓鱼，人多称“钓鱼矶”或“钓矶”，代指辞官归隐。

今译

（你啊）背起书本伴随着我来到江西，
我现在仍滞留在江西，你就要匆忙赶回（番禺）。
尽管你尚未称得上头角峥嵘，却要离开我，赶回去参加科举考试，
回去的目的就是考上功名，养亲娱老。
科举功名如真有缘分就应努力考上，
但学问却是无尽头的，一定要精心钻研。
一旦到家，就要吩咐家奴，
赶紧擦洗干净钓鱼矶，等待我回家安享晚年。

延伸阅读

宋李昴英《送次儿解试》：“四度戕名达帝聪，（自注：国子监中者一，台谏及者三。）布衣便有此遭逢。吾家积庆为心印，一战收功在笔锋。举子头场关荐鹗，时文手段要屠龙。庭前手植森森桂，飞捷今秋好事重。”（李昴英撰，杨芷华点校《文溪存稿》，暨南大学出版社，1994年，第172页）

景泰寺

解题

选自《文溪存稿》卷十四，作于李昴英晚年归隐羊城之时。景泰寺位于广州白云山西麓的景泰坑。据说，这里原是一个普通的荒山坑，南朝梁代的罗浮山景泰禅师接受广州刺史之请，来广州择地建寺弘法。景泰禅师花费了一段时间看遍了广州内外，发现此处松柏参天，花香鸟鸣，俨然一派仙境气象，于是在此处建南楼寺，俗称“景泰寺”。经李昴英等人品题，景泰寺得以名列元代“羊城八景”之一，号“景泰僧归”。此诗极写登高望远之致，举目远望，但见夕阳西下，乌鸦竞逐；西风低吼，鸿雁和鸣；瀑布泻下，发出雷鸣般的水声；松涛阵阵，声震半空，仿佛一片方外净土。全诗直用白描，平易如话，词气畅旺，读来朗朗上口。

树合[1]疑山尽，攀缘[2]有路通。
远鸦追夕照[3]，低雁压西风。
瀑势雷虚壑[4]，松声浪[5]半空。
凭栏僧指似[6]，涨雾[7]是城中。

注释

[1] 树合：出自唐孟浩然《过故人庄》“绿树村边合”，形容树

从在远方融为一体。合，合为一体，无法分辨。［2］攀缘：攀援，攀爬。［3］夕照：夕阳，落日。［4］“瀑势”句：山壑间泻下瀑布，发出雷鸣般的水声。李昴英《贺新郎·丙辰自寿，游景泰小隐作》有“看涧底、飞泉珠颗”句，可参看。［5］浪：一阵阵浪涛般的松涛声。［6］指似：指指点点，指给人看。［7］涨雾：（南边靠海的广州城）笼罩在弥漫开来的雾气中。

今译

绿树在远方山边融为一体，沿着山路攀爬，可以到达景泰寺。

渐飞渐远的乌鸦追逐着西下的夕阳，低空掠过的大雁似乎把咆哮的西风压下来了。

山谷间浩大的瀑布飞泻而下发出雷鸣般的声响，阵阵松涛声响彻半空。

凭栏处顺着僧人手指的方向，南边那片弥漫开来的海雾笼罩了广州城。

延伸阅读

宋李昴英《贺新郎·丙辰自寿，游景泰小隐作》：“天地中间大。纵遨游、登山临水，散人一个。学《易》已来秋又六，肯趁名缰利锁？得日日、安闲笑过。金马玉堂也曾到，尽不妨、拍手溪头坐。风箬笠，月兰舸。　　今朝记是初生我。近小春、黄菊犹葩。早梅将朵。拔宅危颠穷胜践，指点尘寰蚁磨。看涧底、飞泉珠颗。松柏苍苍俱寿相，更千年、雪鹤鸣相和。安期老，举杯贺。”（李昴英撰，杨芷华点校《文溪存稿》，暨南大学出版社，1994年，第204页）

文溪词选读

摸鱼儿·送王子文知太平州

解题

本词选自《文溪存稿》卷十八，当作于王埜出知太平州临别之时。王埜，字子文，南宋大儒真德秀的弟子，一生尊崇朱熹之学，是南宋中后期“主战派”的代表人物。这首送别之歌，抒发了对“主战派”同道远去的依依不舍之情。作者既喜长江防线得王埜主持而愈加巩固、百姓为之昭苏，更为王埜工作、娱亲两不误而感到高兴，惜别之中别有一番怀抱。《摸鱼儿》，词牌名。唐代教坊曲有《摸鱼子》，久已失传，北宋中期始有词家据旧谱新制《摸鱼儿》，现存最早的作品为欧阳修所作，而以晁补之《摸鱼儿·东皋寓居》为正体。晁词有“买陂塘、旋栽杨柳”句，故词家又多亦名“买陂塘”“陂塘柳”“迈陂塘”等。正体双调一百十六字，前阕十句六仄韵，后阕十一句七仄韵，节律起伏，音韵流美，别有一种幽咽之情，故清万律《词律》云：“《摸鱼儿》调最幽咽可听，然平仄一乱，便风味全减。”宋人甚喜此调，广泛运用于写景、抒情、咏物、酬赠、祝颂等题材范围，名作纷呈，此词便是其中的佼佼者。太平州，宋太宗太平兴国二年（977）南平军升格为州，获赐年号首二字为州名，治所在今安徽当涂，辖今当涂、马鞍山、芜湖、繁昌等地。

怪朝来[1]片红[2]初瘦，半分[3]春事[4]风雨。丹山碧水含离恨，有脚阳春[5]难驻。芳草渡，似叫住，东君[6]满树黄鹂语。无端[7]杜宇[8]，报采石矶[9]头，惊涛屋

大[10]，寒色[11]要春护[12]。　阳关[13]唱，画鹢[14]徘徊东渚[15]。相逢知又何处？摩娑[16]老剑[17]雄心在，对酒细评今古。君去此，几万里，东南只手擎天柱[18]。长生寿母[19]，更稳步安舆[20]，三槐堂[21]上，好看彩衣舞[22]。

注释

[1]朝来：早晨。　[2]片红：残花。　[3]半分：对半分开。　[4]春事：春意，春色。　[5]有脚阳春：有德政的地方长官移任他地，犹如和煦阳光。语出五代王仁裕《开元天宝遗事》：“宋璟爱民恤物，朝野归美，时人咸谓璟为有脚阳春，言所至之处，如阳春煦物也。”　[6]东君：春天之神。　[7]无端：没有来由地，无缘无故地。　[8]杜宇：杜鹃，又名布谷鸟。传说杜宇是上古时代蜀地的一个帝王，死后化为鸟，由于思念故土，整天鸣叫“不如归去”，以至于嘴角啼出了血。　[9]采石矶：又名牛渚矶，在今安徽马鞍山翠螺山西麓，绝壁临江，是诗人登临吟咏的胜景，传说李白常行吟此处，最后留下“醉酒捉月，骑鲸升天”的传说。这里更是古来兵家必争之地，宋高宗绍兴三十一年（1161），虞允文曾在此大败金兵，史称“采石之战”。　[10]屋大：像房屋那么大。唐陆龟蒙《峡客行》：“蛮溪雪坏蜀江倾，滟滪朝来大如屋。”　[11]寒色：寒冷的景物。　[12]春护：春天温暖的呵护。宋徐似道《白龙洞》：“水花照眼明金鲫，石发藏春护玉虬。”　[13]《阳关》：即《阳关三叠》。根据王维《送元二使安西》谱曲而成，是送别曲的代表性作品。　[14]画鹢（yì）：船头画着鹢鸟的形状，代指船。汉刘安《淮南子·本经训》：“龙舟鹢首，浮吹

以娱。”汉高诱注：“鹢，大鸟也。画其像着船头，故曰鹢首。” ［15］东渚：指翠螺山。此山西北面临大江，三面为牛渚河环抱，犹如一只巨大的碧螺浮在水面，因此得名。又传说上古时曾有金牛在此出渚，故又名“牛渚山”，采石矶也称“牛渚矶”。 ［16］摩娑：用手抚摸。 ［17］老剑：剑锋变钝了，不再锐利了，喻人老意荒。 ［18］擎天柱：古代传说中能撑起天的巨柱，常比喻挽救困局、转危为安的重要人物。 ［19］长生寿母：给高寿的老母亲祝寿。 ［20］安舆：专给老人乘坐的平稳的车子。《新唐书·赵隐传》：“懿宗诞日，宴慈恩寺，（赵）隐侍母以安舆临观，宰相方率百官拜恩于廷，即回班候夫人起居，搢绅以为荣。”《江南通志》记王母懿行云：“王埜母郑氏，吴郡人。埜以父介荫历官浙漕，忤权贵丁大全，尝被论。埜以母年老，托言改除，母曰：‘我已知之。昔汝父以忤时相去国，汝又如此，我方喜耳，何忧？’” ［21］三槐堂：史载周朝宫廷外植有三株槐树，百官朝见天子时，最高官位的三公都面槐而立，故古人以“三槐”代指三公。宋初王祐手植三槐，希望子孙能显宦，次子王旦果然当上了宰相，苏轼为赋《三槐堂铭》。王埜之父王介仕至宝章阁待制，王埜先因父荫补官，后更中进士，渐得重用。此以“三槐堂”誉王埜出身文华之家。 ［22］彩衣舞：《艺文类聚》卷二十引《列女传》：“老莱子孝养二亲，行年七十，婴儿自娱，著五色采衣，尝取浆上堂，跌仆，因卧地为小儿啼，或弄乌鸟于亲侧。”后人以“彩衣舞”指孝养父母。

今译

一早醒来，见花儿纷纷萎悴、凋谢，我感到异常讶异，原是昨晚一阵春雨摧损了大半的春色。青山绿水饱含离别的愁绪，这样好的长官终究要走了。离别的渡口，芳草萋萋，好像能叫住春神的是那满树黄鹂悦耳的鸣啼声。杜鹃没来由的悲啼声，报告采石矶头的惊涛骇浪，犹如房屋那么大，寒冷的物色，看来应该要有春天温煦的呵护，才能变得温暖起来。　　饯别宴上骊歌唱起，客船即将起航，向东驶去。这一别，我们不知会在哪儿相逢。我们摩娑着渐渐失去锋芒的宝剑，但雄心犹在，面对着酒樽细细评说古今兴废、英雄成败。你这一去，整个东南政局，都靠你支撑起来了。（你的新任所离家很近，）可以给老母亲祝寿。用蒲轮安车载母亲出入，在家中尽孝心侍养老人。

延伸阅读

周锡馥《李昴英〈摸鱼儿·送王子文知太平州〉赏析》：“（全词）大体写得不错，而尤以上半阕为佳：跳荡转折，情景相生，感喟甚深，境界亦大。下阕上半则富雄直之气，大有‘莫愁前路无知己，天下谁人不识君’之概。作为一首送别词，它……密切结合当前景色与情事，大处着眼，细心落笔，把私人离合之感与整个社稷安危联系起来，融‘小我’入‘大我’，使作品（就前面大半而言）保持旺盛气势和较高的格调，应当说是颇为不易的。这正是作者胸襟抱负与艺术手腕不凡之处。”［唐圭璋等著《唐宋词鉴赏辞典》（“南宋·辽·金”卷），上海辞书出版社，2016年版，第1984～1985页］

瑞鹤仙·甲辰灯夕

解题

本词选自《文溪存稿》卷十九，作于宋理宗淳祐四年（1244）正月十五日元宵夜，李昴英时年44岁。此词以秾艳的笔墨描绘了广州城热闹非凡、珠光宝气的元宵夜，又按自己目光所见，由大到小观察，亦即从宏大的节庆场面，渐渐过渡到市民的个人情趣，井然有序，娓娓道来，愈见工妙。全词用异常感性的语汇，形容个人参与热闹的节日里的种种感受，广州城是玉城，是不夜天；月亮像是玉璧，皎洁、明亮而冰凉；本是静止的庞大的鳌山仿佛飞腾起来，化静为动；南方的温暖，不仅身体能感知，连桃树、柳树也竞相抽芽、开花，展现春天的到来。而元宵节民俗，在词中一一展示开来，色彩缤纷，妙趣多多，简直是目不暇接，手、眼、脚、嘴、心怎么也不够用了。绚丽的“俗色”，就这样熏染了全篇，世俗生活顿时变得活色生香起来。灯夕，元宵节，正月十五夜。

玉城[1]春不夜[2]。映月璧寒[3]流，烛蕖[4]光射。鳌山[5]海云驾，拥遨头箫鼓[6]，锦旗红亚[7]。东风近也。趁乐岁[8]、良辰多暇[9]。想阳和[10]、早遍南州[11]，暖得柳娇桃冶。　堪画。纱笼[12]夹道，露重花珠，尘吹兰麝[13]。歌朋舞社[14]。玉梅[15]转，斗蛾[16]要。且茧占[17]先探，芋郎[18]戏巧，又卜紫姑[19]灯下。听欢声、犹自未归，钿车宝马[20]。

注释

[1]玉城：玉砌的城市，代指仙境。 [2]不夜：不夜天，指夜间天光璀璨，仿佛白天一样。 [3]璧寒：如玉璧一样的圆月。 [4]烛蕖（qú）：烛光。蕖，荷花的别名，指烛台。 [5]鳌山：古代元宵节布置花灯，叠成鳌形，高峻如山，称“鳌山”。《大宋宣和遗事·亨集》：“自冬至日，下手架造鳌山高灯，长一十六丈，阔二百六十五步；中间有两条鳌柱。” [6]遨头箫鼓：地方长官与民同乐。遨头，四月浣花节，宋代一些州府知州领头出游，士女纵观，人们喜称知州为“遨头”。后来也指领头行乐的人。宋陆游《老学庵笔记》卷八：“四月十九日，成都谓之‘浣花’，遨头宴于杜子美草堂沧浪亭，倾城皆出，锦绣夹道，自开岁宴游至是而止。”遨，游行。箫鼓，泛指乐舞。 [7]亚：压，自然垂下。 [8]乐岁：丰年。 [9]暇：闲暇，从容。 [10]阳和：春天的温暖感觉，指春天。 [11]南州：南方的州府，指广州。 [12]纱笼：用纱扎制的灯笼。 [13]兰麝：兰、麝香，指名贵的香。 [14]歌朋舞社：指民众成群结队表演歌舞。朋，侣，一起。社，社团，古人喜欢结社，钻研技艺，加强交流，共享众人之乐。 [15]玉梅：人工制作的白绢梅花。古代元宵节的节物尚白色，每年正月十四、十五、十六日夜，青年妇女盛行戴玉梅，以为应时的头饰。届时，街头巷陌，皆有售卖。宋孟元老《东京梦华录》“正月十六日”条：“市人卖玉梅、夜蛾、蜂儿、雪柳、菩提叶。” [16]斗蛾：元宵出游，人们喜头戴蛾儿戏火的装饰，其状为飞蛾、蝴蝶或蚂蚱的形状，大如掌，小如钱，也称“闹嚷嚷”。 [17]茧占：古代正月十五日夜，人们喜抟米、麦粉成蚕茧的形状，书事置于其中，以占来年的吉凶。 [18]芋郎：一种食品，抟芋酥成男子的形状，人们诙谐地称其为“芋郎君”。

[19] 紫姑：即“紫姑卜”，古代女子在正月十五这天先将扫帚或者簸箕穿戴上女性衣服，然后奉至厕所或猪圈旁迎来紫姑神，供果拜祭，之后根据其跳跃、倒下的姿态以占来年凶吉，或以两名小童扶其形，在灰盘或沙盘上写字画画，以断吉凶。紫姑，又名“子姑”，古代传说中的厕所神。 [20] 钿（diàn）车宝马：华丽的车、珍贵的宝马，指考究的车骑，亦即辛弃疾《青玉案·元夕》中的“宝马雕车”。钿，器物上镶嵌的金属、宝石、贝壳等，表示珍贵华美。

今译

这广州城如同仙境一般，简直就是不夜城啊。明亮的月光像是玉璧一样流下冷冷的光亮，与市面的烛光相映成趣。鳌山四周簇拥着海雾，就像飞在空中。民众欢聚在长官周围，欣赏欢乐的歌舞，红红的锦旗袅袅垂下。趁着丰年的好光景好好享受这闲暇的时光。想象一下春天的暖意，早已洒遍南方大地了吧，桃树、柳树也随之提前抽芽、开花，展现艳丽的姿容。 这场面真值得绘入画中。街道两旁挂满纱灯笼，花饰娇艳欲滴，灰尘随着一阵香气轻轻飘起。民众一起唱歌跳舞。有的斜插玉梅，有的耍闹蛾，争奇斗艳。暂且先试试占茧卜，又拿来新奇的芋郎占占卜，又在灯下占紫姑卜。听到这欢声笑语，大家都驾着香车宝马，不忍回家。

水调歌头·题斗南楼和刘朔斋韵

解题

本词选自《文溪存稿》卷十九，作于刘震孙（号朔斋）自宋理宗宝祐三年（1255）至四年（1256）提举广东常平期间，系和刘震孙原韵。可惜刘氏原作不存，无由窥见其风貌，估计也是如李作这样描写登高远眺、游目骋怀的放旷之情。此时，作者正在京城任职，听闻刘震孙在广州政绩卓著，不禁大喜，遂填词颂扬，通过奇幻的艺术想象，涂抹出广州近乎仙境般的生机勃勃、五彩斑斓的景象，读来令人为之神往。周笃文在《宋百家词选》中说李昴英《水调歌头·题斗南楼和刘朔斋韵》"可与柳永西湖之词，东坡赤壁之咏，鼎足而三"，论者是之。斗南楼，在广州府治后山，建于宋徽宗建中靖国年间，颇得观山览海之胜。

万顷[1]黄湾[2]口，千仞[3]白云[4]头。一亭[5]收拾，便觉炎海[6]豁清秋。潮候朝昏来去，山色雨晴浓淡，天末[7]送双眸。绝域[8]远烟外，高浪舞连艘[9]。　风景别，胜滕阁[10]，压黄楼[11]。胡床老子[12]，醉挥珠玉[13]落南州。稳驾大鹏八极[14]，叱起仙羊五石[15]，飞珮[16]过丹丘[17]。一笑人间世，机动早惊鸥[18]。

注释

［1］万顷：面积辽阔。顷，古代土地计量单位，一顷等于一百亩。［2］黄湾：广州黄埔的黄木湾，为珠江口的一大港湾，可停靠巨轮。韩愈《南海神庙碑》：“扶胥之口，黄木之湾。”［3］千仞：极高。仞，古代高度计量单位，七尺或八尺为一仞。［4］白云：白云山，位于广州城北。［5］一亭：指斗南楼。《广东通志》说，登临此楼可“东瞰扶胥浴日之景，西望灵洲吞纳之雄，南瞻珠海，北倚越台，森列万象，四望豁然”。［6］炎海：南方的海洋。炎，暑热的南方。［7］天末：天际，天边。［8］绝域：遥远的异国。［9］连艘：中外商贸船只往来如织，仿佛连在一起，形容广州对外贸易极其繁盛。［10］滕阁：南昌的滕王阁，初唐王勃撰《滕王阁诗》并《滕王阁序》，名满天下。［11］黄楼：徐州的黄楼，因苏轼、秦观等人的题咏而名声大噪。［12］胡床老子：东晋庾亮镇守武昌，秋天登南楼，坐在胡床上与众人谈咏。《世说新语·容止》：“庾太尉在武昌，秋夜气佳景清，使吏殷浩、王胡之之徒登南楼理咏，音调始遒，闻函道中有屐声甚厉，定是庾公。俄而率左右十许人步来，诸贤欲起避之，公徐云：‘诸君少住，老子于此处兴复不浅。’因便据胡床，与诸人咏谑，竟坐甚得任乐。”胡床，可折叠的轻便坐具，据说自西域胡地传入。老子，自称，此处指刘震孙。［13］珠玉：形容言谈甚美，妙语连珠。［14］八极：八方最远处。［15］仙羊五石：指广州。传说初有五仙人，皆持谷穗，一茎六出，乘五羊而至。五羊五色，如五方。仙人衣服与之同色，赠穗予广人，飞升而去，羊留则化为石，广人即其地祠之。［16］飞珮：仙人的玉佩，佩戴上就可以飞翔。［17］丹丘：仙境。［18］机动早惊鸥：世俗人的心机会吓走鸥鹭。机，机心，欲望。反用《列子·黄帝》“鸥鹭忘机”之典。传

说某人爱鸥鹭，常戏于海边，鸥鹭能聚一百多只。

今译

往东眺望便是浩瀚无涯的黄木湾，向北遥望则是高高的白云山。登上斗南楼，览尽羊城美景，便觉得炎热的南方海滨顷刻间变得像是明净爽朗的秋天了。潮水早、晚涨涨落落，山色随着阵雨、日光变得浓淡不同，极目可望见天边。域外的商船在烟波浩渺的远处，迎着巨浪前行，仿佛连成一片。　　登上斗南楼所观赏到的胜景很特别，胜过滕王阁，力压黄楼。刘公就像庾亮当年一样，在此与宾僚尽兴谈吟，出语如珠。听来好像能稳稳地驾驭大鹏遨游天际，又能呵叱起石羊，佩戴仙人玉佩飞翔仙境。这么一想，反倒对人间的欲望横流感到可笑了，欲念一生，吓走了鸥鹭。

延伸阅读

邓建《南宋文人刘震孙生平考索》：“宝祐三年（1255）至宝祐四年（1256），提举广东常平。

“《乾隆广东通志》卷二十六‘职官志’载：‘提举常平……刘震孙，宝祐三年任。赵师光，五年任。’据知朔斋于宝祐三年提举广东常平，两年后去职，由赵师光接任。

“朔斋在提举广东常平任内，曾仿效苏轼当年在杭州蓄钱粮作病坊故事，创设慈善机构寿安院，为鳏寡孤独、病无所医者提供救助。宋李昴英有《寿安院记》，记之甚详。……据知朔斋所创寿安院，颇具规模，且设施完备，分工精细，诊必工，药必良，食必精，治愈则资助返乡，病故则敛瘞如法。朔斋之仁爱济民，于斯可见。”（邓建《南宋文人刘震孙生平考索》，《古籍整理研究学刊》，2012年第1期）

念奴娇·宝祐丁巳闰四月，偕十友避暑白云寺

解题

本词选自《文溪存稿》卷十九，作于宋理宗宝祐五年（1257）闰四月，李昴英时年57岁。李昴英是在本年八月初七日逝世的，如此算来，也就是说本词写在逝世前四个月。广州闰四月的天气，确实很炎热了，偕朋友一道前往白云山避暑，无疑是一桩美事。本词以闲淡的笔触描写了白云山的清净阴凉，这一体感特征迅疾转换为近乎禅宗的“泠然空寂”。他的思绪便随之由市廛的燥热嘈杂，向清凉安静，再向禅寂虚无，一路升华上去，因而本词整体构思一步步发展，一步步提升，内在逻辑异常严密，异常清晰。当然，我们不可据此判断晚年李昴英转向学佛。此时此刻，他或许因着自然环境与某些人生感悟相凑泊，产生了更偏向于灵魂安顿的心理变化，晚而趋静，淡泊明志，似更切合实际一些。尤其是“青珮黄冠方领”一句点出同行者有官员、道士、儒者，似乎意在突显出游的独特兴味，而不在于宗教取向。

麦秋[1]时候，薄阴[2]罩炎日，山行乘兴[3]。筇屐[4]追随多胜侣[5]，青珮黄冠方领[6]。坐石谈玄[7]，听泉濯暑[8]，直上千山顶。倚风长啸，籁鸣[9]林谷相应。　忽涌云气漫空，海吹急雨，觉冰练[10]微冷。洗尽人间名利障[11]，便是蓬莱[12]仙境。半日偷闲[13]，一生清福[14]，岂在荣钟

鼎[15]。青灯[16]深夜，陶然独妙清圣[17]。

注释

[1]麦秋：收割麦子的时候。麦收日期，各地不同，广州地区一般是在春夏之交。秋，音近“收”，指收成。 [2]薄阴：稍微有些阴天。 [3]乘兴：趁着兴致。乘，趁着。 [4]筇屐（qióng jī）：竹手杖、登山屐。筇，竹名，四川筇都县盛产筇竹，可作手杖。屐，木屐，传说谢灵运登山时木屐取下前齿，下山时取下后齿，保持身体平衡，方便行走。 [5]胜侣：好友，好游伴。 [6]青珮黄冠方领：泛指僧俗友人。青珮，缀有青色边饰的官服，指官场上的友人。黄冠，道士的冠，指道士。方领，方形衣领，指儒者之服或儒者。 [7]谈玄：谈论玄理，原指魏晋南北朝时期谈论玄理的一种风气，后泛指谈论义理、理论。玄，玄理，哲学义理。 [8]濯暑：消暑，降温。濯，洗涤，清除。 [9]籁鸣：箫类带孔的管乐器发出的声音，泛指声音。汉司马相如《子虚赋》：“罔瑇瑁，钩紫贝。摐金鼓，吹鸣籁。”郭璞注引张揖曰：“籁，箫也。”籁，箫，孔窍。 [10]冰练：感觉有凉意的细腻的白绢。练，白色的绢。 [11]名利障：蒙蔽人心的世俗的名和利。名利，名位与利禄，名声与利益。障，佛教术语，指遮蔽心灵、妨碍悟道的东西。 [12]蓬莱：传说中东海的仙岛，是仙人居住的地方，指远离凡俗的仙境。 [13]偷闲：偷懒，泛指去一个幽雅脱俗的地方，暂时放松身心，摆脱烦闷、失意等情绪。唐李涉《题鹤林寺僧舍》：“终日昏昏醉梦间，忽闻春尽强登山。因过竹院逢僧话，偷得浮生半日闲。” [14]清福：清闲安适的生活、享受。 [15]荣钟鼎：羡慕荣华富贵。荣，羡

慕，显荣。钟鼎，“钟鸣鼎食”之省，喻荣华富贵。［16］青灯：寺庙里光线青荧弱小的油灯。常与“古佛”连用，表现孤寂绝念。［17］“陶然”句：陶醉在禅宗圆融妙善的意境里。陶然，喜悦、陶醉的样子。独妙，独到巧妙，原为佛教术语，系天台宗对“法华之妙异”的解释，号称“纯圆独妙”，后用以形容独具一格的、巧妙的艺术境界。清圣，孟子称伯夷为“圣之清者”，后人借指佛祖。

今译

麦子收割的季节，偶尔出现的薄薄的云遮挡了炎热的太阳，我们乘兴登上白云山。我手持筇杖、脚穿木屐追随在多位老友身后，他们有官员，有道士，有儒者。大家坐在山石上尽兴谈玄，聆听泉声涤清了暑气，最终登上了山顶。山风吹过，我们发出长啸，声音震荡山谷回响不已。　忽然间雾气弥漫空中，海风猛然吹来一阵雨，顿时感觉到了如丝滑丝绸般特有的冰凉。也一下洗干净了功名利禄的世俗杂念，这就是真正的蓬莱仙境。即便是这样偷得半日闲，也是一生的清福，岂会羡慕荣华富贵呢。最向往的是，夜半时分，青灯古佛，陶醉在禅宗的意境里。

附录

李昴英编年事略

宋宁宗嘉泰元年（1201）　1岁

九月二十一日，生于番禺家中，为长子。

宋宁宗开禧二年（1206）　6岁

母黎氏卒。

宋宁宗嘉定十五年（1222）　22岁

首荐于乡。

宋理宗宝庆二年（1226）　26岁

试春闱，高中探花。长子寿道生。

宋理宗绍定二年（1229）　29岁

授汀州推官。遇陈三枪民变，以身护郡守。

宋理宗绍定五年（1232）　32岁

因汀州守城立功，除太学正。十月，因继母潘氏卒，归番禺守孝。

宋理宗端平元年（1234）　34岁

正月，金亡。理宗亲政，为“端平更化”之始。

宋理宗端平二年（1235）　35岁

居家，除武学士。哗变的摧锋军围住了广州城，崔与之亲率军民守广州，并令李昴英等缒城入敌营谈判。事平，李昴英除太学士。

宋理宗端平三年（1236）　36岁

赴京廷对，备受理宗知遇。

宋理宗嘉熙元年（1237） 37岁

在京任职，典试贡闱。

宋理宗嘉熙二年（1238） 38岁

在京任职，其间奉旨召崔与之赴任右相，不果。五月，短暂返粤。十二月返粤，给父亲庆寿。

宋理宗嘉熙三年（1239） 39岁

任福建建宁提举。年底，被劾解职。与其父朝着番禺方向，展开福建、江西的漫游之旅。

宋理宗嘉熙四年（1240） 40岁

十二月，行至江西清江慧力寺，老父不幸病故。

宋理宗淳祐元年（1241） 41岁

经长途跋涉，将亡父灵柩运回家乡。

宋理宗淳祐二年（1242） 42岁

五月，作《德庆府营造记》。十二月，将亡父灵柩安葬于增城南岭乡大面山。庐墓，聚宗族子弟而教之。

宋理宗淳祐四年（1244） 44岁

年初，赴东莞，参加恩师许巨川主持兴建的经史阁落成典礼。二月初一，作《东莞县学经史阁记》。三月，参加方大琮乡间饮酒仪式改革活动，作《广帅方右史行乡饮酒记》。

宋理宗淳祐五年（1245） 45岁

三月，作《增城新创贡士库记》，肯定增城县解决赶考举子经济难题的创举。十月，应惠州知府赵汝驭之邀，登罗浮山，作《罗浮飞云顶开路记》。

宋理宗淳祐六年（1246） 46岁

正月，作《元老壮猷之堂记》。二月启程赴京，夏季始到任。上疏直谏。十月，擢右正言兼侍讲。十二月，劾陈韡等佞臣，解职归里。

宋理宗淳祐九年（1249） 49岁

居乡。上奏揭发邱迪哲滥杀无辜。

宋理宗淳祐十二年（1252） 52岁

十二月，授江西宪使兼知赣州，次年到任。

宋理宗宝祐元年（1253） 53岁

江西赣州任上，以“洗冤泽物”为己任。

宋理宗宝祐二年（1254） 54岁

正月，授宗正卿。

二月，赴京任职，后上疏进谏斥奸佞。

十一月，进职太常卿，授为左史，又改作右史，兼代吏部右侍郎，又授龙图阁待制、尚书吏部左侍郎兼翰林学士监修国史，封番禺开国男爵位，食邑三百户。

宋理宗宝祐三年（1255） 55岁

六月，疏劾巨阉卢允升、董宋臣，宋理宗没有理会，遂自解官，归隐番禺文溪。

宋理宗宝祐四年（1256） 56岁

九月二十一日，游景泰坑小隐，赋《贺新郎·丙辰自寿，游景泰小隐作》。诏除端明殿学士、佥书枢密院事，乞辞不赴。

宋理宗宝祐五年（1257） 57岁

闰四月，偕十友避暑白云寺，赋《念奴娇·宝祐丁巳闰四月，偕十友避暑白云寺》一阕。八月初九卒，享年五十七。

延伸阅读推荐书目

1. 《文溪存稿》，［宋］李昴英撰，杨芷华点校，暨南大学出版社，1994年版。

2. 《李昴英》，杨芷华著，广东人民出版社，2006年版。

3. 《南宋廉直谏官——李昴英》，程潮著，广东人民出版社，2009年版。

4. 《宋本方舆胜览》，［宋］祝穆编，祝洙补订，上海古籍出版社，1991年版。

5. 《宋史翼》，［清］陆心源撰，吴伯雄点校，浙江古籍出版社，2016年版。

6. 《宋诗纪事补遗》，［清］陆心源编撰，徐旭、李建国点校，山西古籍出版社，1997年版。

7. 《胜朝粤东遗民录·宋东莞遗民录》，［清］陈伯陶纂，谢创志整理，上海古籍出版社，2011年版。

8. 《岭南学术百家》，毛庆耆主编，广东人民出版社，2004年版。

9. 《广东新语》，［清］屈大均撰，中华书局，1997年版。

10. 《广东文选》，［清］屈大均辑，陈广恩点校，广东人民出版社，2008年版。

11. 《广州人物传》，［明］黄佐著，陈宪猷疏注、点校，广东高等教育出版社，1991年版。

12. 《岭南文学史》，陈永正主编，广东高等教育出版社，1993年版。

13. 《广东文学史》（第一卷　古代），彭玉平主编，人民文学出版社2023年版。

14. 《菊坡学派：粤地学派开端》，李强著，广东人民出版社，2023年版。

15. 《岭南诗歌研究》，陈永正著，中山大学出版社，2008年版。

16. 《岭南历代词选》，陈永正选注，广东人民出版社，2009年版。

17. 《岭南历代诗选》，陈永正选注，广东人民出版社，2012年版。

18. 《宋丞相崔清献公全录》，［宋］崔与之撰，张其凡、孙志章整理，广东人民出版社，2008年版。

19. 《陈献章集》，［明］陈献章著，孙通海点校，中华书局，1987年版。

20. 《湛若水全集》，［明］湛若水撰，黄明同主编，上海古籍出版社，2020年版。